잇츠
빌런스 코리아

잇츠 빌런스 코리아 9

초판 1쇄 인쇄일 2023년 8월 10일 | **초판 1쇄 발행일** 2023년 8월 17일

지은이 초촌 | **펴낸이** 곽동현 | **담당편집 팀장** 이범수
편집부 정요한 김승건

펴낸곳 (주)조은세상 | 출판등록 제2002-23호
주소 서울특별시 동작구 동작대로1길 27 5층
TEL 02)587-2966 | FAX 02)587-2922
E-mail bukdu@comics21c.co.kr

ISBN 979-11-391-2101-8 | ISBN 979-11-391-1390-7(set)
값 9,000원

9

북두

잇츠 빌런스 코리아

초촌 현대판타지 장편소설

초촌 현대판타지 장편소설

MODOERN FANTASY STORY

CONTENTS

Chapter. 65

Chapter. 65

“그렇게 호소하고 설득해서 2016년 체계 개발을 위한 사업 예산으로 겨우 670억 원을 확보하게 됩니다. 참고로 록히드 마틴 사가 지난 20년 동안 F-35 개발에 쏟아부은 예산이 200조 원이라고 했습니다. 미 국방부 자료입니다.”

“허어~.”

“KF-21은 시제기 6대를 포함한 개발 비용 9조 원과 120대 양산에 10조 원 하여 19조 원을 잡았더군요.”

단순 계산으로만 10배 차이.

미국과 유럽이었다면 KF-21은 어떤 길을 걸었을까?

시작부터 1조 원 가까이 체계 개발을 위한 사업 예산을 받지 않았을까?

예산도 1/10, 기간도 F-35의 30%나 줄였다.

누가 봐도 도장 찍기 힘들어 보였다.

"이게 바로 KF-21을 격렬히 반대했던 세력들의 이유입니다."

"……."

"그들이 주목했던 것에는 한국의 기술력 부족도 있지만, 방산 선진국에서도 오랫동안 풀지 못한 결함과 천문학적으로 상승하는 개발비, 유지 비용을 참고해 한국의 재정 상태로 이게 가능한지 따져 본 거죠."

"합당하다는 거네요. 객관적으로도."

"우리 군이 불가능에 도전하는 것으로 보였겠죠."

"순조롭다고 하셨잖아요."

"맞습니다. 현재 파악한 바론 약속을 충실히 이행 중입니다. 추가 집행이나 예산을 달라고 한 적도 없이 말이죠."

"이건 뭐, 대단하다고밖에 할 말이 없네요."

항공기는 기계, 전자, 소재, 반도체, IT를 아우르는 융복합 기술의 결정체였다.

초일류를 걷지 않는다면 도전 자체가 불가능한 과업.

물론 개발에 성공만 한다면 한국은 국격이 또 한 번 상승하는 계기가 될 거긴 한데.

더구나 성능까지 인정받는다면?

그 원천 기술을 활용 단계까지 끌어올릴 수 있다면?

'요것 봐라.'

한국이 가진 안보 환경의 특수성이 타 분야에서는 악재일 수 있으나 군수 분야에서는 오히려 호재가 될 수 있다는 뜻이다.

개발된 무기 체계가 바로 실전에서 활용되는 환경.

게다가 한국은 사계절의 나라다.

봄엔 중국발 황사와 미세 먼지가 날아오고 여름엔 뜨거운 열기와 후텁지근한 습기가 사람을 미치게 하고 가을엔 세계 평균 기온을, 겨울은 체감 온도 영하 20~30도까지 동장군이 설친다.

한국의 무기는 중국발 미세 먼지를 이겨 내야 하고 여름의 습기와 온도를 버텨 내야 하고 겨울의 얼음에도 쌩쌩 돌아가야 한다. 이 세 가지 허들을 엄격한 심사로 통과한 무기가 가을의 평균 기온이 무서울까?

더 중요한 건 생산이 중단될 일이 없다는 것이다. 단종이 없다는 것. 우리 군이 계속 써야 할 무기이니 호환도 잘된다.

군수 분야에서만큼은 어떤 나라도 갖지 못한 최적의 환경을 우리 한국이 갖고 있다는 뜻이었다.

간만에 심장이 설레었다.

"이거 잘하면 작품이 만들어지겠네요."

"그렇습니다. 안 그래도 요새 귀추가 주목되고 있죠. 다만 삐걱대는 곳도 없지 않아 있습니다."

"예?"

"잠재된 문제점이 있다는 겁니다."

"뭔데요? 누가 또 우리 KF-21을 건드린다는 거죠?"

우리 이쁜이를.

누가 감히!

"당연히 국내엔 없습니다. 대통령님께서 서슬이 퍼런데 누가 수작을 벌이겠습니까?"

국내엔 없다?

"또 미국인가요? 그 새끼들이 방해하는 건가요?"

"아쉽게도 이번엔 미국도 아닙니다."

"예?"

"인도네시아입니다."

오잉?

"인도네시아가 왜요?"

"분담금 문제로 피곤하게 굴고 있습니다."

"……."

개발비 9조 원 중 초기 집행분 1조 원 외 시제기 6대 생산과 시험, 조정, 성능 보완 등에 쓰일 8조 원의 20%를 인도네시아가 분담하기로 하고 시작한 사업이 KF-21 사업이란다.

20%면 1조 6천억 원을 내기로 한 거다.

"뭐가 문제라는 거죠?"

"개발 시작한 지 1년도 안 돼 분담금을 10% 줄여 달라고 했습니다."

"……!"

"그것도 모자라 성능 문제 등 온갖 트집을 다 잡고는 2020년 올해부터 분담금을 내지 않겠다 선언했습니다."

"!!!"

뭐?!

하아~ 우리 민족은 태생적으로 섬나라 새끼들이랑은 안 맞나? 아니면, 우리 운이 지랄 같은 건지 섬나라 새끼마다 엿 같은 건지…….

"30년 독재를 깨고 겨우 정상 국가를 지향하겠다면서 이런 짓을 벌인다고요?"

정상적인 계약에 강짜를 부려?

"사실 수하르토 전 대통령의 영향력을 완전히 지우는 게 쉽겠습니까? 그 양반이 장장 30년을 해 먹었습니다. 사회 요소요소에 깔린 라인이 얼마나 될까요?"

"다 솎아 내지 못했다는 건가요?"

"3대 대통령 바하루딘 유숩 하비비가 수하르토의 측근이었습니다. 1년 만에 내려오긴 했지만."

1, 2대가 수하르토 본인.

"다음 대는요?"

"4대 압두라만 와힛은 동티모르 독립 문제와 부패까지 연루되어 1년 만에 탄핵당했습니다."

"헐~ 엉망이네요."

"5대인 메가와티 수카르노푸트리는 3년간 재임했는데 수하르토의 딸입니다."

"……."

할 말이 없었다. 그럼 6대부터 현 7대가 인도네시아를 이끌어 오고 있다는 건데.

두 사람인들 크게 다르랴?

30년이면 한 세대였다. 한 세대 동안 국가를 이끌어 왔다는 건 그와 관련된 놈들이 사회 주요 계층을 차지했다는 것뿐만 아니라 돈줄마저 쥐었다는 뜻이다.

이 정도면 예전 한국의 친일 매국노 이상으로 활개를 치고 있다는 건데. 이성적으로는 협상이 안 된다는 것.

“그래서 인도네시아의 의중이 정확히 뭡니까?”

“발을 빼고 싶다는 뜻 아니겠습니까? KF-21 사업의 실패를 점치고 있다는 거죠.”

“계약 파기를 원한다는 거죠?”

“예.”

“고작 1조 6천억 때문에?”

“아니죠. 8천억도 아깝다는 겁니다.”

그러네.

비율을 10%로 조정해 달라고 했네.

“근데 중국 배상금 잔치 때 우리가 인도네시아에 내준 금액이 10억 달러 아니었나요?”

“예.”

“…….”

돈 받고 한국 최고라며 온갖 알랑방귀를 다 뀌더니.

욕이 안 나오래야 안 나올 수가 없다.

‘이러면 우린 또 곱게 못 지나가지.’

결론 내자. 아무래도 우리나라는 섬나라 놈들과는 체질적으로 궁합이 맞지 않은 거로.

"계약 파기하세요."

"그럴까요?"

얼씨구나 좋다는 도종현이었다.

"오필승 디펜스 조상기 대표한테 이르세요. KF-21 사업에 지분 투자하라고. 최대한 크게."

"참여하시게요?"

"아깝잖아요."

"자금이 더 들 수도 있습니다."

"만만찮은 사업인 건 알아요. 국가 단위로 진행해야 할 사업인 것도."

그동안 국방부와 소원하게 굴었던 건 순전히 구설에 오를까 봐서였다. 국방부와 손잡을 이유도 딱히 없었고.

왜냐하면 실질적인 측면에서 오필승 디펜스의 1년 예산이 국방부보다 더 효율적이었기 때문이었다.

대한민국 1년 예산이 500조다. 여기에서 국방 예산이 약 50조. 그에 반해 오필승 디펜스 공식 1년 예산이 10조였다. 사안에 따라 고무줄처럼 늘릴 수도 있는 예산이 말이다. KF-21 사업에 투입되면 올해 예산은 최소 13조 이상이 되겠지.

55만 명 상비군 먹이고 재우고 월급 주고 예비군 돌리고…… 육해공 전부를 50조로 커버해야 하는 국방부와는 달리 오필승 디펜스는 오로지 미사일과 몇 가지 첨단 기술만 바라본다.

밀도로는 상대가 안 된다.

그렇다 하더라도 마냥 돈으로만 밀어붙일 수도 없는 게 방산이란 사업군이었으니 염두에 둬야 할 건 확실하게 챙겨야 옳았다.

"중점적으로 봐야 할 사항이 있나요?"

"어떤 부분에서 말입니까?"

"제작 과정에서 말입니다."

"시제기 시험과 관련하여 물으시는 것 같은데 맞습니까?"

"예."

"그렇다면 음…… 보고서는 따로 작성할 것이나 일단 떠오르는 걸 말씀드리면……."

도종현의 설명은 크게 이렇게 나눌 수 있었다.

1. 비행 고도, 비행 거리, 장착한 연료 탱크 등 외장 장치가 문제없이 분리되는지.

2. 전투 기능에서 각종 무기 발사체, 공중의 급선회, 급강하 등 각종 전투 기동 능력에 문제가 없는지.

3. 지속적으로 가해지는 압력을 버티는 능력이 얼마나 되는지. KF-21은 전투기 수명 30년의 2.5배(75년)까지 견디는지에 대한 내용까지,

4. 7.6t의 미사일과 폭탄, 연료통을 장착하고 고속 기동하는 하중에 대한 압력을 날개가 10만 번 이상 손상 없이 버티는지.

5. 3,232개의 배선을 연결해 전투기의 상시적·구조적 기능 점검.

"3천여 개의 채널에서 쏟아지는 데이터를 매일 분석해 보완하는 작업 중에 있다고 합니다. 그날그날 나오는 데이터를 수정해 바로 다음 날 접목, 이런 식의 접근법으로 개발비를 줄이고 제작 기간도 단축하고 있다 하네요."

"상당하네요. 이 정도 추진력이면 어느 나라와도 어깨를 견줄 만하지 않나요?"

"그것뿐입니까? 기술 지원을 나온 록히드 마틴 기술자들이 입을 떡 벌렸답니다. 개발 속도가 경이적이고 놀랍다고 말이죠. 상상을 못 했다며 감탄했다고."

"흐음……."

장대운이 자기 턱을 부여잡았다.

"왜 그러십니까?"

"아까워서죠."

안 그래도 동급 최강의 사양이라 했다.

여기에 최신 AESA 레이더를 장착한다면 어떨까?

스텔스 무인 전투기 가오리와 연동한 복합 전투 체계를 가동한다면?

"그 얘기였습니까? 6세대 전투기로의 전환 말입니까?"

"곧 우리 전투기가 생긴다는데 이왕이면 확장성도 봐야죠."

"하하하하하, 맞습니다. 헌데 아직은 이릅니다. 5세대도 완벽히 구현하지 못한 상태에서 6세대를 바라보기엔 핵심 무기인 레이저포 소형화와 레이저포에 에너지를 공급할 엔진 출력이 턱도 없습니다. 또 부가적으로 사이버 공격 능력도 있어야 하고 마하5 수준의 비행 능력도 아직 어려운 과제입니다."

KF-21은 아직 시제기 수준이긴 하나 웬만한 스펙은 다 검증됐다 하였다. 이걸 인도네시아는 모른다는 것.

약속된 분담금을 주지 않은 순간부터 국방부가 정보를 통제해 버린 덕에 생긴 갭인데.

푼돈 아끼다가 우스운 꼴이 났다.

"뭔가 딱딱 맞아떨어지는 느낌이네요. 남은 문제야 차차 넘어가면 될 거고요. 대당 가격은 얼마나 나오죠?"

"약 700억 원으로 책정될 예정이라 합니다."

"오호~."

700억이라.

일단 쌌다. F-35가 1,000억.

F-35보다는 조금 싼 프랑스 라팔이나 유로파이터의 타이푼이 우리 경쟁 기종이라는 소린데.

상관없었다.

미국 전투기나 유럽 전투기나 유지 보수 면으로 보면 KF-21이 압도적인 가성비를 가졌다는 게 곧 드러날 것이다. 중국산 비행기야 비 맞으면 고장 나니까 뭐…….

기분이 좋았다.

대통령 3년을 꽉 채운 시기. 정권을 이양받자마자 줄기차

게 뛰어온 보람이 눈앞에 슬슬 나타나려 하고 있었다.

"반도체 소재 독립, 유기성 반도체, 2차 전지, 환유 기술…… 그리고 이번에 들어올 군사 위성까지."

차곡차곡 쌓인다. 향후 30년을 이끌 대한민국의 먹거리가.

"이제 남은 시간은 2년인가?"

생각 같아선 10년은 더 해 먹고 싶었지만 이게 사람 마음대로 될 일인가?

그런 고민할 사이 하나라도 더 안전장치를 걸어 놔야 했다. 애먼 놈이 와서 휘젓기 시작하면 끝도 한도 없을 테니.

다음 날이 되자마자 이런 기사를 띄웠다.

【KF-21 한국형 전투기 사업 좌초되나?】

【KF-21 사업 파트너 인도네시아의 이탈 조짐】

【2016년 KF-21 개발 첫해부터 계약서상의 분담금 지급 거부한 인도네시아. 그 속내는?】

【국방부가 야심 차게 진행한 KF-21 사업이 뿌리부터 흔들린다】

【계약을 이행하지 않는 인도네시아. 우리 정부는 어떤 판단을 할까?】

며칠 뜸 들이다 발표했다.

우리의 입장을.

【속보! 정부 발표. KF-21 사업에서 인도네시아 제외 결정. 신의가 없는 나라와는 어떤 비전도 나눌 수 없다】

【인도네시아 총리. 한국의 결정에 유감】

【장대운 대통령 曰, 유감? 나는 너희가 작년부터 라팔과 접촉하고 있다는 걸 알고 있다】

【양다리 인도네시아. 정부 인사 인도네시아로 출국. 기지급한 분담금분에 대한 포기 각서 동봉】

또 며칠 뒤, 이런 기사가 나왔다.

【정부 발표. 인도네시아의 기지급분 3천억 원도 돌려주겠다! 완전히 틀어진 양국】

【특보. 계약 취소 합의서에 인도네시아 총리 서명】

【한국 군사 고문단 철수. 이제부터 KF-21 사업은 어떻게 되나?】

이제 화룡점정이다.

【국방부, 오필승 디펜스와 양해 각서 체결】

【오필승 디펜스 조상기 대표, KF-21 사업에 5조 원 출원 발표. 기필코 한국형 전투기를 개발해 내겠다!】

조상기 대표를 불렀다.

"어서 오세요."

"불러 주셔서 영광입니다. 대통령님."

사회 물 먹은 지 20년이 되는데도 조상기의 각은 여전했다.

늘 아쉬움이 들었다.

이런 사람이 국방부에서 활약했어야 했는데.

이런 인재가 정치 놀음의 희생양이 되어 예편하고 말다니.

국가적으로 큰 손실이 아닐 수 없었다. 오필승 디펜스로는 참으로 다행이지만.

"국방부와의 협의는 잘 되고 있나요?"

"민태준 국방부 장관께서 편의를 잘 봐줘서 쉽게 입성했습니다."

1대 국방부 장관 서범주는 군 기강 문제로 별들이 쓸려 나갈 때 같이 옷을 벗었다.

2대로 국방부 장관에 오른 민태준은 공군 참모 총장 출신으로 의전상으로는 합동 참모 의장과 연합사 부사령관에 이어 3~5순위였지만 합동 참모 의장과 연합사 부사령관뿐만 아니라 육군 참모 총장, 해군 참모 총장까지 죄다 쓸려 버린 탓에 어부지리로 호명된 사람이었다. 물론 그 칼날 같은 폭풍우 속에서 살아남은 것만으로도 장관에 오를 자격은 충분했다.

"아는 사람은 있던가요?"

"모르는 사람투성이였습니다. 다만 제 부관이었던 몇몇과는 만났습니다. 여전히 야전에서 고생하고 있더군요."

"너무 많이 쳐낸 걸까요?"

"아닙니다. 좀벌레 같은 놈들이었습니다. 유념에 두지 마십시오."

"고마워요."

"아닙니다. 대통령님 아니었다면 아까운 녀석들이 전부 꺾였을 겁니다. 사회에 나오는 족족 받아 주셔서 감사합니다. 현 오필승 디펜스 임직원을 대신해 다시 한번 감사드리고 싶습니다."

일어나서 꾸벅 허리를 굽히는 조상기였다.

인사 정도는 받을 만했다.

조상기를 필두로 그동안 오필승 디펜스는 억울하게 예편당해야 했던 이들의 우산이 되어 주었으니.

"좋아요. 본론으로 들어가 볼까요?"

"물론입니다."

"지분을 39%나 받았다던데 어떻게 된 건가요?"

아무리 많은 돈을 퍼부어도 국가사업이라 최대 20%가 한계라 기대했는데 대뜸 39%라고 하니 얼마나 놀랐는지 모른다. 단번에 최대 주주가 됐다.

"오필승 디펜스가 KF-21이 반드시 탑재해야 할 기술을 갖고 있기 때문입니다. 안 그래도 이 때문에 대통령님과 의논을 하려 했던 참에 이 사업에 참여할 수 있어서 저희도 상당 부분 부담을 덜어 낼 수 있었습니다."

"그런가요?"

"조금 설명해 드릴 시간이 필요한데."

"좋죠. 저는 준비됐습니다."

조상기의 입에서 나온 기술은 두 가지였다.

하나는 AESA 레이더.

능동 전자 주사식 위상 배열 레이더라고 부르는 놈인데 '전투기의 눈'으로 지칭되며 공중전에서 적기를 먼저 식별하고 지상의 타격 목표물을 찾아내는 데 필수적인 장비였다.

"2013년 우리가 미국에 기술 이전을 부탁했지만 일언지하에 거절당했습니다. 당연히 일본도 거절했고 이후부터 험난한 여정의 연속이었습니다."

현대전에서 선진국들과 어깨를 나란히 하려면 이 AESA 레이더가 최소 1,000개의 송수신 장치를 독립적으로 작동시켜 여러 개의 목표물을 동시에 탐지 추적할 수 있어야 하는데.

오필승 디펜스는 소자가 500개인 시험품으로 81km 거리에서 8개 표적을 탐지, 식별하는 데 성공했다고 한다. 이게 2015년이었다고.

이를 위해 이스라엘 엘타 사와 기술 협력 계약을 체결했다고도 하는데.

AESA 레이더 개발에 들어가는 부품과 소프트웨어에 대한 협력이 아닌 AESA 하드웨어 입증 시제(기술 검증 모델)를 시험 평가하는 부분에서 도움이 필요했다고. 객관적인 자료를 위해. 참고로 오필승의 AESA는 전면 국산품이라고 한다.

"상당하네요. 현재는 어느 수준까지 올라왔죠?"

"2017년과 2018년 두 차례의 지상 시험 및 점검을 통해 입증 시제의 기술 성숙도를 확인했습니다. AESA 레이더 하드웨어의 국내 개발 능력을 확인한 거죠. 이후 우리는 '입증 시제'를 엘타 사로 보내 송·수신 장치와 결합하고 지상 시험 및 비행 시험을 진행, 한국형 전투기 기체 앞부분에 실제로 장착하는 '탑재 시제' 개발에도 성공했습니다."

"그럼 끝난 건가요?"

"아닙니다. 이제 겨우 AESA 레이더의 하드웨어가 성공적으로 개발됐다는 거죠."

"과정이 또 있다는 거네요."

"소프트웨어 개발에 난항이 컸습니다. 이게 진짜입니다. 전투기에 장착된 AESA 레이더가 비행·무기 체계와 통합 운용되기 위해서는 자체 소프트웨어가 필수니까요."

국방 과학 연구소 관계자가 이 과정에 대해 이런 말을 한 적이 있다고 한다.

- 레이더가 항공기와 연결해 제 성능이 나오도록 하는 것이 체계 통합이다. 체계 통합은 레이더 관련 모든 과정을 두고도 가장 어려운 일이다.

"소프트웨어 개발이라는 큰 산이 남아 있었지만, 오필승 디펜스는 2004년부터 레이더 개발을 시작해 상당한 노하우를 쌓아 왔습니다. 그 경험이 있기에 아무것도 없는 상태에서 시작하는 것은 아니었습니다."

"지금이면 꽤 높은 곳에 도달했다는 뜻 같네요."

"이번에 개발된 레이더는 미국과 견주어도 모자라지 않음을 확신합니다. 우린 벌써 AESA 레이더의 소형화 단계에 착수했으니까요."

다소 어려운 주제긴 하지만, 맥락은 간단했다.

2013년부터 맹렬히 달려 겨우 결실을 맺은 레이더가 KF-21에 탑재된다는 얘기였다. 한국 국방 수준에서는 오버테크놀로지처럼 뜬금없이 튀어나온 녀석을 두고 어찌해야 하나 고민 중일 때 국방 과학 연구소와 KF-21 사업에 대한 계약을 맺게 된 거고.

운이 좋았다.

하지만 또 쉬이 넘길 수 없는 문제인 건 확실했다.

세계가 이 AESA 레이더 즉, 능동형 전자 주사식 위상 배열 레이더 개발에 목매는 이유는 이전 세대를 지배한 수동형 레이더에 비해 연산 능력이 1,000배 이상 차이 나고 전투기의 작전 수행 능력이 단숨에 3~4배까지 치솟았기 때문이다.

퇴역을 앞둔 F-16 전투기에 레이더 하나 바꿨더니 갑자기 F-22 랩터와 비슷한 전투력을 냈다는 뜻.

'흠…….'

장대운은 내용을 들을수록 지식의 부족함을 실감했다.

주된 분야가 아니기도 했고 무엇보다 이쪽으로는 관심이 없었다. 맡겨 놓고 잊어버린 것.

포지션 정립을 위해서라도 현 수준을 알 필요가 있었다.

포지션 확인에 제일 좋은 방법은 비교였다.

"다른 나라는 어느 수준인지 알고 싶군요."

"알겠습니다. 우선 가까운 일본을 보면 미츠비시가 만든 J/APG-1가 있는데 800개 소자로 이뤄졌습니다. 한때 세계 최초로 실전 배치된 AESA 레이더 편대를 가졌다고 자랑하긴 했으나 레이더 가동 시 다른 기체의 레이더가 먹통이 되거나 소자 효율이 떨어지는 문제를 겪었습니다."

"엉망이라는 거네요."

왠지 다행인 기분이다.

"예, 러시아를 보면 PAK PA Su-50이 있는데, 러시아 AESA 레이더의 두 번째 버전으로 이전 것보다 상당한 발전을 이뤄낸 거로 밝혀졌습니다. 1,520개 소자에 오토파일럿 기능이 포함된 것까지 확인했습니다."

"……."

고개를 끄덕끄덕.

"이스라엘의 EL/M-2032는 우리와 밀접한 엘타 사가 주력으로 다루는 모델입니다. 아무래도 미국과 가까이 연계된 국가다 보니 AESA 도입 시기가 가장 빨랐는데, 미국 사양보다는 다운그레이드된 녀석입니다. 앞으로 EL/M-2052가 개발 완료 시점이라 하니 대대적인 개편이 들어갈 겁니다."

"……."

"유로파이터 타이푼에는 1,500개 모듈 AESA 방식이 들어갈 예정인데 이도 2015년부터 개발하여 올해 완성하기로 계획했으나 유럽 놈들 유명하지 않습니까? 납품일 안 지키는 거로."

"남은 건 미국이네요."

"넘사벽입니다. 초기 2001년경 1~2세대 모델만 해도 벌써 1,500개 수준이었습니다."

기술력이 10년 이상 차이 난다는 얘기다.

상대가 안 된다는 것.

"그래요?"

"그 유명한 랩터에 레이시온 사가 개발한 AN/APG-77가 들어갔다는데 소자가 2,200개까지 증가했다고 들었습니다."

조상기는 들었다고 표현했다.

두 눈으로 확인하지 못했다는 것.

랩터가 확실히 전략 물자긴 한가 보다. 저 조상기마저 못 뜯어봤다니.

"호오…… 그래요?"

"그밖에 미국은 노스롭그루먼을 주도로 SABR(확장식 고속 빔 레이더)를 통합하는 작업을 진행 중이더군요. 14kg의 중량에 기존 F-16의 구조 전력 냉각 장치 개조 없이 탑재 가능하고 가격도 기존 AESA보다 낮고 기존 기계식 레이더와 동일 가격으로 모시겠다고요."

"F-16으로 다시 한번 뽑아 먹겠다는 건가요?"

"우려먹기에 참 좋은 모델이죠. 세기의 베스트셀러니까요."

얼마나 많이 팔렸는지 한때 '외계인이 침공하면 인류의 주력 전투기는 F-16이 될 것'이라는 농담이 돌 정도라.

현재도 세계적으로 3,000대가량 운용하고 있다고 하니 무시 못 할 시장이긴 했다.

"우리는 그럼 어떤 수준이죠? 아까 말씀에 의하면 미국과 견주어도 모자라지 않을 거라 했잖아요."

"오필승 디펜스가 개발한 AESA 레이더는 소자가 2,000개입니다."

"……!"

"그뿐만이 아니라 소형화를 진행하고 있으니 머지않아 3,000개도 가능해질 겁니다."

"그레이트네요."

미국 랩터에 탑재된 것에만 조금 모자랄 뿐 다른 국가의 레이더들은 가뿐히 상회한다는 것이다. 우리 새끼가.

이런 녀석이 KF-21에 탑재된다는 것.

경사 중의 경사였다.

흥이 올라왔다.

"좋아요. 다음으로 넘어가죠."

"옙."

"나머지 기술은 무엇이죠?"

"아까 KF-21에 우리 오필승 디펜스의 기술 두 가지가 탑재된다고 말씀드렸습니다."

"예, 여태 AESA 레이더에 대해 얘기했죠."

"나머지 하나도 그 녀석에 못지않습니다."

"그래요?"

기대감 뿜뿜.

"설명하기에 앞서 개념 정리부터 잠깐 짚어 가고 싶은데 괜찮으십니까?"

"저는 준비됐어요."

"예, 두 번째는 도료입니다."

도료란다.

듣자마자 장대운은 입가가 사악 올라갔다.

2004년 마지막 오필승 그룹 임원 회의에 참여할 때 조상기 대표에게 부탁한 게 몇 가지가 안 된다.

다른 건 필요 없다. 우리는 오직 미사일과 다른 몇 가지만 판다.

- 상대 전투기를 가장 빨리 찾고 우리는 가장 늦게 발견될 방법을 만들어라.

레이더와 도료를 염두에 둔 지시였는데.

조상기가 기대를 저버리지 않은 모양이었다.

"도료에 대해 말씀을 진행하려면 RAM과 RAS의 개념에 대해 알고 계셔야 합니다."

RAM(Rader Absorbing Material)는 전파 흡수 소재였다.

RAS(Rader Absorbing Structure)는 전파 흡수 장치였다.

소재와 장치.

두 종류 전부 전투기의 RCS(Radar Cross Section) 값을 줄이기 위한 방책들인데.

RCS는 레이더 반사면적으로서 적 전파 반사파의 면적량을 말한다. 이 값을 0.0005 이하로 줄인 대표적인 기종이 F-22였다. 이 정도면 거대 전투기가 거의 곤충 수준으로 단면적이 줄어든다는 건데.

마하 2.5로 쌕쌕 날아다니는 곤충을 무슨 수로 찾을 수 있을까?

즉 F-22 랩터는 스텔스기란 뜻이었다.

이 스텔스기를 만들기 위해서는 필히 RCS 레이더 반사면적을 줄여야 하는데 줄이는 방법으로는 RAM과 RAS가 있다는 걸 조상기가 설명해 주었다.

"RAM은 레이더 송신기에 방사된 전파를 흡수하는 흡수재이고 RAS는 항공기 전파를 산란시켜 되돌아가지 못하도록 만든, 항공기 표면에 설치한 일종에 장치입니다."

RAM은 전자기파를 열로 변화시켜 흡수하는 물질로 고무를 주성분으로 한단다.

접착 타일 방식과 페인트 방식으로 전투기에 입히게 되는데 스텔스 1~2세대 기종인 U-2기나 SR-71, B-2 등이 주로 사용한 바 있다고.

"과거에는 도료로만 사용했지만, 원체 가격이 비싸고 음속비행 후는 재도색을 반복해야 하는 단점 때문에 번거롭기 그

지없었죠. 그래서 아예 기체에 접착해 버리는 부품 구조물 형태로 변하게 됩니다. 플라스틱의 기술 발전으로 이제 RAM은 번거로운 도색이 필요 없어지는 플라스틱 소재로서 스텔스기에 장착되고 있습니다."

"……?"

듣는 도중 잠깐 의문이 생겼다.

오필승 디펜스가 KF-21에 전해 줄 것이 도료라고 하지 않았나?

그런데 도료를 깐다고?

더구나.

"지금은 RAM 중 페인트 방식은 아예 사용하지 않습니다."

"……!"

"접착 타일 방식도 잘 사용하지 않습니다. 현재는 RAS가 대세입니다."

"잠깐, 잠깐만요. RAS 전파를 산란하는 장치가 대세라고요?"

"예."

"……."

"상식적으로 전투기 전체에 도료를 바르는 것보다, 전투기 전체를 플라스틱으로 덮는 것보다, 장치 하나 다는 게 더 효율적이지 않겠습니까?"

"그……렇긴 한데."

아까 KF-21에 도료를 쓰기로 했다고 했잖아.

말이 앞뒤가 안 맞다.

조상기가 이럴 사람이 아닌데.

더 물어봤다.

"그럼 도료의 유지 보수가 어렵다는 이유로 기피하는 겁니까?"

"물론 그것만이 아닙니다. 전투하려면 무조건 무장창을 개방해야 하는데 이 순간이 스텔스기에 가장 치명적입니다. 무장창이 개폐되는 순간 레이더 반사가 안 된다는 거죠."

"아아~~ 스텔스 기능이 사라진다는 뜻이군요."

"싸워야 하는데 자기도 위험해진다는 거죠."

"선제 타격은 가능한데 살아 돌아오는 건 미지수다?"

"맞습니다. 무장창을 열고 발사하는 데까지 3초 미만이긴 하나 1초에도 열두 번씩 목숨이 오가는 전장에서 안심하긴 어렵습니다. 전투기가 한두 푼 하는 것도 아니고 조종사의 목숨도 그렇고요."

"그럼에도 도료를 민 이유는요?"

"이 모든 단점을 모두 상쇄할 녀석이 태어났기 때문이죠."

오오~ 모든 단점을 상쇄할 녀석이 태어났다?

"한 번 바르면 총에 맞지 않은 이상 벗겨지지 않습니다. 가격도 쌉니다. 무장창이든 미사일이든 어디든 다 발라 버려도 될 만큼 쌉니다. 애써 교란 장치를 개발할 이유가 없어졌습니다. 그 교란 장치란 놈도 사실 문제가 있는 게 반사되어 돌아와야 할 전파가 안 오는 거잖습니까? 정확한 위치를 특정할 수 없달 뿐이지 유심히 살피면 대략적인 방향성 정도는 찾아낼 수 있으니까요."

"우린 1부터 10까지 다 발라 버리니 그럴 걱정이 없다?"

"가격이 싸니까요. 진짜 겁나 쌉니다."

"도대체 얼마나 싸길래 이러시는 거죠?"

말을 하면서도 장대운은 심장이 떨림을 느꼈다.

정치권에 몸담으며 들은 귀가 얼만데.

예전 F-22 랩터가 처음 개발됐을 때 비밀리에 모의전을 치른 적이 있다는 걸 알았다.

이때 유유히 날아오른 랩터 한 대가 상대 전투기 144대를 격추했다고.

모의전에 참가한 조종사들은 이때의 경험을 하나같이 이렇게 표현했다고 한다.

- 랩터가 분명 눈앞에 보이는데 레이더에 안 걸리고 록 온도 안 돼요. Fuck.

잊으면 안 된다.

적의 레이더를 회피하는 스텔스 능력은 현대 무기 성능의 척도다.

"스텔스기는 레이더 전자파를 흡수하는 탄소 나노 튜브가 함유된 특수 도료를 씁니다."

"탄소 나노 튜브가 들어가요?"

"예, 그러나 앞서 짚었던 대로 기동 중 도료가 벗겨져 재도색이 필요하다는 단점이 있지요. 게다가 탄소 나노 튜브는 스스로 뭉치는 성질이 강해 분산 처리가 필수입니다. 즉 스텔스 도색은 상당한 기술력과 비용이 따르게 됩니다. 아주 비싸죠. 살 떨릴 만큼."

"그래서요?"

"그런데 말이죠. 우린 그래핀도 마구 생산하잖습니까? 탄소 나노 튜브 따위 개량하는 건 일도 아니라는 겁니다."

오필승끼리 내부에서 뭔가 했다는 뜻이다.

"아……."

"그리고 옻이라고 들어 보셨습니까?"

"옻이요?"

"옻독 올랐다고 하는 그 옻 말입니다."

"알……죠."

"그놈이 글쎄, 우리 스텔스 도료의 핵심이 될 줄 누가 알았겠습니까."

옻은 옻나무 수액으로 얻는 천연수지다.

굳으면 단단해지고, 불과 물에 강하며 썩지 않는다.

우리나라에선 기원전 4세기의 칠기가 남아 있고, 중국에선 진시황 무덤 병마총에서 옻칠 갑옷이 발견됐고 일본의 영문명인 '저팬'은 옻칠기를 뜻할 정도로 옻은 주 원산지인 동아시아에서 오랫동안 애용해 왔다.

아주 친숙한 소재.

"한종호 박사라고 옻만 연구해 온 장인이 있었습니다."

국가 연구소에서 25년, 옻 연구에 16년.

현대 화학 분야에서 잔뼈가 굵은 사람이 있다고 한다.

옻을 쫓아 온 아시아를 누비고 옻 성분의 모든 분자 구조를 과학적으로 밝혀내 객관적인 품질 기준을 세운 남자.

"천연물감으로 시작해 전자파 차폐 성질을 극대화한 스텔스 도료와 EMP 방호까지로 응용 연구가 진척된 겁니다."

"예?! EMP까지 갔다고요?"

"전자파 차폐가 결국 그거 아니겠습니까?"

"허어……."

터가 좋은가?

5천만밖에 안 되는 인구의 한반도에서 뭐 이리 인재가 마구 튀어나오는지.

스텔스 도료만 해도 버선발로 마중 나가야 할 사람인데 EMP 방호마저 한 큐에 해결해 줬단다.

"우연히 합류했습니다."

2013년 스텔스 도료 연구 개발에 매진하던 중 연구원 한 명이 그의 존재를 알렸고 조금이라도 더 나은 가능성을 향해 찾아갔는데 그만 대박이 터진 거라고.

"세상에나 얼마나 놀랐는지…… 아까 스텔스 도료에 대해서 잠깐 설명해 드리지 않았습니까? 여러 가지 화합 물질과 함께 중요한 게 탄소 나노 튜브라고요."

"그렇죠."

"이 탄소 나노 튜브란 놈이 너무 독립적이고 안정적이라 다른 물질과 잘 섞이지가 않습니다. 지들끼리 잘 뭉치기도 하고요. 이 성질 때문에 고르게 펴거나 잘 섞이게 하여 원하는 만큼의 성능이 나오게 하는 게 노하우인데. 옻은 말이죠. 그냥 섞으면 끝입니다."

"……?"

"탄소 나노 튜브와 이렇게 해도 되나 싶을 만큼 궁합이 좋습니다. 게다가 옻은 자체로 초경량·고강도에 전자파 차폐 성질까지 갖췄습니다. 이 둘이 합쳐지니 반영구적인 개념까지 넘보게 됐습니다. 장담컨대 옻 도료는 앞으로 산업과 군사용 코팅재로 센세이션을 일으킬 겁니다."

장대운은 들으면 들을수록 기가 막혔다.

갑자기 옻이라니.

무슨 엄청난 소재 발견도 아니고 겨우 옻이란다.

목재 예술품이나 옻닭에나 쓰이던 것이…… 하찮다 못해 독이 있다는 관계로 쓸려 사라져 버릴 운명이었던 녀석에 이런 반전이 있었다고?

"그래서 그분이 원하는 것이 무엇이던가요?"

"예?"

"거래를 했을 것 같은데. 옻 연구에 일생을 바친 분이라면 단순히 돈 때문에 움직이지 않았을 것 같아서요."

"아~~ 맞습니다. 원하는 건 딱 한 가지였습니다."

"뭔가요?"

"황칠나무를 보호해 달라고 했습니다."

"황칠나무요?"

"황칠은 투명한 황색을 띠는 옻으로 일반 옻보다 특효가 강합니다. 고대 진시황이나 당 태종, 칭기즈칸 등 황제만이 사용했고 북경 자금성 내부를 칠한 황금색 도료가 바로 황칠입니다."

"그래요?"

참 지식이다.

"그 황칠나무가 이제는 지구상에서도 유일하게 한반도 서남해안의 난대림에서만 자생한답니다."

"아……."

"현재 시중 유통되는 옻 도료는 중국산이 대부분인데 성분이 어떻게 되는지도 모르고 쓰인다 하였습니다. 이럴 때, 가장 품질이 뛰어난 토종 한국산 옻나무 생태가 교란되기 전에 품종 보존과 양식화가 시급하다고 말이죠."

"……"

지극히 옳은 말이다.

"사실 말입니다. 화학 산업은 발전될수록 환경에 악영향이죠. 인공 화공 약품을 쓰는 방부목이나 산업용 페인트부터 생활 곳곳에 쓰는 제품들까지 전부 자연에 좋지 않은 독성 제품이 아니겠습니까? 그런데 옻칠은 항부식성 등 산업에서 요구하는 요건에 맞으면서도 환경친화적인 도료입니다."

"맞습니다. 옻이니까요."

"오늘 제가 이런 기회로 청와대에 들어갈 예정이니 한 박사에게 대통령님께 전하고픈 말씀이 있는지 물었습니다."

"……."

"딱 한마디 하시더군요. 옻은 우리 중 누군가라도 반드시 연구해야 할 한반도 미래의 농사이자 하늘이 한민족에게 준 선물이다. 자연을 존중하는 화학을 옻을 통해 이뤄 보이겠다."

"……."

멋지다.

그러고 보니 얼마 전에 이런 소식이 귀에 들어왔다.

미국 어딘가에서 극비로 무기 시험이 진행된다고.

내용인즉슨, 미 에드워즈 공군 기지에서 B-21 차세대 디지털 폭격기라 불리는 놈이 시험 비행을 했다고 말이다.

이날, 개발 완료 단계로 접어든 그놈을 참가한 모든 이가 세계 최초의 6세대 전투기라고 불렀다고 한다.

5세대 특징인 스텔스 및 장거리 레이더 등 첨단 항전 장비에

+ 기존보다 월등하게 더 강화된 스텔스 기능과 첨단 ICT 기술을 적용

+ 다른 유인 및 무인 전투기와의 군집 운용 능력을 갖췄고

+ 재래식 폭탄은 물론 핵폭탄도 운용 가능한.

어마어마한 놈이 나타났다고.

대당 9천억 원에 랭크될 거라고.

"……."

그 소식을 듣고 얼마나 배가 아팠는데.

"……."

우리가 개발 중인 KF-21은 4.5세대 전투기로 불린다.

4.5세대라고 하지만 스펙상 4세대가 맞다. 혹은 3.8세대 정도?

대당 7백억짜리.

F-35는 1천억.

F-22 랩터는 2천억.

KF-21과 F-22 사이엔 3배에 가까운 가격 차가 있다. 그렇다면 F-22의 성능이 3배가량 우수한가?

아니다. 이 차이를 가르는 건 다른 여러 요소도 있겠지만 결국 스텔스 기능 때문이다.

'오필승 디펜스가 KF-21 사업의 지분을 39%나 가져왔다고 해서 놀랐더니 아니구나. 엄청 양보한 거야. 50%를 가져가도 충분하다 못해 모자랄 뻔한 기술로.'

소자 2,000개짜리 AESA 레이더에다 반영구적으로 사용 가능한 스텔스 도료가 생겼다.

현 대한민국 국력으로는 절대 만질 수 없는 기술들.

"어떻게 조치했나요?"

"전국 황칠나무 자생지를 전부 사들이고 있습니다. 전문가를 붙여 세력을 더 키울 연구도 진행하고 있고요."

"한 박사님은 어떠시답니까?"

"매우 만족하십니다. 일일이 다 따라다니면서 체크해 주시는 열정도 보여 주고 계시고요."

"전형적인 연구원이시군요."

"예."

"잘해 주세요. 대한민국의 국방력을 한 차원 높인 분이십니다."

"최고의 대우로 움직이겠습니다."

"그 정도로는 부족해요. 대표 이사급 대우로 격상시켜 주세요."

CEO의 반열에 올리겠다는 뜻에 조상기는 잠시 머뭇댔지만, 고개를 끄덕였다.

인정할 만했다.

그의 연구로부터 시작된 도료는 정말 활용 가능성이 무궁무진하니까.

직책이야 오필승 디펜스 부설 옻 연구소장이겠지만 대표급 대우를 해 주는 데는 전혀 무리가 없었다. 정복기 연구소장의 전례도 있고.

오필승의 방침도 이와 같았다.

- 공을 세운 이에겐 그만한 상급으로 보답한다.

철칙이다.

'하긴 대표급 대우를 못 해 줄 게 없겠어. 옻 하나로 파생될 기술에 비하면. 이런…… 나도 늙었나? 서열, 푼돈에 연연하

다니.'

오필승 디펜스 1년 예산이 10조였다.

연구소장급 대우를 대표급 대우로 격상시킨단들 얼마나 더 많은 비용이 소요될까?

서둘러 사과했다.

"제 판단이 부족했습니다. 오늘부로 한종호 박사를 대표급으로 발령 내겠습니다."

"모처럼 상여급 잔치도 하세요. 경사 났잖아요. 다 같이 즐겨야죠."

"아~ 맞습니다. 하하하하하, 제가 너무 매뉴얼대로만 하려 했습니다."

"매뉴얼 좋죠. 다만 우리 조 대표님 재량을 내가 더 믿겠다는 겁니다. 1년 10조 원을 다루는 기업의 수장이세요. 조금 더 울타리를 넓히셔도 됩니다."

"명심하겠습니다. 어쩐지 제 짐이 더 가벼워지는 것 같습니다. 도움을 드리러 왔는데. 감사합니다. 대통령님."

"더 애써 주세요. 난 조 대표님이 대한민국 최후의 보루라 생각합니다."

"아…… 뼈에 새기고 있습니다. 모자란 저에게 이런 막중한 임무를 맡겨 주신 것 죽음을 넘어서는 신의로서 답례하겠습니다."

"고마워요. 조 대표님."

"대통령님……."

조상대 대표가 나가고 잠시 앉아 여운을 즐기던 장대운도 일어났다.

오늘은 참 기분 좋은 날이다.

오래도록 쌓인 체증을 한 번에 관통한 무기를 손에 넣어서 일까?

모처럼 막걸리라도 한잔 걸칠 요량으로 청와대 셰프에게 안주를 부탁하려 했는데.

김문호가 들어온다.

"북한에서 연락이 왔습니다. 핫라인으로."

"김정운이가?"

"예."

막걸리는 다음으로 미뤄야겠군.

김문호를 따라 청와대 깊숙한 곳으로 가 핫라인을 열었다.

김정운이가 받는다.

"왜?"

쑤알라쑤알라.

생각보다 꽤 긴 시간을 통화에 할애해야 했다.

날카로운 이야기가 오갔다.

예민하고 폭력성이 짙은 대화 속에서 김정운이 감출 수 없었던 건 불안이었다.

과연 이렇게 가도 괜찮겠나?

종전해도 되겠나?

종전 후 신상에 문제가 없겠나?

'글쎄.'

안 괜찮으면 어쩔 건데?

안 괜찮아서 관둔들 괜찮겠나?

김정운 앞에서 북한 정권이 무너진다고 가정해 보았다.

어떤 일이 벌어질까?

'흠…….'

순전히 내 생각이긴 한데 그냥 무너질 바엔 무조건 전쟁을 일으킬 것 같다.

인민이 눈앞에서 굶어 죽고 자신의 미래도 불투명하다. 언제 죽을지 모른다면 도박에 목숨을 걸어 보는 것 정도는 누구든 할 수 있는 일이니까. 굳이 북한이 아니더라도.

그걸 얘기해 줬다.

그런 전차로 북한에의 지원은 필수 불가결이라 봤다.

서울에 미사일 하나만 떨어져도 10억 달러 현금 지원, 20만 톤 식량 지원, 종전 시 매년 5백만 톤 식량 지원이 하찮게 보일 테니.

북한은 바보가 아니다.

평화 통일?

'지랄. 우습지.'

인민들이 진실을 목도하는 순간 어떤 일이 벌어질까?

김정운에게, 당 간부, 군인들에게 통일은 사실상 재앙이나 마찬가지다.

이런 말을 해 줬다.

- 돈은 있지만 나라가 없는 경우와 돈은 없지만 나라가 있는 경우 넌 어느 것을 선택할래?

결론적으로 말해 북한은 남한과 싸워서 얻을 게 없다. 전쟁이 시작되면 김 씨 일가는 제일 먼저 제거될 테고 그건 그들이 원하는 바가 아니다.

주변국도 방향성도 이와 같다.

개자식들은 대한민국의 통일을 원하지 않는다. 이 상태로 영원 무구하게 지내길 원한다.

내가 통일을 반대하는 건 급작스러운 통일을 원하지 않는다는 것뿐.

그래서 물었다.

도박처럼 다 걸고 싸워서 이길 수 있겠어?

이기긴.

북한은 한미 연합군을 이길 수 없다. 세상 전부가 다 안다.

그럴진대 왜 핵이라는 무리수를 둔 걸까?

'그 길밖에 없으니까.'

한국, 미국 때문이 아니라는 뜻이다.

그 중심엔 중국이라는 거대 위협이 숨어 있다.

대화를 끌어내야 했다. 지금까지 남북이 수많은 대화를 해왔다고 얘기하지만 실은 대화가 아닌 일방적인 끌려감이다. 협박당하고 어르고 달래지면서.

그래서 김정운과의 첫 만남 때 상당한 무리를 했다.

반쯤 죽여 놓은 이유.

죽일 수 있었음에도 놔둔 이유.

'나랑 대화합시다.'

봐라. 나는 널 죽일 수 있었음에도 안 죽였다.

네 주위에 이런 자가 있더냐?

나만이 너의 유일한 살길이다.

실제로 바이든의 미국은 선제 타격도 준비 중이다.

오늘 통화에서도 진실을 말해 주었다.

너 이러다 죽는다고.

너 설마 일주일만 버티면 된다고 생각하니? 괜한 서울에다 피해를 주고 말이야.

중국군이 내려오고 미군과 대치하고 핵과 생화학 무기가 있으니 최후까진 가지 않을 거라 여기는 거냐고? 적당히 합의 보고 끝내려고 말이야. 그런 다음 중국의 소수 민족 중 하나로 흡수돼 너만 잘 먹고 잘살겠다?

성공한들 그걸 인민이 받아들일까?

어느 날 갑자기 중국인이 됐다는데?

설사 받아들인단들 북한과 남한은 이미 심대한 타격을 받은 후다. 중국이 한 약속이 지켜질 거라 보니? 중국은 그렇다 치고 미국은?

아니, 전쟁이 시작되는 순간 네가 사는 곳부터 타격에 들어갈 거야. 지하 6층이든 10층이든 넌 절대 무사하지 못해.

그래서 또 어차피 죽을 거 전쟁이나 하고 죽겠다고?

그럼 해봐.

미사일 버튼 눌러 봐. 내가 먼저 북한을 이 세상에서 지워 주지.

"……."

그러나 오늘 통화의 목적은 이게 아니었다.

내용의 과격함과는 전혀 다른 방향성이다.

처음부터 끝까지 갈등을 조장하는 듯 으르렁댔지만.

떠보기였다.

김정운이 행동하기 전, 마지막으로 확신을 얻기 위한 제스처.

일이 곧 시작될 거라는 무언의 알림으로 보면 된다.

그게 나를 기쁘게 했다.

"일이 잘 풀린 것 같습니다."

"그래?"

"입가에 미소가 사라지지 않는데요."

김문호가 환하게 웃으며 반겼다.

하여튼 면도날 같은 자식.

노총각으로 늙어 죽게 하기엔 너무도 아까운 녀석이다.

이정희 씨가 참 괜찮았는데.

싫다고 지랄을 해 대니 어휴~~~.

Chapter. 66

Chapter. 66

"자, 이쪽으로."

집무실로 안내하는 김문호에 장대운은 걸음을 멈췄다.

"퇴근 안 해?"

"해야죠. 하나만 더 끝내고요."

"???"

가타부타 말도 없이 집무실로 데려가길래 따르긴 했는데.

김문호는 집무실 기기를 만지더니 동영상을 하나 틀었다.

'강철군인'이라는 제목을 가진 TV 프로그램이었다.

"청운의 신 대표께서 꼭 보셔야 할 영상이라고 신신당부를 하셨습니다."

"그래? 신 대표님이?"

"예능 프로그램이긴 한데 개요는 퇴역 군인들이 자기 부대의 명예를 걸고 한판 승부하는 내용입니다. 누가 누가 더 강한지."

"호오, 그래? 군인들끼리 붙는다는 거야?"

"어느 특수 부대가 강한지 말이죠."

이러면 또 재밌지.

"그런 프로그램이 있었구나."

"지금 한창 이슈 몰이 중이죠. 이 영상은 지금까지 나온 내용의 편집본입니다."

호기심이 돋았다.

특수 부대 하면 흔히들 특전사나 UDT쯤이 전부일 텐데 참가 부대만 벌써 여덟 개나 되었다.

대기실에 모일 때부터 서로를 가늠하며 긴장감이 흐르는데 괜히 보는 이의 호승심이 솟았다. 그때 문이 열리며 저벅저벅 군화부터 보이는 인물.

특전사 참가자들이 벌떡 일어나, 707부대까지 벌떡 일어서며 바짝 얼은 채 경례 구호를 붙인다. 다른 부대들은 어리둥절, 그러나 들어온 참가자를 보고는 침을 꼴깍 삼킨다.

아무렇지 않게 특전사 자리에 들어간 남자는 중사 계급장을 달고 있었다. 다른 특전사들도 몸이 다부졌는데 그 와중에 엄청 돋보였다. 덩치부터 눈빛, 자세까지 전부.

"누구길래?"

기다렸다는 듯 인터뷰 영상이 지나간다.

≪주변 증언으로는 복무 시 '창군 사상 최강'이라는 수식언을 받았다고 하셨는데요. 정말입니까?≫

≪아~ 그 얘기요? 당시 특전 사령관께서 그리 불러 주시긴 했는데 큰 의미는 두지 않고 있습니다.≫

≪웬걸요. 특전사 참가자들이 하나같이 놀라고 있습니다. 여기에서 만날 줄은 몰랐다고 말이죠. 레전드라고. 그분들이 전부 입을 모으는 것이 '창군 사상 최강' 칭호는 뛰어나다고 해서 붙이는 게 아니라고 하던데요. 여태껏 누구도 닿지 못한 명예라고요.≫

≪10년 전 얘기입니다. 보시다시피 세월이 많이 흘렀고요. 더 뛰어난 후배들이 나왔을 겁니다.≫

몇 가지 질문이 담담한 대답과 함께 지나간다.

≪'강철군인'에 나온 목적이 무엇입니까?≫

≪세상 돌아가는 정황을 보니 참으로 많은 나라가 우리나라를 둘러싸고 추잡한 짓을 벌이고 있더군요.≫

≪예?≫

≪알리러 나왔습니다. 이런 애국심도 있음을. 국가와 민족을 위해서라면 미국의 대통령이든 중국의 주석이든 일본의 총리든 북한의 수령이든 언제든지 죽여 없앨 수 있는 놈이 이

나라에 있음을 말이죠.≫

≪…….≫

≪다시 말씀드립니다. 제가 죽이기로 마음먹으면 이 세상 누구도 죽음을 피할 수 없습니다. 미국이 그토록 갖고 싶어 하는 비대칭 게임 체인저가 바로 이 자리에 있음을…….≫

잠시 끊는 김문호였다.

"편집본입니다. 이 인터뷰와 방송분 일부는 송출되지 않았습니다. 이 남자에 대한 건도 모두 편집됐습니다."

"……."

"놀랍지 않습니까? 인터뷰로 저런 말을 한다는 게."

"……저 남자가 창군 사상 최강이라고?"

"알아보니 실제로 그리 불렸더군요. 여기 이력이 있습니다."

신상 내역을 정리한 파일이었다.

들춰 봤다.

"이름이 천강인. 85년생. 서울 출신."

고등학교 1학년 때 부모가 교통사고로 죽었다.

서울대 물리학부 수석으로 입학.

1학년 2학기 중 자퇴.

특전사 입대.

"특전사 5년 복무 중 국방 정보 본부 육상 특수 임무대에 차출. 북한에만 16회 침투…… 이후 전역?"

이게 뭐냐는 눈빛에 김문호가 입을 열었다.

"이 일로 전임 특전 사령관을 만났답니다. 청운이."

"오오, 그래서?"

"그의 증언으로는 바람과 같았다고 합니다. 미국의 해군 특수전 개발단 데브그루든 대테러 특수 부대 델타포스든 천중사 앞에다 놓으면 어린 애와 같았다고요. 모의 전투 때마다 전멸, 전멸, 전멸이라고요. 혼자서 말이죠."

"……"

미국이 자랑하는 1티어급 특수 부대들을 갖고 놀았다고?

혼자서?

"한번은 홀로 북한 노동당 청사에 침투하더니 두꺼운 안경을 하나 가져왔더랍니다. 누구 거라고."

"설마 김정운의 아버지?"

"예, 그러곤 어떤 군공 서훈도 마다하고는 전역합니다. 이후 아프간 전쟁, 시리아 내전, 소말리아 내전 등지에서 모습을 보였고 이때 얻은 별명이 그림 리퍼(Grim Reaper)였다고 하네요."

"사신이라고? 죽음의 천사?"

화려하다.

"이후 미국 CIA에서 1급 독립 요원 생활을 시작합니다."

"CIA에서 1급 독립 요원?"

"이 자료도 사실 CIA에서 나온 거랍니다. 신 대표 말로는 이상하게 협조적이었다고 하더라고요. 흔적이나 알아볼 요량으로 접근했는데 정보를 마구 내줬다면서."

“…….”

“그런 자가 작년 무슨 일인지 1급 요원 생활을 관두고 귀국했습니다.”

“관뒀다고? 내가 잘못 알고 있는 게 아니라면 그런 건 관두고 싶다고 관둘 수 있는 게 아니잖아.”

CIA 1급 독립 요원이 한국인이라는 것도 놀라운데 관뒀단다.

이걸 누가 믿어?

“그렇죠. 그런데 진짜 관뒀네요. 이제 영상을 봐도 될까요?”

“어, 응.”

참호 격투 장면으로 넘어갔다.

눈발이 쌓인 곳에 직경 10m는 될 참호가 준비돼 있고 살얼음이 낀 흙탕물이 반쯤 담겨 있었다.

각 부대를 대표하는 이들이 웃통을 벗고 단련된 몸을 카메라 앞에 보였다.

곧바로 떨어진 신호와 함께 그들은 흙탕물에서 서로 간 몸의 대화를 나누기 시작하는데.

천강인 때문에 잔뜩 올라온 의문을 잠시 잊을 만큼 강렬했다.

그야말로 본능 대 본능의 대결이 아니던가.

그러다 다음 판에 천강인이 들어왔다.

일렬로 늘어서는 남자들 사이에서도 유독 큰 남자.

귀추가 주목되는 가운데 웃통을 벗었다.

"휘유~."

절로 휘파람이 나올 만큼 아름다운 몸이었다. 여기저기 칼로 베어지거나 총알 자국이 남긴 흉터가 있긴 했지만, 어떻게 만들었나 궁금해질 정도로 단련돼 있다.

"몸을 저렇게도 만들 수 있나?"

"예?"

"저런 몸은 처음 봐."

"예? 저 몸이 어때서요?"

"철저히 전투만을 위한 몸이잖아. 어떻게 단련해야 저렇게 되지?"

"……."

잡담하는 사이 신호가 울렸고 자세를 갖춘 다른 이들과는 달리 천강인은 꼿꼿이 서 있기만 했다.

누군가가 뒤에서 천강인을 급습했다. 허리를 잡으려 접근하는 순간 천강인의 왼팔이 달려드는 이의 뒷목을 잡았다. 그리고는 풍덩. 사람 하나가 바닥으로 내리꽂히고 흙탕물이 사방으로 튀었다.

바동거리는 이를 또 모두가 보는 앞에서 한 손으로 잡아 올린다.

80kg에 달하는 성인을 한 손으로 뽑아내고 있었다.

나머지 빈 오른손이 수도 형태로 바뀌는 건 순식간.

목과 복부로 슥슥.

저 행동이 무엇을 뜻하는지 모르는 이는 없었다.

천강인은 전의를 상실한 이를 조심스럽게 참호 밖으로 내려놓았고 그때까지 아무도 천강인에게 덤비지 못했다.

"……."

"……."

다음 장면은 각개 전투였다.

달려서 눈 덮인 철조망을 지나 바리케이드를 넘어 40kg짜리 타이어를 어깨에 짊어지고, 마지막은 외줄 타기로 종을 치는 것.

이때도 천강인은 특이했다.

다른 이들 모두 맨손으로 참여하는데 자기만 혼자 소총을 들고 있었다. 자세도 소총 돌격 자세.

신호와 함께 달린다.

남들이 전력 질주할 때도 천강인은 소총을 겨눈 채 다리로만 움직였다. 그럼에도 속도는 제일 빠르다. 제1 장애물 작은 바리케이드는 짚지도 않고 뛰어넘어간다. 철조망은 제일 덩치가 커서 불리함에도 뱀이 지나가듯 유연하게 통과. 2단 바리케이드도 살짝 점프하고는 한 손만 짚고 날아간다.

민첩함이 무슨 고양이 같았다.

40kg짜리 타이어를 어깨에 짊어지고도 끄떡없이 소총으로 경계하며 달린다. 남들이 맨몸으로 지고 달려도 숨을 헉헉대고 다리가 풀리는 판에 아무런 제약이 없는 것처럼 빠르고 경쾌하기 그지없다.

마지막 외줄 타기.

중간에 타이어를 내려놓는 장소가 있는데도 천강인은 젊어진 채 외줄 타기를 두 팔로만 순식간에 올라 종을 친다.

“뭐……야?”

“저도…… 영상은 처음 보는 거라.”

“저렇게도 할 수 있는 거야?”

“저는 못 합니다.”

“나도 못 해.”

다음은 최강군인을 뽑는 최후의 미션이었다. 100kg짜리 통나무를 끌고 반환점을 돌다 나오는.

이때도 다른 참가자들이…… 끝까지 살아남은 강자 중에서도 천강인만 고요했다. 남들이 미끄러지고 낑낑대고 어그러지고 있을 때도 사격 자세로 고고히 반환점을 돌아 나온다.

1등.

“…….”

“…….”

편집본이라 바로 날이 바뀌고 다음 미션이 나왔다.

30kg 군장을 메고 1차 도착점까지 달려 500kg 썰매를 끌고 다시 2차 도착점까지, 더미를 획득한 후, 1명이 해머를 들고 반환점에 도착, 추가 보급품을 가지고 돌아오면 더미와 함께 귀환하는 미션이었다.

시작은 거의 다 비슷했다.

구령에 맞춰 구보로 500kg짜리 썰매에 도착했다.

특전사만 달랐다.

가진 군장을 모두 썰매에 싣더니 두 사람은 썰매 앞으로 나머지 한 사람은 아무것도 안 하고 나아간다.

순식간에 620kg으로 증량된 썰매를 천강인 혼자서 밀었다. 쭉쭉 나간다. 네 명이 낑낑대서 겨우 움직이는 썰매를 천강인 혼자서 쌩쌩 밀었고 앞 두 사람은 방향만 잡았다. 한 명은 체력을 보존한 채 2차 도착점에 입성했고 그대로 달려 보급품을 가져온다.

특전사 압도적인 승.

다음 미션은 실탄 사격이었다.

조준하고 그럴 것도 없이 탕탕탕. 모두 만점.

이외도 여러 미션이 지나갔다.

무엇이든 천강인이 나서면 압도적인 승리였다.

그중 백미는 400kg 타이어 뒤집기였다.

너무 일방적이라 천강인을 제외하고 미션에 참가한 특전사가 패배해 데스 매치로 떨어진 것이다. 죄송하다고 고개를 숙이는 동료를 위로한 천강인은 혼자서 400kg 타이어 뒤집기에 들어갔다.

뒤집기가 아니었다.

던졌다.

한 번 던질 때마다 20~30m씩 훌훌 날아가는 타이어.

20kg짜리가 아니었다. 자그마치 400kg짜리였다.

특수 부대 네 명이 달라붙어야 겨우 뒤집을 수 있는 무게.

영상은 거기에서 끝났다.

"하아……."

"허어……."

더 볼 필요 없는데도 계속 보고 싶을 만큼 충격적이었다.

이런 인간이 실제로 존재하는구나.

힘만 센 게 아니다. 힘이 세더라도 이런 퍼포먼스는 불가능했다. 스트롱맨 데드리프트 세계 기록이 500kg이라고 했다. 단순히 한 번 드는 데만도 스트롱맨 참가자는 죽을힘을 다한다. 저렇게 던지는 건 아무도 못 한다.

민첩함, 스피드?

각개 전투에서 봤지 않나. 사격 자세에서도 전력 질주보다 빠르고 어지간한 높이의 장애물쯤은 날아가 버린다.

그 외 전투 능력은?

"영장류 최강인가?"

아니, 아마도 지구상 생물 중 최강이 아닐까?

김문호를 봤다.

역시나 남자답게 얼굴이 상기돼 있었다.

이런 걸 보고 어찌 피가 안 끓을 수 있을까?

"당장 올림픽에만 참가해도 금메달을 갈퀴로 긁어 올 수 있겠지?"

"오, 올림픽이군요."

"나도 좀 친다는 편인데 이건 도무지…… 감당이 안 되네."

"하아…… 저도요."

김문호의 표정이 계속 좋지 않았다.

"왜 그래? 한숨을 내쉬고. 무슨 걱정 있어?"

"방문한다고 했거든요."

"누가?"

"천강인이요."

"으응? 왜?"

"몰라요. 신 대표가 오늘 천강인이 청와대로 갈 거라고 전하랬어요."

"……?"

장대운은 잠깐 이게 무슨 뜻인지 이해할 수가 없었다.

"영상을 다 보면 전달하랬어요. 같이 만나 보라고요."

"지금 온다고?"

"예."

"그게 왜?"

"준비할 필요 없다고 했거든요. 알아서 갈 거라고."

"……!"

알아서 들어온다!

이 청와대에!

"그게 무슨 뜻인지 몰랐는데. 지금 알 것 같아요."

"……허락이 필요 없다는 거야?"

"그런 것 같아요."

그때 집무실 문이 열렸다.

도종현인가 하고 봤는데 군복을 입은 덩치가 들어온다.

천강인이었다. 방금 영상으로 본 천강인.

그러나 명백한 침입자다.

장대운이 빗살처럼 튀어 나가 오른손 스트레이트를 꽂았다.

경황 중이었지만 체중이 제대로 실린 일격이었다.

하지만 주먹이 닿은 건 야구 글러브 같은 손바닥.

그것이 스트레이트의 궤적을 완전히 막았다.

퍽.

당황하지 말자.

일격은 막혔지만.

아직 왼손 훅이 있다.

허리를 뒤틀며 침입자의 턱을 노렸건만.

무언가가 궤도 진입 중인 주먹을 툭 건드린다. 패리(Parry)였다. 그 때문에 주먹이 천강인의 턱을 아슬아슬하게 빗나간다.

'이런!'

둘 다 막혔다.

이러면 되레 상대의 공격에 무방비로 노출된다.

할 수 없이 장대운은 태클로 전환하려 했다. 몇 대 맞더라도 잡아서 중심만 무너뜨린다면 제압할 수 있다.

그러나 또 턱.

벽에 막힌 듯 도무지 나아갈 수 없었다.

고개를 돌리니 천강인이 어깨를 짚고 있다.

이해할 수가 없었다.

단지 이것만으로 돌진이 무산된다고?

'세상에…….'

기함을 한 장대운은 즉시 물러섰다.

천강인은 여전히 제자리에 서 있기만 했다. 들어온 그 자리에 그대로.

마주친 시선 간 또다시 부딪힐 듯 불똥이 튀었으나.

금세 사그라들었다.

"후우~~ 이거 상대도 안 되네요."

장대운이 먼저 풀어 버렸다.

"안녕하십니까. 대한민국 특수전 사령부 예비역 중사 천강인입니다. 단결!"

천강인은 기합 든 자세로 경례를 붙인다.

장대운도 받는다.

"단결."

소란에 청와대 경호원들이 들이닥쳤으나 한참 늦었다.

천강인이 암살자였다면 이미 둘 다 죽은 목숨이었다.

다 내보낸 장대운은 천강인을 자리에 앉혔다.

"후우~ 이것 참, 뭐라 얘기해야 할지…… 방금 천강인 씨가 나온 영상을 봤어요. 강철군인 말이에요."

"그러셨군요. 오늘 찾아가면 될 거라 언질을 받았습니다."

"신 대표께요?"

"아닙니다. 전 보안 사령관님께 받았습니다."

"아~ 정도 아저씨. 잘 계시죠?"

"여전히 정정하십니다."

시종일관 담담한 천강인이라.

장대운도 그제야 긴 숨을 내뱉었다.

"후우~~ 좀 충격이네요."

"저도 충격이었습니다."

"……뭐가요?"

"대통령님이 이렇게 강하실 줄 몰랐습니다."

"에엑! 날 어린 애처럼 갖고 놀던데요?"

"대통령님이잖습니까. 아마도 모든 국가 지도자 중 가장 셀 것 같습니다. 그것도 압도적으로 말이죠."

"호오, 창군 사상 최강께 그런 말을 듣다니 운동한 보람이 있네요."

"헌정 사상 최강의 대통령이라는 수식언이 어디에서 출발한 건지 저도 오늘 알았습니다."

얼씨구나 주고받고.

"그래, 오늘 온 목적이 뭔가요?"

"방송엔 나가지 않았지만, 저를 알리려는 목적이 가장 컸습니다."

"누구든 죽여주겠다던 그거요?"

"예."

"CIA 소속 독립 요원으로 활동하셨다고요?"

"그것도 맞습니다."

"어떻게 나온 겁니까? 단지 영상만 본 건데도 놓치기 싫어했을 것 같은데요. 순순히 놔주던가요?"

"온갖 트집을 잡고 막았습니다."

"막았다면…… 위협이나 위해를?"

"실제로 그런 시도도 있었습니다."

"흠, 그놈들이 하는 짓이 늘 그렇죠. 어떻게 협상했나요? 당신을 포기할 정도면 상당한 걸 내줬어야 했을 텐데."

"협상은 없었습니다."

"예?"

"CIA는 자기 것이 아니라면 차라리 죽여 없애는 조직입니다."

"???"

"되갚아 줬습니다. 일을 주도했던 CIA 국장, 실행했던 특수 요원 전부 죽였습니다. 본인은 물론 그 가족부터 기르던 강아지까지 일절 예외 없이."

"!!!"

다 죽였다고?

관계된 모두를?

깜짝 놀랐으나 이도 이해가 가지 않는 건 아니었다.

천강인의 세계는 죽고 죽이는 세계.

상대를 죽이려 했다면 자기도 죽을 각오를 해야 한다는 것쯤은 상식일 것이다. 다만 이해할 수 없는 건 그 범위를 가족까지 넓혔다는 건데.

"제가 사는 세계는 평범한 세계와는 달리 사소한 원한이라도 용납지 않습니다. 후환은 전부 뿌리 뽑아 버려야 제2의 제3의 비극을 막지요. 또 다른 음험한 시도의 예방책이기도 하고요."

"음……."

일벌백계라는 건가?

고개를 끄덕끄덕.

그를 너무 일반적인 측면에서 바라본 모양이었다.

'이해한다 한 것도 부족한 것이었어.'

전장을 배회한…… 1급 독립 요원 생활을 한 이의 사고방식을 너무 이쪽으로만 맞춘 것 같았다.

"역시나 보통이 아니십니다. 이 얘기를 들으면 CIA 요원까지 미간을 찌푸리는데 말이죠. 인간으로서 어떻게 그럴 수 있냐고요."

"이 자리가 원래 그래요. 냉혹할 때는 냉혹해야 합니다. 덕분에 하나를 배우네요. 싸우려면 뿌리까지 뽑아 버릴 계획부터 먼저 세워야 한다는 거 아닙니까."

"예."

"그래서 지금은 무슨 일을 하시죠?"

"서울에 조그맣게 홍신소를 하나 열었습니다."

"홍신소요?"

의외였다.

CIA 국장을 죽여도 미국이 덮고 조용히 보내 줄 정도라면 인간 병기라는 뜻인데.

“하던 일이 이런 쪽이라. 그래도 동네 아이들에게는 꽤 유명합니다.”

“예? 아이들에게요?”

“제가 잃어버린 고양이랑 강아지를 잘 찾아 주거든요. 염가에.”

이도 또 의외였다.

청와대를 자기 안방 다녀들 듯 다니는 인간이 애완동물 찾아 주는 일이나 한다고?

방송에까지 나와 일부러 자기를 알렸으면서…….

‘설마 유희인가?’

CIA 국장 건도 그랬다. 그 정도에 오를 인물이라면 나이가 상당할 테고 그 가족에 손자, 손녀도 있을 확률이 높았다.

다 죽여 놓고 아이들을 위한 일을 해 주고 있다고?

적과 아군의 구분이 철저하다는 건가?

“하나만 더 묻죠.”

“말씀하십시오.”

“어떻게 그렇게 강한가요?”

본질적인 질문이었다.

너 인간이 맞냐?

“제가 특별한 사람이기 때문입니다.”

“특별한 사람이요?”

“세상에는 보통의 상식으로는 재단이 안 되는 능력자들이 꽤 있습니다. 저와 전장을 돌아다녔던 친구들도 그런 자들에 속하고요."

"음……."

"참고로 저는 강해질수록 피지컬이 좋아집니다."

"……?"

"제가 특전사에 입대할 때의 피지컬이 신장 172cm, 몸무게 60kg였습니다. 왜소했죠. 지금은 195cm에 110kg이 나갑니다."

"……!"

인적 사항에 분명 서울대 물리학부 수석 입학한 후 특전사에 자원입대했다고 쓰여 있었다.

스무 살에 입대.

스무 살이면 성장이 거의 끝났을 무렵이 아닌가.

스무 살에 172cm였던 자가 15년 후 195cm로 나타났다고?

이게 말이 되는 일인지?

"세상에 불가사의가…… 있다는 겁니까? 그럼 서울대를 관두고 특전사에 들어간 이유가 그 특별함을 깨달아서였던가요?"

"없는 게 이상한 거 아니겠습니까? 오파츠도 돌아다니는 판에."

"그건……."

"제 성이 천 가입니다. 고려 시대 때는 척 가로 불렸죠."

갑자기 성 씨는 왜?

엇!

"그 척 가라면……!"

"유명한 분이 계시죠. 야사에서 자주 등장하는. 시대가 조선으로 바뀌며 고려의 씨를 말리려는 탓에 후손들이 성을 천가로 바꾼 겁니다."

"아……."

"이런 사례는 또 있습니다. 왕 씨가 옥 씨가 됐다든가 대 씨가 태 씨가 됐다든가 말이죠."

이해는 갔다.

일반적인 성 씨가 아니라면…… 그것이 국가를 뒤흔들 만큼 강한 이들의 족속들이라면 위정자의 입장에서 번성하게 놔두는 게 더 이상할 것이다.

그러다 번뜩 장대운은 이런 의문이 들었다.

"그럼 그 조상분도 천강인 씨와 같은 특별함이었습니까?"

"그분은 모르겠지만 저는 특별합니다."

자기가 아는 한 없다는 것.

"그래요? 그럼 성 씨 이야기는 왜……?"

"창씨개명이 떠올라서입니다."

"창씨개명이라면 일제강점기 때 우리의 이름을 일본식으로 바꾸라고 일으킨 캠페인 아닌가요?"

"권고가 아닌 강제였죠."

"아, 정정합니다. 강압이 맞습니다. 그런데 왜?"

"제가 예민하게 느끼는 건지 모르겠지만 돌아가는 꼴을 보아하니 우리 국민도 머지않아 제 조상이 스스로 성 씨를 바꾸며 무참했던 날을 맞이할지도 모르겠다는 예감을 받아서입니다. 홍길동을 홍지이똥으로 불러야 할 어이없는 날이 말이죠."

"……!"

까는 건가?

현재의 정책이 잘못됐다고?

그래서 중국에 점령당할지도 모른다는 얘긴가? 이 대한민국이 저 중국이든 어느 나라에든 복속 당할 수 있다고.

장대운의 미간이 확 찌푸려졌다.

"그 말씀은 정부가 잘못됐다는 뜻입니까?"

"아, 대통령님 집권 시기에 관한 내용이 아닙니다. 사실 대통령님만큼만 해 주면 우리 민족은 세계 최고의 반열에 오르리라 확신합니다."

"그렇다면……?"

"다음이 문제죠. 맹렬하게 기틀을 잡아 놓으면 뭐 하겠습니까? 다음 대, 다다음 대 대통령이 들어오며 전부 뒤틀어 버릴 텐데요. 물론 그것 말고도 제가 이 자리에 온 건 대통령님과 친해지고 싶어서인 것도 있습니다. 오직 국가와 민족을 위해 매진하시잖습니까? 옆에 계신 비서님도 마찬가지로."

"그 말은……?"

"필요하실 때 언제든 부르셔도 된다는 겁니다."

천강인의 목적은 처음부터 명확했다.

자기를 도구로 사용해라.

자기를 도구로 사용해 줬으면 좋겠다.

그렇기에 자신을 알리기에 주저함이 없다.

그렇단들 얼씨구나 받아들이는 게 옳을까?

미친놈일 수도 있지 않나?

물어봤다.

"좋습니다. 사용해 달라니 나도 적극적으로 고려해 보죠. 어디까지 할 수 있습니까?"

"인터뷰대로 가능합니다. 죽이라면 죽이고 납치해 오라면 납치해 오겠습니다."

"누구든…… 요?"

"누구든, 어느 곳에 숨어 있든, 전부 찾아냅니다."

"혹시 핵무기도 찾을 수 있나요?"

김문호가 끼어들었다.

천강인은 미소 지었다.

"가능합니다."

"찾아서 가져올 수도 있습니까?"

"예."

"들키지 않고 무사히?"

"그게 제 특기입니다. 실제 무력 투사도 그렇지만 후환을 남기지 않는 게 아주 큰 장점이죠."

"……."

"……."

기분이 묘했다.

아무래도 우리가 어떤 계기를 만난 건 아닌지…….

◇ ◆ ◇

천강인은 올 때와는 달리 경호원들이 둘러싼 상태에서 청와대를 걸어 나갔다. 유유히.

그러고는 1분이나 지났을까?

종적을 놓쳤다며 허둥지둥 뛰어다니는 경호원들을 봤다.

그의, 그들의, 두 뒷모습을 전부 지켜본 김문호로서는 자기도 모르게 긴 한숨을 내쉬었다.

청운이 특급으로 알리길래 보통 인간은 아닐 거라는 판단은 있었지만.

상상 초월의 괴물이 올 줄이야.

'대놓고 미행하는데도 종적을 놓쳐? 정말 대통령의 지시를 이행해 버리는 거 아냐?'

아무리 봐도 말도 안 되는 지시였다.

그럼에도 그는 하루도 안 걸린다고 했다.

그러고는 청와대 경호원의 미행을 뚫고 사라졌다.

백은호의 얼굴이 붉으락푸르락하는 게 이 캄캄한 밤에도 훤히 보일 지경.

"쿠쿠쿡, 일이 아주 재밌어졌어."

"오빠."

"으, 으응?"

"뭔데 웃어?"

이미래였다. 미래가 다가왔다.

"어, 미래야. 여긴 왜 나왔어? 퇴근 안 했어?"

"퇴근이야 했지. 바람 쐬러 나왔다가 오빠 봐서."

"좋은 밤이지?"

"응, 아직 쌀쌀하긴 하지만 예쁜 밤이네."

옷깃을 여미는 미래와 같이 물끄러미 밤하늘을 바라보았다.

별이라도 쏟아졌으면 좋겠는데.

서울의 밤은 먹먹하기만 하다.

"오빠."

"응."

"언니랑 완전히 갈라서기로 했다면서?"

"……."

"미안해. 내가 아쉬워서."

"……."

"우리야 평생 같이 살기로 약속했다지만 오빠는 안 그래도 되잖아."

"……미래야. 난……."

"오빠 선택은 존중해. 다만 그 언니 참 아까워서. 이것도 미안해. 제삼자가 이러는 건 좀 아닌데. 그치?"

"아니야. 네가 어떻게 제삼자야. 내 동생인데."

"……."

지이잉.

지이이이잉.

휴대폰 진동이었다.

누가 이 밤에 전화를 다 했나? 꺼내 봤더니.

"엇! 할머니. 예예, 잘 지내시죠? 그럼요. 저희도 잘 지내죠. ……할머니, 할머니? 잠시, 잠시만요. 제가 갈게요. 조금만 기다려 주세요. 제가 금방 갈게요."

"오빠 왜?"

"할머니 전화야. 뭔가 좀 이상한데."

얼른 주차장으로 향하려는 김문호에 이미래가 붙었다.

"넌 그냥 쉬어."

"안 돼. 할머니 일이잖아. 나도 가야지."

"……그래라. 같이 가자."

느낌이 수상했다.

같이 살면서도 평소 신세 지는 것을 부담스러워했던 할머니였다.

특히나 나를 가장 어려워했던 할머니가…… 청와대 입성 후 나랏일 하는 데 방해돼선 안 된다며 더더욱 몸을 낮췄던 할머니가 이 밤에 전화를 했다.

차를 바삐 몰아 인근 아파트로 들어갔다.

띵동.

문이 열리고 할머니가 어색한 미소로 우릴 반긴다.

"아이고, 미안해서 어떡해. 늙은이가 참아야 하는데. 참지도 못하고 연락을 해서."

"무슨 일 있어요?"

누가 해코지라도 했나 싶어 서둘러 집안을 둘러보아도 별다른 이상은 없었다.

"그게 아니고. 민석이."

"민석이요?"

장민석은 작년 가을에 입대했다.

지금쯤이면 일병일 텐데.

"일주일에 꼭 한 번 전화하던 민석이가 연락이 안 와. 한 달째. 요새 꿈자리도 뒤숭숭하고 무슨 일 생겼나 싶기도 하고 부대에 전화했는데. 훈련 중이라는 대답만 하고. 늙은이가 조마조마해서 당최 살 수가 없어."

"민석이네 부대에 전화했는데 훈련 중이라고 했다고요?"

무슨 훈련을 한 달씩 하지?

김문호는 군면제라 이쪽 방면으로는 문외한에 가까웠다.

"할머니 그럼 민석이가 잘 있는지만 확인하면 되는 거죠?"

"응, 그것만 해 줘. 옛날에도 자식이 군에 끌려갔는데 연락이 안 되면 무슨 일이 터진 거라고 했어. 십중팔구는 다쳐서 돌아오거나 한다고 말이여."

김문호도 할머니가 가진 불안함의 근원을 알 것 같았다.

유달리 돈독한 조손 간 만난 첫 이별.

요새 좋아졌다고는 하나 할머니가 겪은 세대에서 군대는

흉악한 무리에 가까웠다.

"알겠어요. 제가 알아볼게요."

멀리 갈 것도 없었다.

민석이네 부대로 전화했다.

당직 사관이 받는다.

장민석 일병 가족인데 한 달째 연락이 안 된다고 무슨 일 있냐고 물었다.

훈련 중이란다. 훈련 중이라 자세한 답변을 못 한단다.

똑같은 대답.

사단에 전화를 걸었다.

"청와대 비서실입니다."

한마디에 사단장까지 간다. 사단장은 다행히 안면이 있는 사람이었다.

민석이네 부대에 훈련이 있는지 물어봤다. 한 달씩이나 훈련하는 이유는 뭐냐고?

사단장이 무슨 소린지 모른다.

느낌이 싸했다.

급히 장민석 일병이 부대에 있는지 확인해 달라고 했다.

5분이 안 돼 국군 수도 병원에 후송돼 있다는 연락이 왔다.

'국군 수도 병원, 후송…….'

사고가 터진 게 틀림없었다.

민석이네 부대는 이걸 쉬쉬하고 있는 거고.

그러나 할머니에게는 말 못 한다.

팔십이 넘어가는 노인네에게 잘못 이 사실을 알렸다간 쓰러질지도 모른다.

그래서 민석이가 어디에 있는지 알았고 직접 눈으로 확인하러 가겠다는 말을 해 주었다.

"고마워. 나랏일 바쁜 사람 불러다 이러는 게 맞는지 모르는데. 내가 정말 고마워."

손을 꼭 잡고 이제 좀 살겠다는 할머니를 두고 차를 달렸다.

국군 수도 병원.

입구에서부터 위병이 제지한다.

"청와대 비서실입니다."

신분증을 제시하니.

"앗! 연락받았습니다. 들어가십시오."

연락받았다?

사단장인가 보다. 찾아갈지 모른다고 판단했나?

곧장 603병동으로 갔다.

취침할 시각이나 문을 벌컥 열고 들어갔다.

6인실이다.

두 자리는 빈 병상, 네 자리는 주인이 있다. 세 놈이 자리에 없고 한 자리에는 척 보기에도 위급한 환자가 누워 있다.

이름이 장민석이다.

쿵.

심장이 내려앉는 것 같았다.

민석이가, 내 동생 민석이가 왜 이런 꼴로.

"미래야……."

"오빠."

"진료 차트 가져와."

"으, 으응."

미래가 나갔다.

세 놈이 들어왔다. 어디서 담배나 빨다 왔는지 담배 냄새를 풍기며, 시시덕거리며.

움찔.

낯선 정장맨의 등장.

심상치 않은 기세.

조용히 입 다물고 자리에 가서 눕는다.

미래가 간호사를 앞세우고 진료 차트를 가져왔다.

"아무리 청와대 비서실에서 오셨더라도 담당의 동의 없이……."

김문호가 검지를 자기 입에 댔다. 조용히 하라고. 우리 민석이 깬다고.

강탈하듯 진료 차트를 빼앗았다.

"전신 찰과상에 신체 곳곳에 파열 흔적. 손가락 골절에 안와 골절, 가장 치명적인 건 측두부 골절……."

척 봐도 심각한 내용인데도 진료 소견 어디에도 신체적 폭행에 대한 언급이 없다.

소란에도 민석이가 일어나지 않는 건 진통제 처방 때문이었다. 약으로 재운 것.

'이쯤이면 죽으라고 방치한 건가?'

전화기를 잡았다.

오성 의료원.

"예, 저 김문호입니다. 국군 수도 병원에 의료 헬기 한 대 보내 주세요. 긴급 환자입니다. 측두부 골절에 안와 골절, 여러 곳에 숨겨진 골절이 있을 수 있어요. 초를 다투는 일입니다."

끊고.

다른 곳에 걸었다.

"저 김문호입니다. 군사 경찰감님, 헌병…… 아니, 군사 경찰이 필요합니다."

헌병이라는 명칭은 올해 2월부로 역사 속으로 사라졌다.

군사 경찰이다.

민석이네 부대 대대장까지 전부 체포하라고 지시했다. 중대는 일 명 예외 없이.

그때 누가 헐레벌떡 병실로 들어왔다.

"당신들 누구야?!"

기세 좋게 소리친 남자는 담당의였다.

어디에서 졸다가 나왔는지 머리가 까치집에 의사 가운도 흐트러져 있다.

"당신들 누군데 남의 진료 차트를 가져간 거지? 이거 불법인 거 몰라?!"

지금 눈앞에 있는 사람이 누군지, 어디에서 나왔는지 간호

사한테 들었을 법한데도 주제 파악이 안 되는 놈이다.

아니면 잠결에 흘려들었나?

아니면 이 정도가 약점이 될 수 있다고 판단했던가.

김문호는 상대를 안 하고 다시 전화를 걸었다.

"한후선 병원장님? 예, 저 김문호입니다. 예, 안녕이고 뭐고 지금 당장 병원으로 오셔야 할 겁니다. 예, 10분 내로 달려오세요. 안 그럼 일생을 통틀어서라도 후회할 일이 벌어질 테니까요."

병원장과 다이렉트로 전화하는 남자.

협박적 뉘앙스를 풍기기에 전혀 개의치 않는 남자.

그제야 담당의는 뭔가 일이 잘못 돌아가고 있음을 깨달았는지 병실을 슬그머니 나갔다.

구석진 곳으로 가 통화를 누르는 순간.

"어디에 전화하세요?"

"헙!"

놀라 떨어뜨린다.

서둘러 주우려 하지만 김문호가 더 빨랐다.

화면에 '조만열 의원님'이라고 적혀 있다.

통화 종료를 꾹.

"조만열이라면 한민당 4선 의원이네요. 당신이 지금 이 순간 조만열이한테 전화 건 건 어떤 이유일까요?"

"그, 그걸 왜 내가 당신에게 말해야 하지? 빨리 전화기 내놔!"

빼앗으려 덤빈다.

피하며 다리를 툭 건드니 그대로 바닥에 꼬라박는다.

"끄악."

군의란 놈의 반사 신경이…… 쯧쯧쯧.

올라타 제압하고 있으니 타이밍도 좋게 군사 경찰 열 명이 다가왔다.

"충성. 임무받고 왔습니다. 김문호 비서님?"

"이놈부터 체포하세요."

"뭐야?! 뭐야?! 안 놔!"

코가 깨졌는지 피를 철철 흘리면서도 발버둥 치는 담당의를 인계하고 병실에 돌아갔다. 병원장이 잠옷 차림으로 들어왔다.

오다 군사 경찰에 끌려가는 담당의를 봤나 보다.

"김 비서님, 이게 웬 날벼락입니까? 병원에 군사 경찰이라뇨."

김문호는 말없이 민석이를 가리켰다.

"이 환자 아십니까?"

"예?"

모르는 눈치다.

진료 차트를 줬다.

"이건!!!"

동태 눈깔은 아닌지 알아보긴 한다.

"여기다 방치해 두고 있더군요. 그냥 죽으라는 듯이."

"다, 당장 수술받아야 합니다."

"그건 걱정 마세요. 우리 민석이는 이따위로 죽지 않을 테니."

이 녀석과 처음 만난 게 일곱이었다.

2004년의 늦은 봄.

강남구청 경비들과 실랑이하며 울던 녀석을…… 할머니가 아프다며 그 조그만 몸으로 세상과 싸웠던 용기 있던 녀석.

구룡마을 다 쓰러져 가던 집에서 데려와 먹이고 씻기고 지금까지 애지중지 키웠다고 해도 과언이 아닌 녀석.

그런 녀석을 군대 보냈더니 저 꼴이 돼 사경을 헤매고 있다.

청와대 입성 때문에 어쩔 수 없이 헤어진 지 겨우 3년 만에…….

김문호가 송곳니를 드러냈다.

"병원장님도 각오하셔야 할 겁니다. 군 기강 잡는다고 수십 명 장성의 옷을 벗긴 놈이 바로 저입니다. 이 일과 조금이라도 관련 있는 자들은 절대로 못 빠져나갈 겁니다."

의료 헬기가 국군 수도 병원 상공으로 들어오고 있었다.

"야, 먹어 먹어."

"야, 마셔 마셔."

하하하하하하하…….

하하하하하하하하…….

자정을 향해 가는 중대 생활관, 소대별 불침번 외 모두가 잠들었어야 할 2소대 생활관에선 한창 파티가 진행 중이었다.

"야, 등화관제 확실히 해라. 불빛 새 나가면 안 된다. 대대 당직한테 걸리면 엿 된다~잉. 키키킥."

"누가 고개 돌리나! 좋은 말로 할 때 처자라 이 새끼들아. 밤에 잠도 안 자고 어딜 쳐다보나."

여섯 명이었다.

스무 명이 생활하는 생활관 한쪽에 모여 어디에서 추진해 왔는지 모를 족발과 소주를 잔뜩 깔아 놓고 왁자지껄 떠들면서 큰소리쳐 댔다.

"오늘 중대 당직 사관이 누굽니까?"

"허 중사다."

"허 양아치? 그 새끼한테도 좀 가져다줘야 하는 거 아닙니까? 뒤탈 없게 하려면."

"안 그래도 그 새끼 것도 하나 시켜 줬다. 지금 졸라 처먹고 있을 거다. 돼지 새끼처럼."

"역시 조 병장님, 제가 한 잔 따르겠습니다."

"오냐. 이빠이 채워 봐라."

쪼르륵 채워지는 잔에 눈앞에 깔린 기름진 족발에 부족함이 없었다.

조성태는 넘칠 듯 가득 채운 소주를 단번에 들이켰다.

"캬아~ 좋다. 씨벌. 이상하게 말이야. 소주는 군대에서 마시는 소주가 제일 맛있어."

"족발도 최고입니다."

"왜 안 그러겠냐. 뽀글이도 맛있는데. 나 씨벌 이번에 휴가 나갔다가 밤에 뽀글이 해 먹은 거 아냐? 나도 미친 거야. 키키킥."

옆에 있던 병장 하나가 끼어들었다. 이름표에 김선민이라 적혀 있었다.

조성태가 피식 웃었다.

"나가서 뽀글이나 처먹고. 못난 새끼. 너 그러다 말뚝 박겠다."

"그럴까? 키키킥."

"하긴 너는 꼰대가 3성 장군이니까 말뚝 박아도 걱정 없겠다. 나는 안 돼. 나가면 이쁜이들이 널리고 널렸는데 미쳤다고 여기 처박히겠냐?"

"지랄. 그년들이 너랑 놀아 준대냐? 거울도 안 보고 사냐?"

"쿠쿠쿡, 그년들이 내 얼굴 보고 룸에 들어오겠냐. 내 술 보고 오는 거지. 대충 골 빈 년들 끼고 놀다가 아버지가 정해 준 여자랑 결혼하면 된다. 내 인생은 그렇게 가면 돼."

"하여튼 졸라 부패 패밀리예요. 씨벌, 뒷돈 존나게 처받더니. 너네 꼰대는 도대체 어떻게 살아남은 거냐. 장대운이 대통령 되고 졸라 살벌했다던데."

김선민의 비아냥에 조성태가 반격했다.

“지랄, 씨벌너미. 너네 꼰대만 하겠냐. 이번에 팔십 명인가가 별똥별로 떨어질 때도 너네 꼰대는 살아남았더라. 생존력 하나는 짱이야.”

“쿠쿠쿡, 우리 집 꼰대야 뻔하지. 졸라 겁쟁이라 푼돈만 처먹어. 아무리 처먹어도 목에 걸리지 않아. 걸려도 눈감아 줄 만한 거로만 처먹어.”

“옴마야.”

“내가 씨벌 한심해서. 열받는 건 아무리 처먹어도 살림이 피질 못한다는 거예요. 아들래미 클럽 한 번 땡기는 것도 벌벌 떨게 만들고.”

“아서라. 지금은 그게 낫다. 우리 집 꼰대가 말하던데 이번에는 진짜 조심해야 한다더라. 개새끼 대통령이 완전 저승사자라고.”

“씨벌, 그 새끼가 뭐가 무서워? 이제 꼴랑 2년도 안 남았구만. 임기 끝나면 등신 되는 거 아니야?”

“그래서 그런데 그 새끼 괜찮겠지?”

“뭐?”

“그 새끼 있잖아. 그 거지새끼.”

“아~ 그 새끼? 그 새끼는 왜?”

“뭘 왜야. 새꺄. 꼰대가 조심하라잖아. 그거 알려지면 감당되겠냐?”

“씨벌러미, 그러니까 말릴 때 그만뒀어야지. 꼭 한 대 더 때려서 사달을 만들어요. 아주 폭력성 짙은 망나니 새끼."

손가락질에도 조성태는 웃기만 했다.

"졸라 찰진 걸 어떡하냐? 그 거지새낀 이상하게 손맛이 좋아. 중독될 만큼."

"그래서 요새 두리번거리고 다니냐? 다음 타깃 찾으려고?"

"키키킥, 들켰냐?"

"조심해라. 이번 건은 선 넘었다. 그 새끼 잘못되면 다 엿된다."

"지랄. 너네 꼰대가 군 검사랑 담당의 다 섭외해 놨다며. 뭉개면 된다며?"

"그렇긴 하지."

"그럼 뭐가 문젠데? 뒈져도 문제없는 거 아냐?"

"군은 상관없는데 밖이 문제가 아니냐? 그래도 사람이 죽어 나갔는데."

"이 새끼가 점점 즈그 집 꼰대 닮아 가네. 그새 새가슴 됐냐? 그 새끼 가족일랑 다 죽어 가는 노인네 한 명밖에 없잖아. 알고 시작한 거잖아. 새꺄."

"아, 씨벌. 누가 몰라서 그래. 조심하자는 거잖아. 병신아."

"다 뒈질 노인네가 뭘 할 수 있는데? 툭 치면 뼈 부러질 노인네 걱정일랑 말고 그 거지새끼도 차라리 뒈지는 게 나아. 살아서 나불대 봐. 그게 더 골치 아프지."

"그런가?"

"이렇게 된 거 뒈지는 게 낫다고. 새꺄. 그 거지새끼같이 짜증 나는 것들은 다 뒈져 버리는 게 낫다고 씨벌아."

부르릉부르릉.

부르릉부르릉.

무거운 트럭 소리가 바깥에서 들렸다.

커튼 틈 사이로 환한 불빛도 마구 흔들리고.

"야, 뭐야?"

망보던 놈이 소리쳤다.

"허, 헌병임돠! 헌병입니다!"

"뭐?!"

"어디, 어디?!"

조성태, 김선민이 내다본 밖에는 60트럭이 마구 들어오고 거기에서 헌병들이 줄줄이 내리고 있었다.

뜨악!

생활관에 널린 소주병과 족발.

"씨벌, 뭐 하냐?! 다 치워. 이 새끼들아!!"

◇ ◆ ◇

지휘관용 레토나에서 내린 남자는 헌병대장, 현 군사 경찰 대대장이었다.

한밤중임에도 각이 살아 있는 옷깃을 자랑하는 그는 신속하게 대열한 군사 경찰들에 명령했다.

"다 잡아. 한 놈도 빠짐없이 싹 다 잡아!"

"옙."

우르르르르르르르르.

기껏해야 100명이 생활하는 중대 생활관에 30명의 군사 경찰이 들이닥쳤다.

쾅.

거침이 없었다.

불침번들이 어어! 하는 사이 생활관 문을 발로 차고 들어간 군사 경찰들은 불을 켜고 큰소리로 외쳤다.

"기상!!!"

2소대로 향한 군사 경찰들도 마찬가지였다.

기세 좋게 문을 박찼는데.

퍽.

꿈쩍을 안 한다.

뭔가 하고 힘으로 밀자 살짝 열리며 누가 막고 있는 게 보였다.

소리쳤다.

"비킵니다. 문에서 비킵니다!!"

2소대 내부에서도 난리였다.

병장 둘이 소리치고 몇 놈이 문을 막고 밖에는 호루라기 소리가 울리고.

"못 들어오게 막아!"

"뚫리면 우리 다 죽는다!"

미는 자와 막는 자 간 몇 번의 실랑이가 오갔다.

그러나 대세는 기울었다. 얼마나 버틸까?

미끌.

건조하지 말라고 바닥에 뿌려 둔 물기가 문제를 일으켰다. 막던 몇몇이 순식간에 미끄러졌고 군사 경찰이 우르르 들어왔다.

조성태, 김선민은 미친 듯이 소리쳤다.

"막아!"

"빨리 일어나서 막아. 이 새끼들아!!"

휴대폰을 들고 전화를 걸려는데 패턴이 자꾸 어긋난다.

"씨, 씨벌, 이거 왜 이래."

평소 아무도 못 열게 복잡하게 해 놓은 것이 문제였다.

눈앞엔 군사 경찰들이 들이닥치고 손은 벌벌 떨리고 속은 후달리고…….

"침착하자. 침착하자. 딱 한 통화만 하면 된다. 아빠한테 딱 한 통화만 하면 된다."

평소 꼰대라고 무시했지만 급할 땐 아버지밖에 없다.

그때 또 큰소리가 울렸다.

"이거 뭐야?! 이 새끼들이 지금 반항해?!"

순순히 잡혀 들어 정리 단계에 들어간 다른 소대와는 달리 여전히 소란스러운 2소대로 군사 경찰 대대장이 들어섰다.

"저 새끼, 저거 뭐야? 휴대폰이야?! 뭐 해?! 다 밟아! 지금부터는 내가 책임진다!"

군사 경찰이 강화 플라스틱 진압봉을 꺼낸 건 동시였다.

이전까지 몸으로만 실랑이하던 행태가 바뀐 것도 마찬가지.

마구 휘둘러졌다.

퍽퍽퍽퍽.

"으악."

"아악."

"으아악, 머리."

이로 막든 입술로 막든 진압봉 앞에선 추풍낙엽.

저벅저벅 저벅저벅.

당당한 걸음걸이가 얼어 버린 조성태와 김선민 앞에 섰다.

군사 경찰 대대장은 손에 쥔 휴대폰을 빼앗았다.

그러다 킁킁.

"술 냄새?"

"대장님, 당직 사관을 체포했습니다."

슬리퍼에 다 풀어 헤쳐진 군복.

이놈도 술 냄새가 풀풀 난다. 눈도 풀어졌고.

속에서 스팀이 부글부글.

"간부란 놈이…… 지금부터 이 소대는 특별 취급한다. 다 뒤집어."

명령이 떨어지자 대기 중이던 군사 경찰이 우르르 들어와 관물대건 군장이건 전부 꺼내 뒤집는다.

온갖 것들이 나왔다.

지급된 것 외 반입이 안 되는 물품들이…… 사제 옷에 먹다 남은 족발에 소주, 플레이보이 잡지에 사단 작전 계획서……?

"뭐? 사단 작전 계획서라고?"

분명히 그리 적혀 있었다.

들춰 보니 내용도 그랬다.

작년도 작계긴 해도 이는 군사 비밀이었다. 결코 유출돼선 안 되는.

군사 경찰 대대장의 목소리가 차가워진 건 수순이라.

"이 시간부로 보안을 격상한다. 군 기밀 유출이다. 이에 부대 전 간부를 체포한다. 이 두 놈은 따로 특별 관리한다. 실시!"

"실시!!"

명령이 떨어지자마자 중대 전체가 60 트럭 네 대에 실려 어디론가 달려갔다.

그 광경을 지켜보던 군사 경찰 대대장이 자기 휴대폰을 들었다.

"예, 사단장님. 이거 일이 커질 것 같습니다. 마음의 준비를 하셔야겠습니다."

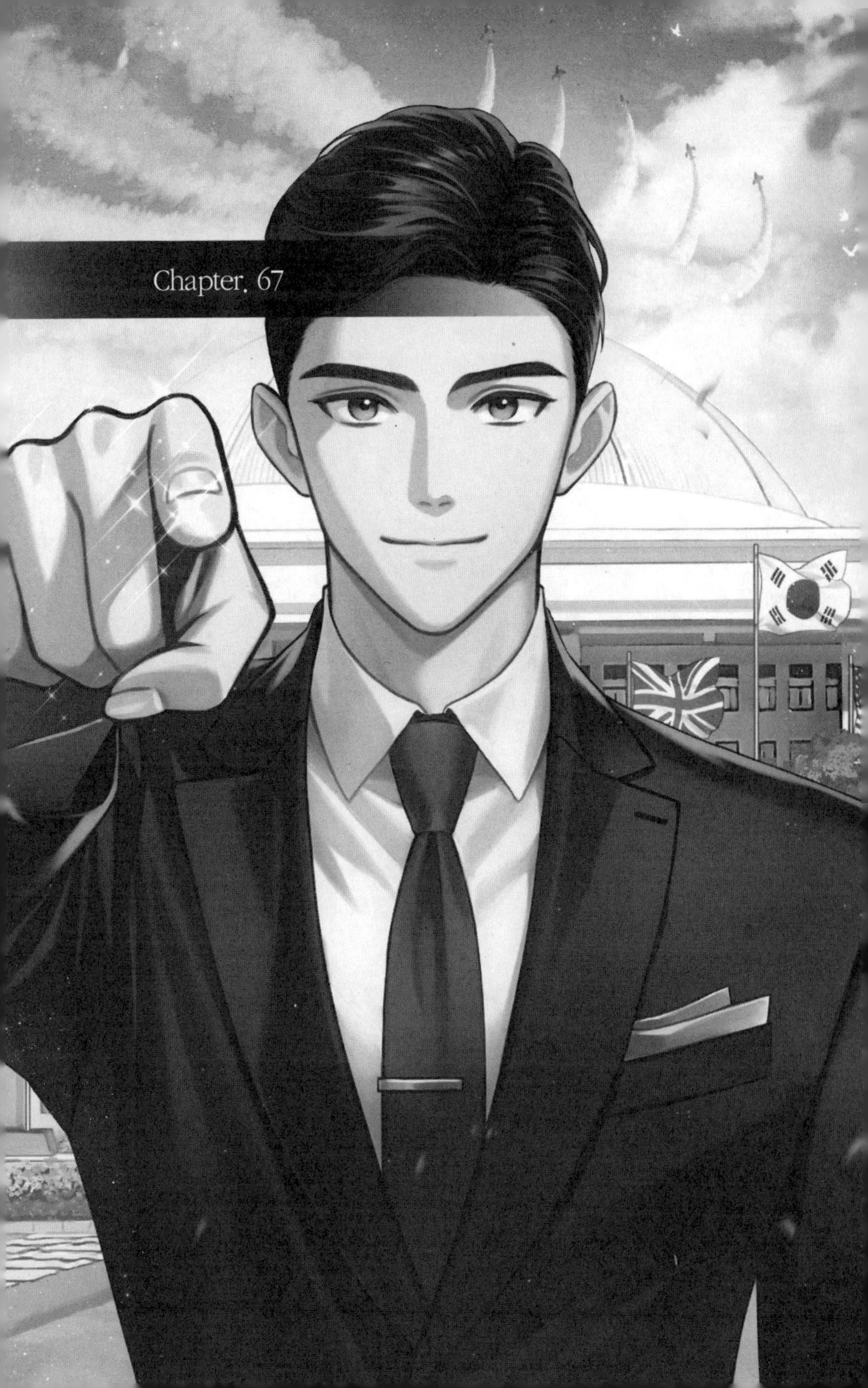
Chapter. 67

Chapter. 67

“조직적이고 계획적인 괴롭힘이었습니다. 중대장, 소대장의 묵인하에 중대 다른 간부들도 끼어들지 못할 만큼 위세가 셌던 건 그 위 대대장이 김선민의 아버지 김태익 육본 참모차장의 직속 후배였기 때문이었습니다.”

“한 명도, 단 한 명도 말리지 않았다는 겁니까?”

“체포 당시에도…… 죄송한 말씀이지만 장민석 일병이 죽기를 바랐다고 발언했다 합니다.”

“죽기를 바랐다고요?”

으드득.

이 가는 소리가 군사 경찰 대대장실에 울렸다.

그럴수록 군사 경찰 대대장은 정신이 번쩍 들었다.

상대는 청와대 비서실이다. 여기에서 잘못 삐끗댔다간 그 여파가 어디까지 미칠지 몰랐다. 자신도 어떻게 될지 모른다.

사단장의 사정이든 뭐든 알 게 뭔가. 우선 나부터 살아야지.

게다가 이 건은 육군 군사 경찰 실장 겸 군사 경찰감 직통으로 내려왔다.

- 청와대 비서실의 명령을 최우선으로 따라라.

'씨벌…… 잘못하면 나부터 엿 된다.'

군사 경찰의 편제가 이랬다.

사단 단위엔 군사 경찰대대 군사 경찰 대대장 중령.

군단 단위엔 군사 경찰단 군사령부 군사 경찰단 단장 대령.

육군 단위엔 군사 경찰 실장 겸 군사 경찰감 준장.

자신의 견장에 달린 건 겨우 무궁화 두 개.

그리고 불과 얼마 전에 별 팔십 개가 날아갔다.

비록 사단장이 잘 좀 부탁한다고 인맥으로 사정에 사정을 했으나 이 순간 누구 라인에 서야 할지는 자명하였다.

"이등병 때 교육을 담당하던 선임병이 전출 조치 받은 후부터 누구도 막지 못했다고 했습니다. 간부들조차 얻어맞는 경우가 다반사였다고…… 말이죠."

"……."

"그때부터 중대 내 가장 약한 이만 골라 괴롭혔다고 합니다. 장민석 일병의 경우도 신상 내역을 살펴본 후 후환이 가장 적은 이로 골랐다고 합니다."

"신상 내역이요?"

"중대 인사계로부터 받아 냈다더군요. 그뿐이 아닙니다. 사단 작전 계획서도 갖고 있었습니다. 사병이."

한숨이 푹푹 나왔다.

군 기밀 유출 같은 건 눈에 들어오지도 않았다.

자꾸만 병상에 누워 있던 민석이의 모습만 아른거린다.

어째서 전화 한 통 하지 않았을까?

자기 형이 청와대 비서실에 있다는 것만 말했어도 이런 일은 절대 벌어지지 않았을 텐데.

곱씹을수록 마음은 차가워져만 갔다.

"얼굴을…… 볼 수 있을까요?"

"제가 안내하겠습니다."

"부탁드리겠습니다."

"예."

군사 경찰 대대장의 뒤를 따라 이동한 곳은 지하 1층에 마련된 유치장이었다.

최고 악질 둘만 따로 잡아 둔 곳.

나머지는 아직 조사 중이라고 했다.

"저놈들이군요."

"예."

김문호는 조용히 그들 앞에 섰다.

뭐냐고 쳐다본다.

아직 기가 죽지 않았다. 군사 경찰 대대장이 귓속말로 알려 줬다.

'애들은 지금 사단장 특별 지시로 이 일이 벌어진 줄 알고 있습니다.'

지금 눈앞에 있는 이가 누군지 모른다는 것.

아직 희망이 있다고 여기는 것.

"뭐야? 왜 쳐다보고 있어?"

"이봐요. 헌병 대대장님, 전화 한 통만 씁시다. 전화 한 통이면 됩니다."

반성의 기미도 없다.

"……너희들이 장민석 일병을 그렇게 만들었니?"

"어, 뭐야? 그 일 때문이었어?"

"아, 씨발, 그러길래 그만 때리라고 했잖아. 씨발아, 너 때문에 이게 무슨 꼴이야! 제대도 얼마 남겨 두지 않았는데."

"개스키가 여기까지 와서도 지랄이네. 니가 꼬드겼잖아! 거지새끼라고. 건드려도 아무런 후환도 없을 거라고!"

"그러니까 적당히 갖고 놀았어야지. 뭐든지 적당히 놀아야 뒤탈이 없는 거라고 몇 번 말해. 새꺄."

"이 새끼가. 나만 잘못했냐? 너도 같이 때렸잖아. 새꺄."

입에 걸레를 물고 태어난 놈들이었다.

갱생의 여지가 없는 놈들.

"이봐요. 아저씨, 무슨 인권 단체에서 나온 것 같은데. 사고라니까요. 명백한 사고. 엇, 엇, 하다가 우발적으로 생긴 사고. 야, 안 그래?"

"그래요. 남자들끼리 툭탁치고 놀다가 조금 과해진 것뿐이에요. 남자끼리 그럴 수도 있는 거 아닙니까."

"맞아요. 툭탁대고 놀다가 조금 다친 거예요. 우리도 잘못하긴 했는데 이런 식으로 가둬 두는 건 아니지."

"무슨 재판도 없이 사람을 이렇게 우악스럽게 가둬 놓냐. 아저씨, 이것도 인권 유린 맞죠?"

이성의 끈이 끊어질 듯 위태로웠다.

당장에 저 철창 안으로 들어가 갈기갈기 찢어 버리고 싶은 마음을 억누르고 물었다.

"그 툭탁…… 누가 된다고 했지?"

"……?"

"……?"

"누가 너희에게 툭탁해도 된다고 허락했어?"

"야, 뭐라는 거냐? 저 밥팅이."

"나도 몰라. 씨벌. 아, 짜증 나. 별 거지 같은 게 와서 꼰대질이네."

김문호는 더는 참기 힘들었다.

철창을 있는 힘껏 쥐었다.

"너희는 지금 내가 거기로 들어가지 못함을 다행으로 여겨라."

"……?"

"……?"

"내가 민석이 형이다."

"……! 뭐야. 그 새끼 형제 없다고 했잖아."

"……! 없어. 다 죽어 가는 노인네밖에 없어. 너도 확인했잖아. 새꺄."

도무지 영문을 모르겠다는 표정이다.

말도 해서 통할 놈들이 아니라는 건 진즉 알았지만.

"하아……."

김문호의 어금니가 앙 물렸다.

"금수저 물고 태어나 온갖 혜택은 다 받고 자라 왔을 거다. 난 사실 그런 인생에 별 유감이 없어. 그리 태어난 걸 어쩌겠어. 하지만 말이야. 나랑 엮인 이상 너희는 이제부터 새로운 경험을 하게 될 거다. 그토록 친절했던 세상이 말이다. 너희를 무조건적으로 거부하는 걸 온몸으로 겪게 될 거다."

"뭐라는 거냐. 쟤."

"세상이 우리를 거부하게 될 거라고 하는데."

"뭐?! 세상이 우릴 거부하게 될 거라고? 이거 미친 새끼 아냐."

"글쎄 말이다. 쿠쿠쿡, 지가 뭐라도 된 듯 지랄이네. 그래, 씨벌넘아, 어디 마음대로 해 봐라. 어디 니 마음대로 해 봐라. 어디까지 가나 보자."

"그깟 거지새끼 하나 건드렸다고 왜들 이러지? 어차피 사회에 필요 없는 잉여 물자 아니냐. 그것 좀 건드린들 무슨 문제라도 생기냐? 왜 난리야. 씨벌!"

"아니, 내가 너한테 예언해 주지. 넌 앞으로 어느 회사에서도 받아들여 주지 않을 테고 어떤 장사를 해도 계속 똥파리가 따라다닐 거다. 네 가족은 무슨 일을 해도 망할 테고 혹여나 교통사고 당해서 병신 되거나 죽을 수도 있겠지. 쿠쿠쿡."

"오오~ 졸라 죽이는데. 그거 괜찮겠다. 안 그래도 눈에 거슬리는 몇 놈이 있는데 그걸로 보내야겠어."

"그러니까 이 형님 말 좀 들어라. 왜 그렇게 제멋대로냐."

너무 기가 막히면 웃음이 터진다더니.

"쿠쿠쿡, 쿠쿠쿠쿠쿠쿠쿠쿠쿠쿡."

참을 수 없는 웃음이었다.

"어랏, 저 새끼 웃는데. 비웃는 거 아냐?"

"비웃는 거 맞아. 저 씨발 새끼가. 너 잘 들어라. 내가 여기서 나가면 너부터 제일 먼저 죽인다."

웃으면서도 기가 찼다.

어떻게 생겨 먹은 종자라야 저리될 수 있을까?

"4선 의원, 3성 장군 빽이 이렇게나 셀 줄은 몰랐네."

"뭐야? 저 새끼 우릴 알아?"

"……어?"

"내가 너희 빽을 아는 게 이상해? 그게 뭐 큰 빽이라고 말 못 할까. 근데 말이야. 너희가 하나 알아야 할 게 있어. 너희가 그렇게 믿는 빽보다 민석이 빽이 훨씬 더 강한 걸 말이야."

"……?"

"……?"

"……!"

"……!"

"……아니야. 아니야. 야, 블러핑이야. 그 거지새끼 노인네 뒈지면 고아야. 빽이 어딨어. 있을 리가 없잖아."

"그렇지?"

그때 문이 열리며 두 사람이 들어왔다.

장대운과 이미래였다. 미래는 민석이 의료 헬기로 후송될 때 같이 타고 갔다가 지금 오는 길이다.

"충성!"

군사 경찰 대대장의 군기 바짝 든 경례 구호가 터졌다.

놈들도 장대운만큼은 알아보는지 입을 떡.

"미안하다. 내가 늦게 왔지?"

"아닙니다. 제때 오셨습니다."

"민석이 보고 오느라 늦었다. 미래 좀 달래 주고 있어라. 나한테 맡기고."

"예."

김문호가 이미래의 어깨를 감싸는 사이 장대운은 두 놈에게 다가갔다.

싸늘한 눈이 그들을 훑었다.

"너희가 내 귀한 조카를 죽이려 했다고? 우리 민석이를?"

"……!"

"……!"

"어디 보자~~ 너는 아버지 4선 국회의원 조만열이를 믿고 너는 3성 참모차장 김태익이를 믿고 그렇게 까불었다 들었다. 어떡하냐? 현시점 부로 그 두 놈도 체포됐다. 장담하건대 이 일과 관련된 놈들은 먼지 하나까지 탈탈 털려 중국인 수용소로 가게 될 거다. 나랏일에 바쁜 나를 밤잠 설치게 한 죄는 톡톡히 치러야지 않겠어?"

"……."

"……."

"그래, 더 강한 빽이 있어? 있다면 그놈도 처리해 주지."

"……."

"……."

"더 없나 보구나. 없으면 안 될 텐데. 이게 끝이라면 너희 인생도 끝이야. 젖 먹던 힘까지 끌어모아 저항해야 할 거다. 아 참, 아까 내 비서한테 뭐라고 했더라? 어떤 회사에서도 받아들여 주지 않고 장사를 해도 똥파리가 낄 테고 가족도 망하고 교통사고까지 당할 거라고 했지?"

다 들었다.

들어오기 직전 문 앞에서.

"……."

"……."

"대답이 없네. 그래도 제법 강단이 있는 줄 알았는데. 영~ 재미가 없어. 군사 경찰 대대장님."

"엡!"

"대략 들어 보니 민석이네 부대 전체에 문제가 아주 많더군요."

"옙, 그렇습니다."

"국군통수권자로서 명령합니다. 간부들 전부 옷 벗기고 중국인 수용소에 처넣으세요. 이놈들도 이놈들이 속했던 중대도 전체 다 똑같이 중국인 수용소에 처넣으세요. 이 일을 전군에 본보기로 삼으세요. 숨겨 주다간 똑같은 형벌을 받게 된다는 걸 알리세요. 알겠습니까?!"

"일절 예외 없이 진행시키겠습니다!"

"내가 직접 찾아볼 겁니다."

"목숨을 다해 명령을 완수하겠습니다!"

"좋아요. 부탁합니다."

"옙, 충성!!!"

◇ ◆ ◇

"으, 으으, 으으으어어어억!!!"

식은땀이 삘삘,

무엇이 두려운지 급히 뒤척이다 벌떡 일어난 김정운은 두 눈을 부릅뜨고 주변을 두리번거렸다.

"허억, 헉헉헉."

평양 노동당 청사 내부 관저였다.

그중 어젯밤 낙점한 비밀 심처.

옆에 누워 있는 이가 아내인 걸 확인하고서야 겨우 한숨을 내쉬었다.

"후우~~~~."

"와, 와이시라요? 나쁜 꿈이라도 꿨습네까?"

"아, 아니다. 자라. 후우~~~."

"땀을 이렇게나 흘리는데 어캐 잡네까."

놀라서 깼는지 숨을 크게 쉬면서도 수건을 가져와 닦아 주는 아내에, 그 손길에 김정운은 점점 감각이 살아나는 것 같았다. 마음이 점점 진정됨을 느꼈다.

"여기 물이라도 드시라요."

"어."

주는 물을 한 모금 머금고 나니 정신도 한결 맑아졌다.

"후우~~~~~~."

꿈이었구나.

다시 주변을 돌아봤다.

똑같다.

젠장, 잘 자다 시잘데없는 악몽이라니.

'내가 약해진 건가?'

즉시 고개를 저었다.

안 된다. 안 된다. 약해지는 건 절대 안 된다.

'약해진 모습을 보이는 순간 나부터 제거될 거이야. 뱃심 단단히 주라.'

어느 곳에도 쉴 곳이 없다.

어느 곳에도 마음 둘 곳이 없다.

주변엔 늘 언제든 이빨을 들이밀고 물어뜯을 수 있는 승냥이들만 천지다.

그놈들이 있는 한 평안은 없다.

솔직하게 힘이 딸리는 것도 맞다.

'지친다.'

아버지 때와는 확연하게 다른 분위기.

놈들의 시선은 늘 아버지와 자신을 비교하며 가늠한다.

여차하면 뒤집을지도 모른다는 뉘앙스로.

그만큼 가볍다.

불현듯 남조선 대통령 놈의 말이 생각났다.

∽ 난 내가 해 줄 수 있는 걸 말해 준 것뿐이야. 그걸 활용하는 건 전적으로 네 몫이고. 내가 북한의 왕도 아니고. 솔직히 말해 그런 왕, 거저 줘도 안 한다. 날마다 독살당할까, 어떤 놈이 뒤엎으러 오지 않나? 누가 총부리 안 겨누나? 벌벌 떨면서 사는 게 그게 인생이냐? 차라리 남태평양 외딴 섬 어부가 더 삶의 질이 높겠다.

∽ …….

∽ 보기 안쓰럽다고 자식아. 이 얘기 해 주고 싶었다.

"내래…… 그리도 보기 안쓰러울 지경인가?"

"예?"

"아니다. 자라."

"자꾸 자라 그러시오. 내래 곁에 있잖소."

∽ 고립무원이야. 악순환의 연속이지.

∽ 그래서 어떻게 하라는 거요?!

∽ 그건 네가 더 잘 알잖아. 네 일 아니야?

"간나……."

"예?"

"아니다."

"고조 누우시라요. 밤이 아직 깁네다."

∽ ……나한테 왜 이러시오?

∽ 그만 싸우자는 거다. 언제까지 아옹다옹할래? 그만 남한을 이용하고.

∽ 그건…….

∽ 그까짓 미국 안 끌어들여도 된다. 네가 마음만 먹으면 북한은 중국을 넘어서는 세계의 공장이 될 거다.

∽ …….

∽ 헌데 모름지기 정치가 불안한 나라엔 누구도 들어가지 않아. 너부터도 들어가고 싶겠냐? 언제 총부리를 뒤로 겨눌지 모르는데. 남한을 봐라. 정치가 안정된 후 어떻게 변했냐?

∽ …….

∽ 네가 아무리 미사일을 날려도 남한은 하루가 다르게 발전하지. 머지않아 선진국으로서의 지위도 얻게 될 거야. 그러나 너희 그 비대해진 군사력은 체제를 잇는다는 측면에서는 큰 도움이 되겠지만 대신 그 때문에 미래가 꺾였지. 지금에선 오히려 너희 체제까지 갉아먹고 있어. 군권을 잡은 놈들이 언제 쿠데타를 일으킬지 몰라 전전긍긍. 맞잖아. 너는 네 불안한 삶의 시작이 어디서부터라고 생각해?

∽ …….

∽ 결국 인민이 약해서다. 네 할아버지 대부터 줄기차게 인민을 바보로 만들어 버리고 나니 군부가 조선 시대 양반처럼 행세하는 거라고. 언젠가부터는 왕의 목숨마저 위협해. 이게 네가 바라는 왕국이냐? 자, 남한을 봐라. 대통령이 엿 같으면 갈아 치워 버리잖아. 이런 국민이 군인이 된 거야. 이러니까 군인 놈들도 감히 이상한 생각을 못 해.

눕다가 다시 벌떡 일어났다.

허공을 보며 외쳤다.

"나도…… 나도 인민들을 배불리 먹이고 싶다!!"

"……!"

"내래 스위스에서 선진 공부를 하고 온 사람이야! 숙청해 죽이는 것도 하루 이틀이고 공포는 언제고 불만으로 튀어나오기 마련이라는 것도 다 안다! 당장은 숨죽이더라도 약세를 보이는 순간 앞날을 보장하지 못하는 것도 다 안다! 내래 다 안다!!!"

∽ 남한은 되는데 북한이 안 될 이유 있어?

∽ ……그래서 어쩌라는 거요? 군부를 치라는 거요?

∽ 뭘 믿고? 너 아무도 못 믿잖아.

"이 간나새끼가……."

이를 바득바득 가나 남조선 대통령 아새끼의 영상은 사라지지 않았다.

그 간나새끼가 한 말은 더 날카로운 창이 돼 심장을 관통했다.

이상한 놈.

빌어먹을 놈.

세상 누구든 껄끄러워하는 자신을 옆집 동생 다루듯 하는 괴이한 놈.

"종간나새끼, 평양 랭면이 그리도 맛없나?!"

∽ 응, 졸라 맛없어.

"감히……."

빠드득.

오냐. 해 주마.

나도 더는 이렇게 살기 싫다.

관저마저 안심하지 못해 밤마다 방을 옮겨 다니는 삶.

차라리 아무것도 몰랐던 스위스 유학 시절이 훨씬 자유롭고 즐거웠다. 인터라켄의 그 너른 풀밭 위를 다시금 걸어 다니고 싶……

"어머나, 이, 이게 뭐이가?"

"으응?"

"이, 이것 좀 보시라요."

아내가 놀라 가리키는 곳엔 못 보던 물건이 놓여 있었다.

휴대폰.

휴대폰이라고?

집으니 아래에 쪽지도 있다.

- 일어나면 전화해라. 남조선 형이.

화들짝 놀라 호위를 불렀다.

심장이 벌렁벌렁.

"부르셨습네까. 위원장 동지."

"밤새 누가 들어왔나?"

"아무도 안 들어갔습네다. 철통 경계로 지키고 있었습네다."

"아무도 안 들어왔다고?"

"그렇습네다. 위원장 동지."

자신 있게 대답하는 놈 뒤에 서 있는 인원만 열 명이다. 사상 검증은 기본, 수령에 대한 충성으로만 똘똘 뭉친 이들 중 고르고 골라 뽑은 아새끼들이.

한두 놈이라면 모를까 이 열을 다 쌔비는 건 불가능하다.

다시 손안의 휴대폰을 봤다.

그럼 이건 뭘까? 이 쪽지는?

'도대체 어떻게…….'

"아, 알았다. 통신원 불러오라."

"옙."

10분 정도 기다리자 통신 관련 기술자가 들어왔다.

김정운은 별말 않고 휴대폰을 넘겨줬다.

"검사해 보라. 불온한 게 있나."

"알겠습네다."

"얼마나 걸리나?"

"1시간이면 됩네다."

"가라."

"옙."

다 나가자 아내가 스으윽 옆으로 기댔다.

묻고 싶은 게 많은 눈치지만 조용히 있는 여인에게 김정운은 미소를 지었다.

"괜찮다. 죽이려 들었으면 이미 죽었다. 검사 보냈지만, 별건 없을 거다. 그 아새끼는 그런 놈이다."

"……."

"겁먹지 말라. 죽어도 나만 죽는다."

"괜……찮으시오?"

"괜찮다. 그 아새끼한테 벌써 한 번 죽을 뻔했다."

"예?!"

"첫 만남 때 죽었다가 살았다. 그 아새끼래 보통 미친 아새끼가 아니래."

깜짝 놀라 부들부들 떠는 아내의 어깨를 감쌌다.

자신감을 회복하는지 김정운의 입가에도 슬슬 미소가 맺혔다.

"그래도 그 아새끼래 날 죽일 마음이 없어야. 그것도 확인해 보면 될 일이다."

"무섭습네다."

"괜찮다. 그래서 그 아새끼래 더 믿을 수 있다."

"……?"

"내래 어쩌다 이 꼴이 됐는지 모르겠지만. 하나는 약속한다. 너만큼은 꼭 살리겠다."

"아, 아닙네다. 부부는 같이 살고 같이 죽어야디요. 혼자 사는 삶은 살기 싫습네다."

안겨 드는 아내의 등을 쓰다듬고 있는데.

통신원이 도착했다는 연락이 왔다.

벌써?

1시간은 걸린다고 하지 않았나?

"들어오라."

임무를 마쳤다고 내놓는 휴대폰엔 아무것도 없었다고 한다.

기계적으로 프로그램적으로 다 살폈는데 그냥 전화기라고.

"불온하게 깔린 프로그램은 없었습네다. 기계도 통화 기능 외 다른 건 안 됩네다. 안전한 겁네다. 워낙에 아무것도 없어 금방 시험이 끝났습네다."

그럴 줄 알았다.

"수고했다. 가서 쉬어라."

"감사합네다."

감격해 돌아가는 통신원의 등을 보던 김정운은 휴대폰을 한참이고 쳐다봤다.

메시지는 간단했다.

전화해라.

단축번호 1번을 꾸욱 눌렀다.

"알려야지?"

"예."

"흐음, 분이 안 가시지?"

"예."

"하긴 처벌을 해도 상처는 흉터로 남을 테니. 문호야, 미안하다. 다 내 잘못이다."

"아닙니다. 그놈들 잘못입니다. 그 부대 놈들 잘못입니다."

"……그래, 그놈들 잘못이지."

씁쓸해하는 장대운에 김문호는 건조한 미소를 보냈다.

"이제 괜찮습니다. 들어가십시오. 나머진 제가 처리하겠습니다. 미래야, 미안한데 할머니 좀 모셔 올래?"

"응, 알았어."

말은 이렇게 나눴지만.

오성 의료원 내부 긴급히 마련된 수술실 앞에서 서성거리던 세 사람은 깊은 한숨만 내뱉고는 움직이지 못했다.

삘릴리리리리리리.

정적을 확 깨는 벨소리가 아니었다면 침묵에 묻혀 잠겨 들 뻔할 만큼 가슴이 아팠으니.

"으응? 정운이네. 어, 정운아. 일찍 일어났네. 빨라 봤자 아침에나 전화해 줄 줄 알았는데."

'정운이?'

대통령과 아는 인물 중 '정운'이란 이름을 가진 이가 있던가?

침중한 와중에도 비서 기질이 발동한 김문호는 귀를 쫑긋댔다.

"에이, 너도 알잖아. 자꾸 핫라인 여는 것도 귀찮고 기록에도 남는 것도 싫고 급할 때 다이렉트로 연락하라고 보냈어."

'핫라인? 핫라인에 정운이라면……!'

김정운?

"에이, 침대 머리맡에 놔둔 건 미안해. 어허허, 서프라이즈야. 서프라이즈. 좋게 생각하라고. 좋게 생각하면 널 위한 힘이기도 하잖아. 물론 네가 통제 못 한다는 점에서 단점이 있긴 한데. 우선 급한 것부터 해결하자고. 제일 난해한 몇 놈 정도는 우리 쪽에서 치워 줄게. 말만 해라. 너도 느껴 봤으니 얼만 한 위력인지 알잖아."

'헐~.'

김문호는 팔에 소름이 돋았다.

천강인에 대한 내용이었다.

그는 분명 어제 늦은 저녁, 쪽지와 함께 휴대폰 전달을 부탁받았다. 할 수 있다면 김정운에게 전해 줄래?

넘기면서도 이건 아니다 싶어 언제든 되돌려도 된다고 했는데…… 하루만 기다려 달라고 했다. 그러려니 했건만…….

'진짜였다고? 진짜로 해냈다고?'

지금 통화가 증거였다.

하루도 안 걸렸다.

이게 가능해?

청와대에서 평양 주석궁까지가 몇 시간에 주파할 거린가?

아니, 차를 타고 쌩쌩, 아니, 비행기를 타고 도착했단들 아무도 모르게 일을 진행시킬 수 있나?

"그렇다니까. 내가 힘이 없어서 안 싸우고 있는 게 아니야. 모든 걸 순리대로 풀려니까 힘든 것뿐이지. 우리가 그래도 지성인인데 막무가내로 되겠어?"

'우와~ 가증스럽다. 자기도 시키면서 고개를 갸웃댔으면서 마치 자기가 원래 가졌던 힘처럼 말하네.'

그나저나 능력 하나만큼은 확실하게 입증됐다.

세상 누구든 죽이려 마음먹으면 죽일 수 있다는 자신감이 과장이나 허세는 아니었던 것.

자그마치 김정운이었다.

세계 최고의 보안 속에서 사는 인간.

장대운이 저런 식으로 통화한다는 건 천강인이 무사하다는 뜻과도 같았다. 고작 몇 시간 만에 평양에 침투해, 어디에 묵는지도 모를 김정운의 침실에 잠입한 거로 모자라 휴대폰을 머리맡에 두고 스르르 사라질 수 있는 인간이라니.

이 정도면 시시때때로 돌아다니는 미국 대통령쯤, 중국 주석쯤, 일본 총리쯤은 손안에 든 쥐나 다름없었다.

'비대칭 전력, 게임 체인저…….'

"휴우~ 이거 진짜 해냈어. 완전 미친 건데."

"……."

"문호야, 우리가 꿈을 꾸고 있냐? 이런 게 가능했어?"

"……."

"엇! 미안하다. 안 그래도 민석이 때문에 정신없을 텐데. 이 건은 나중에 심도 있게 논의해 보자."

"……죄송합니다."

어쩔 수 없었다.

모른 척해 주고.

좋은 걸 보고도 좋다 하지 못함을 죄송해하며 미안해하며 두 사람은 헤어졌다.

◇ ◆ ◇

“북한의 움직임이 심상찮습니다. 인민군 최고위급 인물들이 차례차례로 숙청당하고 있습니다.”

“뭐라고?”

“국방부에서 들어온 보고입니다. 기습적인 작전인 것 같습니다. 북한이 변화를 일으키려는 조짐입니다.”

참모의 보고에 바이든은 관자놀이를 짚었다.

가뜩이나 손아귀에서 빠져나가려는 한국 때문에 골머리가 아픈데 북한까지 말썽이라.

“미스터 프레지던트?”

“회의를 소집하세요.”

안보 회의가 소집되고 관련자들이 우르르 모여들었다.

바로 브리핑이 이어졌다.

“리정대 전략군 사령관 육군 상장, 박수철 총참모장 육군 대장, 박광식 제4군단장 육군 상장, 최춘학 제7군단장 육군 중장, 고용도 제12군단장 육군 소장, 김세원 근위 제1항공 사단장 공군 소장. 현재까지 행방이 묘연한 자들입니다.”

“보고서를 봤겠지만, 최고위급 장성들이 줄줄이 사라지고 있어요. 무언가 변화가 생겼다는 건 자명한 일이고. 자, 판단해 봅시다."

포문을 연 바이른에 참모진들도 한 명씩 입을 열었다.

"숙청이군요. 김정운의 심경에 변화가 생겼다는 의미 같은데. 정치적 노선 변화일까요? 현재로선 정보가 부족합니다."

"단순히 정치적 노선 변화라고 보기엔 수상합니다. 사라진 자들이 죄다 인민군 장성이에요. 중앙 위원회 정치국 인물이 한 명도 없습니다."

"김정운의 최근 행보를 보면 남북 정상급 회의 참가 외엔 없습니다. 그 만남으로 이 건을 연결 짓기에는 미흡한 점이 많습니다."

"근래에 이런 대대적인 변화는 없었습니다. 북한이 바뀌려는 징조이니 사태를 계속 주시해야 합니다."

다들 한마디씩 떠드는 가운데 CSIS(국제 전략 문제 연구소)에서 파견 나온 이만 조용히 입 다물고 있었다. 인상만 잔뜩 구기며.

바이른이 그를 지목했다.

"루스, 다른 의견 있나요?"

"미스터 프레지던트, 아직 속단하기에 이르지만 한 가지 의심할 점이 있긴 합니다."

"뭔가요?"

"리정대 전략군 사령관, 박수철 총참모장, 박광식 제4군단장, 최춘학 제7군단장, 고용도 제12군단장, 김세원 근위 제1

항공 사단장은 저희 CSIS가 친중국파로 분류 중이던 인물들입니다."

"친중국파?"

바이든의 미간이 찌푸려졌다.

"장성들이 줄줄이 날아가고 있습니다. 김정운의 심경에 변화가 생겼고 그로 인해 북한의 행보가 달라질 거라고 가정했을 때 이 일이 끝이 아니라는 결론에 도달하게 됩니다."

"그래서……요?"

"곧 정치국 인물들도 숙청당하게 될 거란 뜻이죠. 만일 그렇게 된다면 북한이 중국에 적대적인 포지션으로 돌아섰다는 의미가 되는데 이건……."

그때 문이 벌컥 열리며 비서실장이 들어왔다.

바이든이 신경질스럽게 그를 쳐다봤다.

"론, 무슨 일이지?"

"방금 급한 보고가 올라왔습니다. 최룡희 최고 인민 회의 상임 위원장, 김재현, 주철대, 최미희, 양승일 정치국 위원이 공개적으로 숙청당했다고 합니다."

"뭐야?!"

안보 회의에 있던 모든 이들이 루스 거즈먼을 쳐다봤다.

그의 예상이 맞았다.

그러나 한 사람만이 고개를 갸웃대며 발언했다.

"정말 북한에 무언가 일이 벌어지긴 하나 봅니다. 다만 의문인 건 최룡희는 왜 숙청당한 걸까요? 공식 서열이 2위인 건 맞지만, 실권 없는 허수아비 아닙니까. 북한에서 2인자의 자리에 오르려면 인사권, 군사권, 비밀경찰 운영권 이 세 가지가 기본인데. 최룡희는 아무것도 없고 김정운 일가가 사라진다 해도 권력을 잡을 수 없습니다."

"꼭 그렇게만 볼 일은 아닙니다. 최룡희는 두 번이나 숙청당한 전례가 있습니다. 그중 한 번은 총살까지 당할 뻔했고요. 살려고 당 간부들 앞에서 울면서 자아비판 했죠. 최룡희의 아버지가 비록 충신의 표본이라 해도 원한이 안 남을 수 없습니다. 그럴수록 기댈 곳이 필요할 테고요."

기댈 곳이라 봤자 중국일 테고.

루스 거즈먼의 반박에 다른 이들도 동의하는지 고개를 끄덕였다.

"우리는 지금 북한이 중국과 또 한 번의 결별을 택했음을 알게 됐습니다. 문제는 거기에서 끝날 게 아니라는 거겠죠. 잊지 말아야 할 건 북한의 경제는 중국에 종속된 상태라는 겁니다."

"아! 중국의 도움 없이는 생존할 수 없다?"

바이른이 거들자.

"예, 미스터 프레지던트. 중국에 종속된 북한이 결별을 선언했다는 건 대안이 있다는 뜻이 됩니다."

"대안이라면 한국인가요?"

"일전 20만 톤 식량 지원 건도 있고 동아시아에서 현재 저 북한을 케어할 수 있는 국가는 한국밖에 없습니다."

"또 장대운이군요. 둘 사이에 교감이 오갔다는 거야. ……엇! 내가 아는 장대운이라면 무조건 퍼 주기는 안 할 타입인데."

"어떤 조건을 걸었겠죠. 마음껏 퍼 줘도 인도적인 차원이라 설명할 수 있는 한 수."

세계적인 대북 제재가 진행되는 가운데 마음껏 퍼 줘도 되는 한 수라…….

그제야 바이든도 어떤 숙어를 떠올렸다.

"Termination of the War. 종전이로군요."

【북한의 비핵화 약속 없는 일방적인 종전 선언은 인도·태평양 지역 안보에 파멸적인 결과를 초래할 것이다】

오늘 자 신문에 실린 칼럼이었다.

어떤 징조도, 조짐도 없이 뜬금없이 실린 칼럼.

한국계 미국 민주당 의원인 현 김이라는 여자가 지난 14일 대정일보와의 인터뷰에서 한국 정부가 종전 선언을 추진 중이라는 발언과 관련한 내용을 실었는데,

'종전 선언은 지역 내 중요한 안보 목표를 달성하기 위한 미국의 능력에 심각한 장애가 될 것.'이라며 지적했다고 한다.

그도 모자라 '일방적인 종전 선언은 한미 동맹에 의한 전쟁 억지력을 약화시키고, 수천만 명에 달하는 미국·한국·일본인의 삶을 위험에 빠뜨릴 것'이라고 경고까지 했다고.

"하아…… 그새 눈치 깠나 보네. 하여튼 빨라. 빨라."

"기가 막힙니다. 북한이 친중파 인사 몇 숙청했다고 종전까지 도달하다니. 과연 무시할 게 못 되는군요."

핵폭탄급 불쏘시개를 얻은 언론은 난리였다.

국민도 느닷없이 튀어나온 '종전'이라는 단어에 술렁술렁.

더구나 오늘은 그 현 김이라는 여자가 민주당 소속 연방 하원 의원 35명과 함께 일방적인 종전 선언에 반대하는 공동 서한을 제이크 알렝 백악관 국가 안보 보좌관 등에게 보내 화제가 됐다.

아주 북 치고 장구 치고.

"일을 크게 만들 생각인가 봐. 바이른이."

"어떤 이슈를 위해 미 의원 다수가 집단행동에 나선 건 처음입니다. 소식에 의하면 그 김 의원이 이번 공동 서한 작성을 주도했다고 합니다."

그녀는 백악관에 한반도 종전 선언 반대 서한 전달 배경과 관련한 인터뷰에서도 이런 말을 했다고 한다.

- 우리 지역구는 물론이고 전국에 있는 한인 사회, 의원 동료들로부터 그동안 심각한 우려를 들어 왔기 때문에 행동에 나선 것이다.

- 북한의 완벽하고 검증 가능한 비핵화, 인권 문제 등이 해결된 이후에나 종전 선언을 고려해 볼 수 있을 것이다.

바이든의 노림수가 여기에 있는 것 같았다.

한인계를 얼굴마담으로 이슈를 만든다. 한인계니까 한국의 상황에 대해 더 잘 알 거라는 잘못된 이미지를 활용하겠다는 것.

자연스레 남북문제에 끼어들겠다는 것.

그러나,

엄밀히 말해 그 여자 의원은 한국인이 아니다. 한인계임은 분명하지만, 세종대왕과 이순신 장군마저 역사의 뒤안길로 지워 버린 미국 여자일 확률이 높다. 화장법도 벌써 미국 스타일이잖나.

"만족할 만큼 이슈를 끌었으니 연일 후속타가 터지겠네. 종전에 반대할."

"예……."

"하여튼 강 건너 매국노가 왜 극성인지."

"혹시 일제강점기처럼 말입니까?"

"오호, 바로 알아듣네. 당시 정부 구성원이 워낙에 암울하기도 했지만 나서서 한몫 챙기려는 놈들이 없었다면 일본이 그리도 수월하게 대한제국을 먹어 치울 순 없었을 거야."

"이 여자도 그런 부류로 봐도 된다는 거군요."

"그리 보라는 거야. 조상의 피만 한국일 뿐 뼛속까지 미국인이라는 증거를 자기 스스로 보이고 있잖아. 미국에 충성! 그동안 자기가 한국에 얼마나 관심이 많았다고 갑자기 종전 반대래. 내가 뭐라고 발표하기라도 했나? 무슨 뉘앙스라도 흘렸나?"

"음…… 역시 기회주의자의 표본이로군요. 보고서를 보니 1975년 이주했네요. 보니까 본래 성이 최 가라고 합니다. 미국에서 결혼하며 남편 성을 따랐다고 합니다."

열두세 살에 미국행 비행기를 탄 여자가 한국 상황을 얼마나 안다고 지껄일까.

슬슬 열이 솟구치기 시작했다.

"후우…… 아무래도 대한제국과 현재의 한국이 다르다는 걸 인식시켜 줘야겠어."

"그래야겠습니다. 그래야 함부로 날뛰지 않겠죠."

"맞아. 파멸의 길을 걷고 싶다면 인정해 줘야지. 좋아. 그 여자의 남편부터 조져야겠어. 그 자식새끼들도 전부 사회적 죽음을 선사하고."

현 김이라는 여자로서는 가혹한 대가겠지만, 민주당 의원으로서 총대 메고 나선 이상 총 맞을 각오는 했어야 옳았다.

아니, 더더욱 놔둬선 안 될 건이었다.

하나를 놔두면 수십이 고개를 쳐들고 종전 반대에 앞장설 것이다. 자칫 첫발도 못 내디디고 종전이 어그러질 수 있을 테니.

"정운이도 열심히 뛰는데 말이야."

이례적이게도 다음 날로 청와대가 입장문을 발표했다.

≪뜬금없는 얘기군요. 그러나 외면해서는 안 될 사안인 것도 인정합니다. 종전 선언. 아주 중요한 안건이죠. 솔직히 말씀드려 상황이 환경이 여의치 않아 그동안 어쩔 수 없이 외면했습니다. 이에 대한민국 정부는 종전이라는 화두를 던져 준 백악관에 진심으로 감사를 표합니다. 앞으로 우리는 조금 더 적극적이고 성실한 태도로 그 화두에 대해 고심해 볼 예정입니다. 국민 여러분, 안심하십시오. 정부는 늘 국민의 편입니다.≫

청와대 대변인의 공식적인 발표가 나오자 언론은 연신 종전에 관해 떠들기 시작했다.

종전의 허와 실.

그것이 향후 한반도에 미칠 영향까지.

수많은 전문가와 패널이 나와 자기들의 지식을 방출하며 상반된 입장을 고수하였는데.

그중 압권은 로베르트 에이브런 前 주한 미군 사령관과의 화상 인터뷰였다.

종전 선언을 어떻게 생각하나?

- 좋은 취지다. 한반도의 평화를 촉진하는 결과가 될 것이다.

종전 선언에 찬성하는가?

- 아니다. 종전 선언이 한반도 평화에 기여는 하겠지만, 안보가 심각하게 훼손되고 불안해질 수 있다.

안보가 심각하게 훼손된다고 했는데 그 이유는?

- 김정운 정권의 불안성 때문이다. 미국과의 평화 회담 시에도 수차례 미사일 발사와 함께 핵무기 개발을 몰입했다. 종전 이후 평화 협정 조건을 준수할 거라는 역사적 선례가 없다.

반대 이유가 단지 신뢰 문제뿐인가?

- 아니다. 종전 선언은 한반도의 미군과 지역 안정에도 심각한 위험을 초래한다. 북한이 완전히 비핵화하기 전에 미군의 한반도 철수를 고려할 수 있는 문을 여는 것은 미국 안보에 처참한 결과를 불러올 것이고 미국, 한국, 일본인의 생명을 위태롭게 할 수 있다.

방금 종전 선언을 하면 주한 미군 철수도 고려할 수 있다는 말을 했는데 정말인가?

- 그럴 가능성을 표현한 거다. 전쟁이 없는 한반도에 주한 미군이 있을 이유가 있나? 더욱이 한국은 2025년 전작권을 환수한다.

전작권 환수가 한국의 안보에 심각한 위협이 될 수 있다는 뉘앙스로 들리는데 맞는가?

- 북한은 이제 고체 연료 탄도 미사일과 지대공 순항 미사일을 보유했고 잠수함 발사 탄도 미사일(SLBM)을 시험 발사

했다. 중국은 어떤가. 2018년 이후 중국 항공기가 한국 방공 식별 구역(KADIZ)을 침범한 횟수가 300% 증가했다. 중국 공군은 러시아와 연합 훈련을 하면서 한반도 상공을 일주했다.

한국군이 이를 감당할 수 없다는 말로 들리는데 맞는가?

- 당시 대응 상황을 살펴보라. 한국군이 무엇을 하고 있었는지.

지난해 주한 미군 감축설이 끊임없이 제기돼 왔다. 2만 8500명이라는 숫자는 어떤 의미인가.

- 이 문제는 한미 동맹에 관한 것이다. SCM 공동 성명에 주한 미군의 수를 명시한 것은 한미 상호 방위 조약에 따라 한국을 지키겠다는 미국의 약속을 재확인한 상징적인 조치다. 동시에 이것은 한국인을 향해 '미국이 함께한다'는 분명한 메시지를 보내는 것이기도 하다. 현재의 병력 규모는 적당하다고 본다.

전시 작전권 전환에 필요한 조건 충족을 위해 어떤 부분을 더 채워야 하는가.

- 한미 양국은 2007~2013년 다시 시한을 재설정하고 전작권 조기 전환을 추진해 왔지만, 막상 시한이 다가오자 한국 정부가 아직 준비가 안 됐다는 이유로 계속 연기됐다. 그래서 우리는 결국 '임의적 시한 대신 조건에 기반을 둔 전환을 하자'고 했다. 전작권 전환을 위해서는 첫째, 한국군이 연합군을 이끌 수 있는 핵심 군사 역량의 확보를 위해 26가지 과제를 충족해야 한다. 두 번째는 한국이 항공 타격 능력과

미사일 방어 시스템(MDS) 역량을 갖추고 이를 연계, 통합시킬 수 있어야 한다. 마지막으로 세 번째는 전작권 전환을 할 수 있는 안보 환경이 되는지에 대한 정보 평가가 이뤄져야 한다.

한국이 그 조건을 모두 충족하는 데 얼마나 걸릴 것으로 보나.

- 몇 년 더 걸릴 것이다. 아마도 2028년쯤으로 본다. 필요한 역량을 모두 획득하는 데에는 시간이 꽤 걸리고 돈도 많이 든다.

마지막으로 질문하겠다. 주한 미군 사령관으로 근무하면서 가장 어려웠던 순간은……?

- 2019년 방위비 분담금 협상이 합의에 이르지 못해 미군기지 내 군무원들이 무급 휴직 상태에 놓였을 때였다. 내가 사랑하는 한국인들과 미국 국방부 직원들이 거기에 있었다. 이들은 내 사람들이다. 노부모를 모시며 가족을 챙기고 아이들을 먹이고 집세를 내야 하는 사람들이었다. 무급 휴직은 끔찍했다. 고맙게도 한미 양국이 인건비 우선 지급에 합의하면서 석 달 만에 이들을 다시 돌아오게 할 수 있었다.

끝물에 기자는 자신의 소감도 남겼다.

- 1시간을 훌쩍 넘긴 인터뷰 내용은 군인으로서 그의 자부심과 동맹에 대한 단단한 확신으로 가득했다. 한국인들에게 전하고 싶은 메시지가 있느냐는 마지막 질문에 대한 그의 답변은 '동맹의 중요성에 대한 믿음을 지켜 달라'였다. '한미 관

계는 롤러코스터처럼 부침을 거듭하기도 했지만 그래도 이에 대한 신뢰를 잃지 말라. 왜냐하면 이것은 정말로 중요하니까.'라고.

당연히 이게 끝이 아니었다.

이 인터뷰를 인용한 기사들이 범람하기 시작했다.

【종전 선언과 한반도 안보 위기. 현재의 선택은?】

【지난번 땅굴 식량 지원도 종전을 위한 포석이던가?】

【종전이 한반도 안보에 위험하다 주장하는 미국. 밀어붙이는 정부. 한반도의 미래는 다시 혼돈으로 돌아가나?】

【전 주한 미군 사령관 曰, 한국군은 적의 도발에 대응할 능력이 부족하다】

【전작권 전환을 위한 세 가지 조건. 한국은 어느 수준에 도달했나?】

【위기. 한국의 미래가 수렁으로 빠지다. 억지 종전이 부를 파국】

【미국은 한국의 영원한 우방국. 동맹의 중요성을 잃은 나라는 정작 누구?】

【국가 간의 신뢰. 70년 동맹. 이대로 흔들리게 놔둬야 하나?】

신문을 보던 장대운이 미간을 잔뜩 찌푸린 채 내려놓았다.

도종현이 빈 찻잔에 보성에서 공수한 질 좋은 녹차를 채우며 말했다.

"언론이 또 날뛰는 겁니까?"

"난잡하네요. 지난번 소송이 아직 끝나지 않아서 그런 거 아닌가요?"

"일본의 사주를 받아 도신유전과 국가를 공격했던 일 말이죠? 아직 1심에서 계류 중이라던데."

"합의하자는 겁니다. 미국을 등에 업고."

"붕어 같은 놈들이네요. 그렇게 대통령님을 겪어 놓고도 모르네요."

"끈을 못 놓는 거죠. 그 돈을 배상했다간 언론사가 통째로 날아갈 테니."

"이도 생존 문제란 건가요?"

"예."

"지들이 남의 목숨 끊을 때는 괜찮고 지들 목숨은 안 된다는 거네요. 어휴~~ 그건 그렇고…… 민석 군은 괜찮죠?"

"수술 마치고 회복 중이라고 하네요. 문호가 그러는데 조금만 늦었더라도 합병증으로 진짜 위험했을 거랍니다."

"후우~ 다행이에요. 그렇게 보면 할머님이 살린 게 되는 건가요?"

"그렇죠? 그 녀석이 그렇게 죽어 나갔다면 그놈들은 죽어도 곱게 못 죽었을 겁니다."

장민석도 다행이지만 그놈들도 다행이었다.

그렇다 한들 사는 게 사는 게 아니게 만들어 주는 중이긴 한데.

삘릴리리리리리리.

전화가 왔다.

김정운이었다. 휴대폰 하나 전해 준 게 참으로 유용하게 쓰인다.

"어, 웬일이야?"

[요새 일이 재밌게 돌아가더만. 괜찮소?]

"뭐야? 약 올리는 거야?"

[끌끌끌, 기래서 약속한 식량 지원이 되갔소?]

몇 번 통화하고 또 몇 번 의견 오가고 그랬더니 많이 편해졌다.

김정운이 농담을 다 건네고.

"그건 내가 알아서 할 일이고 왜 전화했어?"

[기냥이오. 남조선 돌아가는 꼴이 걱정돼서. 아무래도 양키 새끼들이 움직인 일이라.]

"하긴. 이제부터 마음 단단히 먹어야 할 거다. 첫 타로 나부터 건든 걸 보면 나를 꽁꽁 묶어 두겠다는 의도가 아니냐. 결국 너를 타깃으로 놓고 치겠다는 거겠지. 아주 맹렬히 말이야."

[내래 각오하고 있소.]

"각오 정도는 안 돼. 주변부터 단속해. 어쩌면 대놓고 너를 죽이려 들지 몰라."

[그 양키 새끼들이 말이오?]

"아니, 중국 놈들. 안 그래도 친중국파 제거 때문에 이를 갈고 있을 텐데 미국이 옆구리 찔러 주면 어떡하겠어? 좋다고 달려오지 않겠어?"

[…….]

"국경부터 손 봐라. 이참에 암살자를 들이밀 수도 있다. 선양군구 애들 움직임도 잘 살피고."

선양군구는 중국의 동북 삼성을 지배하는 거대 군부였다.

3개의 집단군을 보유하고 사병만 30만, 전차 등 기계 병기가 근 4천 대, 미사일 기지도 10개나 가진 웬만한 국가급 전력을 가진 세력이다.

만일, 아주 만일,

김정운이 암살되고 김정운 유고 시 그놈들이 대놓고 밀고 들어오면 북한은 방법이 없었다. 게다가 그놈들은 북한을 다 먹을 생각이 없다. 다 먹으려 들면 진짜 세계급 전쟁이 터질 테니까. 대충 평양 인근에 자리 잡아 진지를 구축하고 버티겠지. 그 순간 한반도의 역사에서 평안북도와 함경도는 사라지게 되는 것이다.

미국이 있으니 어떻게든 되지 않겠냐고?

웃기는 소리.

예를 들어 보겠다.

미국 CSIS에서 지금 이 시각 중국의 대만 침공 시뮬레이션을 신나게 돌리고 있었다.

2025년인가?

그때 전쟁이 벌어질 거라 예측하는데.

중국의 침공은 대만의 항만, 군사 시설 등에 미사일을 날리고 시작한다고 한다. 이후 중국은 대규모 육군 병력을 상륙시키고 대만군은 도서 지역으로 자리를 옮겨 버티기에 돌입한다고. 미 제7함대가 올 때까지.

미국은 괌과 알래스카 등의 기지에서 계속 함대를 보낸다.

중국은 이를 막기 위해 미국의 기지에 미사일을 날린다. 미국 함대에 마구 쏟아붓는다.

결론적으로,

CSIS에서 진행한 모든 시뮬레이션에서 중국은 미국을 상대로 승리하지 못한다.

그런데 말이다.

승리한 미국이라고 멀쩡할까?

딱 3개월 싸우는 데 2십여 대의 함선과 2대의 항공 모함, 4백여 대의 전투기, 3천여 명의 병사가 사망한다는 결론이 났다.

이 사실을 미국이 알고 있었다.

중국과 전쟁하는 순간 단 3개월 만에 이런 꼴이 벌어진다는 걸.

이런 마당에 진지 구축이 끝난 30만 병력의 중국 군구와 전면전을 벌일까? 이데올로기가 마구 박치기해 대던 70~80년대도 아니고 각자도생으로 가는 이 시기에?

희망 사항이 참으로 거창할 뿐이다.

[기럼, 어캐 해야 하는 거요?]

"이 악물고 살아남아. 미사일 기지는 최우선적으로 보호하고. 여차하면 중난하이를 날려야 하잖아. 혼자 죽을 거야?"

[…….]

죽음을 각오한다는 건 참으로 큰 용기가 필요하다.

필부이든 국가를 지휘하는 마에스트로든.

특히나 개죽음을 앞두고는 더더욱.

힘을 북돋워 줬다.

"정운아, 너 죽으면 나라고 무사하겠냐? 우리가 손잡은 날부터 너나 나나 호랑이 등에 올라탄 거야. 갈 데까지 가 보는 거지. 사나이 한 번 태어나서 해 보고 싶은 거 다 해 보고 뒈져야지 않겠냐?"

[흥, 무신 말을 그따우로 하기오. 내래 그딴 에미나이 새끼들한테 질 줄 아시오? 양키든 떼놈들이든 내 땅에 들어오는 순간 지옥의 불맛을 보게 될 기요!]

그제야 김정운도 기운을 차렸는지 등지느러미를 세웠다.

"나도 가만히 있지는 않는다. 지근거리에서 널 보호하고 있을 거다."

[……! 으음, 그 유령 같은 놈을 보내겠다는 뜻이군. 하나 물어봅시다. 언제 갈아타게 한 거요?]

"떠보지 마라. 그냥 물어봐도 된다."

[우리 쪽이오?]

"우리 사람이다."

[허어~ 설마설마했디. 무슨 그런 괴물 같은 놈이 다 있소? 공화국이 자랑하는 보안을 뚫은 것도 모자라 내 자는 곳까지 찾아내 손전화 놓고 흔적도 없이 사라지다니.]

"자세한 건 알 거 없고 여차하면 장리쉰 목부터 따 줄 테니까 넌 버티기나 해."

[알았소. 기럼, 올 말까지 1차분은 문제없는 기요.]

"식량 가득 실은 배가 둥둥 떠서 오고 있다. 곧 네 품에 안기겠지."

[좋소. 기럼 나중에 또 손전화 합시다.]

"그래."

전화를 끊고 흐뭇해하고 있는데 집무실 문이 열리며 김문호가 들어왔다.

조금은 지친 표정으로.

보고하려는 김문호를 손으로 만류한 장대운은 다시 전화를 걸었다.

"나 대통령입니다. 의뢰를 하나 하려는데. 예, 한 달만 정운이를 보호해 주세요. 예예, 바로 대답하시네요. 고맙습니다. 그럼 믿고 있겠습니다. 한 달이 지나서 연락이 없다면 한 달 더 연장된 거로 아시기 바랍니다."

만족할 만한 대답을 들었는지 장대운의 입가에 미소가 맺혔다.

김문호는 그 미소를 확인하고서야 입을 열었다.

"민석이가 깨어났습니다."

Chapter. 68

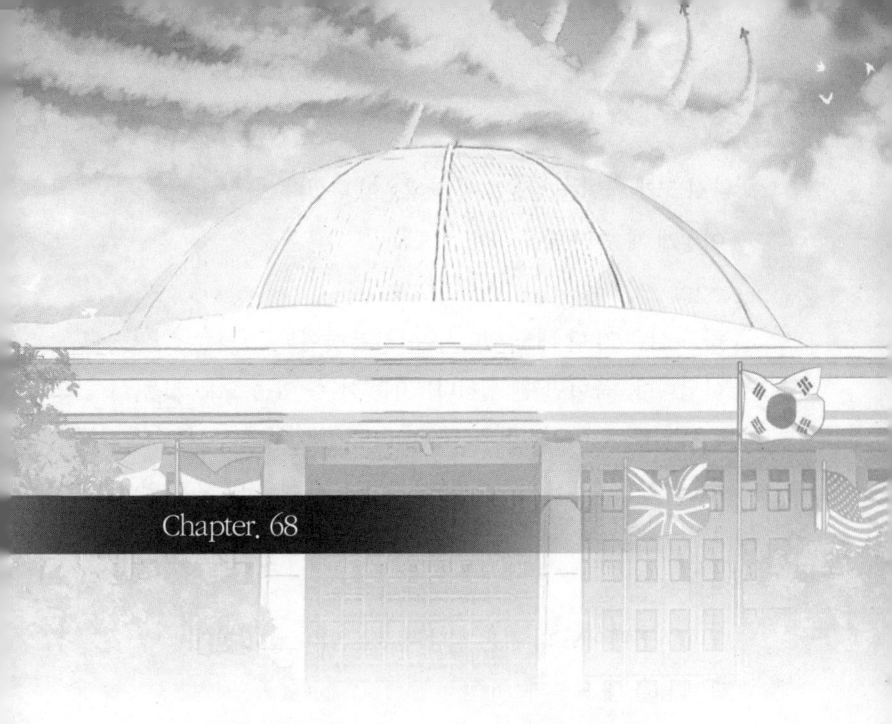

Chapter. 68

"아아, 잘됐다. 잘됐어. 장하다. 정말 장하다."

"참으로 다행입니다. 참으로 다행이야."

"예."

고개를 끄덕이며 억지로 웃는 김문호의 어깨를 도종현이 토닥여 줬다.

"문호야, 고생 많았다. 후우~ 정말정말정말 다행이다. 그 놈들을 다 용서해 주고 싶을 만큼 이 형이 기쁘다."

"감사합니다."

"뭔 감사냐. 내가 남이냐. 자식아."

"죄송합니다. 제가 좀 혼란스럽습니다."

"쩝, 그래, 오늘 그놈들 이송하는 날이지?"

"예."

다시 고개 숙이는 김문호에 장대운이 나섰다.

"어떻게 해 주면 좋을까?"

"……"

"하고 싶은 거 다 해도 된다. 죽이려면 죽이고."

"아닙니다. 죽이면 안 됩니다. 저는 할 수 있는 모든 것을 다해 고통을 주고 싶습니다."

김문호의 분노로 이글대는 눈빛은 오로지 한 곳만 보고 있었다.

적의 파멸.

이미 파멸했어도 더 깊은 절망 속으로 밀어 넣고 싶다.

그 마음을 왜 모를까.

능력이 없어도 들어주고 싶은데.

하물며 능력 짱짱한 이 순간에.

"……알았다. 허락하겠다."

"감사합니다."

"아 참, 그 자식 출소했나?"

"예?"

"예전 집에 찾아와서 너 엉망으로 만들고 민석이 때린 놈."

김기태.

김문호와 같은 천사 보육원 출신으로 망나니짓하다가 형제들이 모여 사는 집까지 쳐들어와 분란을 일으킨 놈. 민석이를 때린 놈.

폭력 혐의로 3년 개고생하다가 출소한 날 청운의 작업에 다시 12년형을 받은 놈.

"아…… 원래는 2019년에 출소했어야 했는데 중간에 못 버티고 사고를 쳐서 형량이 추가됐습니다. 내년에 출소 예정입니다."

"1년 남은 거야?"

"예."

"그놈도 끼워 넣을까?"

"……."

그렇게까지요? 라고 눈으로 묻는 김문호에 장대운은 피식 웃었다.

"난 안 잊어. 나한테 걸린 놈은 내가 죽을 때까지 당하는 거야."

마치 누군가를 괴롭히려 마음먹었을 땐 어떻게 해야 한다는 방법을 알려 주듯 단언하는 장대운에 김문호는 말없이 인사하고 나갔다. 그 모습을 지켜보던 도종현이 혀를 찼다.

"자책하는군요."

"자책이 크겠죠. 내 잘못도 있고요."

"예?"

"일이 얼마나 많았으면 면회 한 번 가 볼 엄두를 못 냈을까요. 누나, 형들이 자주 드나들었더라면 미연에 방지했을 텐데."

"후우~ 군 문제는 제가 다시 꼼꼼히 살펴보겠습니다. 심각하다. 심각하다. 할 때는 잘 못 느꼈는데 이리도 가까운 곳에서 일이 터지고 나니 반성 됩니다."

"부탁 좀 드릴게요."

"예."

◇ ◆ ◇

"그렇습니까? 예예, 아이고 아닙니다. 아닙니다. 덕분에 제 가족이 얼마나 편한 생활을 하고 있는데요. 감사합니다. 감사합니다. 걱정 마십시오. 일은 틀림없이 하겠습니다. 예예, 감사합니다. 감사합니다."

일어서서 몇 번이고 인사하던 남자 이성훈 교정관은 통화가 종료됐음에도 한참이고 숨죽이고 완전히 끊겼는지 확인하고 나서야 겨우 허리를 폈다.

그러고는 인터폰을 열어 누군가를 불렀다.

잠시 후 세 명이 들어왔다.

교감 직위 1명, 교위 직위 두 명이었다.

"앉아라."

말없이 앉는 그들에게 이성훈이 입을 열었다.

"간만에 오더가 떨어졌다. 이번엔 진짜 큰 건이다. 최고가 두당 1억짜리란다."

"예?!"

"헙."

"1억이요?"

놀라는 세 사람을 두고 이성훈은 개요를 설명했다.

"모레 100명이 들어올 거다. 전부 일선 군부대 출신이다. 다 한통속이 돼 악질적인 폭력을 저질렀다더군. 안 그래도 군기강 때문에 난리인데 저 위의 분노를 산 모양이야."

주요 인사 네 명은 1억씩, 2소대 인원은 두당 1천씩, 중대 인원은 두당 5백씩, 대대장 및 중대장, 중대 간부는 두당 3천씩, 보너스 1명. 보너스는 주요 인사급 배당.

일일이 전부 가격이 매겨져 내려왔다.

네 사람이 공평하게 나눠도 몇억씩은 땡길 수 있는 규모에 세 사람이 흥분감을 감추지 못했다. 그즈음 이성훈의 경고가 들어갔다.

"알겠지만 돈이 이렇게 크게 들어온다는 건 그만큼 관심을 두고 주시하겠다는 뜻이다. 무슨 뜻인지 알지? 일이 잘못되면 너희들이나 나나 똑같은 꼴을 당한다는 거다."

"……예."

"옙."

"……알고 있습니다."

"다시 한 번 말하지만 죽으면 안 된다. 특히나 주요 인사들은 절대 죽어선 안 돼. 그놈들이 죽어 나가면 우리만 죽는 게 아니다. 우리 가족들도 끝장이다."

"과장님, 걱정 마십시오. 배분부터 말끔하게 처리하겠습니다."

교감직 남자가 자신감을 보이자 그제야 남자도 표정이 한결 나아졌다.

"내 박 팀장은 믿지."

"과장님의 믿음에 반드시 이바지하겠습니다. 충성!"

탁 올려붙이는 경례에 나머지 두 사람도 일어나 경례했다.

"충성."

"충성."

그렇게 보안과장 방을 나선 세 사람은 다시 모여 회의 아닌 모의를 한 후 각자 흩어졌다.

마음이 바빴다.

모레면 100명이 이송된다.

단순히 수용하는 것이라면 널린 빈방에 처넣으면 될 일이라지만, 하고 많은 교도소를 두고 돈까지 얹어 주며 굳이 이 중국인 수용소로 온다는 건 다른 의도가 더 컸다.

- 개새끼들이니 절대 편히 두지 마라.

박일도 보안팀장은 이곳 중국인 수용소로 발령받을 때까지만 하더라도 좌천인 줄로만 알았다.

폭력, 강간, 강도에 재범에 재범에 재범에, 교도소를 무슨 모텔쯤으로 아는 놈들 손 좀 봐줬다고…… 몇 번의 물의를 일으키고 몇 놈은 병원에 실려 가고 그래서 교도소장한테 미운털이 좀 박혔다고 나를 이 먼 곳까지 유배 보내나? 사회에 1

도 도움 안 되는 개새끼들 좀 험하게 다뤘다고?

욕지거리를 내뱉으며 원망 아닌 원망을 했는데.

웬걸.

여긴 거칠 게 다룰수록 위에서 좋아한다. 재소자를 개돼지 취급하면 할수록 더 인사 고과가 좋아진다.

옴마야, 진급해 버렸네.

발령받은 지 고작 1년 만에 교위에서 교감직으로 승진.

중국인 수용소 전체를 관리하는 보안팀장직까지 맡았다.

전이라면 상상도 할 수 없는 일이 연거푸 터진 거다.

더구나 이렇게 한 번씩 건수가 나올 때마다 현금이 다발로 들어와 노고까지 위로해 준다.

그들이 요구하는 건 딱 한 가지였다.

- 자살은 어쩔 수 없지만 죽이지는 마라.

죽이지만 않으면 모든 게 용서된다.

죽여도 자살이면 된다.

남의 나라에서 건너온 흉악범들 좀 다친다고 죽는다고 누가 뭐라는 사람도 없다.

인권 단체들도 한 번 식겁하더니 사라졌고 수용자들 마음껏 다루니까 더 좋아하는 곳.

이보다 더 완벽한 직장이 있을까?

"하지만 이번 건은 기술이 들어가야겠지."

큰 건이었다.

자그마치 몇억짜리.

박일도는 유유히 걸어 차이나타운 패거리들만 따로 모아 놓은 동으로 갔다.

현재 중국인 수용소는 크게 세 패로 나뉘어 있었다.

차이나타운, 가리봉동, 대림동.

기타 군소 조직들은 이 세 패에 흡수됐다.

이놈들을 패거리별로 나눈 이유가 있었다.

중국과의 포로 교환식 이후 남은 놈들을 대충 뒤섞어 놓았더니 지들끼리 아주 가관이다. 그래도 같은 중국인이라고 괜찮을 줄 알았더니 전혀 아니었다. 지역별로 출신이 달랐고 계보도 다 달랐다. 서열 가리느라 매일매일이 난투극에, 하루에도 몇 놈씩 피칠갑이 돼 떨어져 사경을 헤맸고 그 과정에서 상당수가 죽어 나갔다.

본래 이런 놈들 죽든 말든 상관 안 하는 박일도로서도 이때는 살이 떨렸다. 이 사실이 알려지는 순간 자칫 사회적 문제가 될 수 있어서였는데 할 수 없이 가리봉동, 대림동 패거리를 따로 분리해 동을 꾸려 버렸다.

그가 차이나타운 동 가장 깊숙한 곳으로 들어갔다.

"왕 노사, 나 왔어."

"박 팀장이구먼."

예전 여기 중국인 수용소에는 200만 명이 살았다. 50만 명 규모의 시설에.

방을 풀로 돌려도 네 배수를 욱여넣어야 했다. 돼지우리도 5성급 스위트룸이라 부를 때라 돌이켜보건대 어떻게 살았는지 모를 만큼 정신없었다.

그에 비하면 지금은 비할 수 없이 널널해졌지만.

그래도 열 명 정원 방에 스무 명이 들어가 있는 건 여전히 적응이 안 된다. 근방만 접근해도 풀풀 풍겨 나오는 악취 때문에 골이 띵할 정도.

'그때는 산소마스크를 써야 겨우 접근이 가능했는데 뭐.'

얼마나 좋아졌는지 모른다.

이렇게 일반 마스크만으로도 충분하니. 박하사탕 좀 씹으면서.

방 내부를 보았다.

'어후~.'

절로 인상이 찌푸려진다.

어떻게 이런 곳에서 살 수 있을까 싶을 만큼 우글우글, 조금만 몸을 틀어도 서로 부대껴야 하는 최악의 밀집도.

보기만 해도 질릴 것 같은 풍경에 소름이 돋으면서도 그래서 더 대통령한테 엄지를 올리는 박일도였다.

'대단해. 우리 대통령.'

옛날엔 이런 놈들이 나라 곳곳에서 버젓이 돌아다니고 있었다는 거다.

생각해 봐라. 이런 놈들이 우리 이웃이었다는 거다.

게다가 이런 놈들 방에는 도무지 갱생이 안 되는 한국의 흉악범까지 집어넣는다.

'정말 최고지. 다시 만날 수 있을까 의문스러울 만큼 파격적인 대통령. 난 대통령이 죽을 때까지 대통령 해 줬으면 좋겠어.'

어떤 독종도 사흘을 채 못 넘긴다.

제발 살려 주세요. 눈물 콧물 철철 흘리며 빌어 대는 꼴만 보면 통쾌하기 이를 데 없었다.

'상대가 안 되지. 암 그렇고말고.'

여긴 야생이었다.

제도권 내에서 자란 야성으로는 감히 명함도 못 내밀 생짜 정글.

범죄 유형 중 폭력, 강도, 강간, 살인 등등 어느 것이 가장 무섭냐는 질문을 받는다면 백이면 백 사이코패스 살인마를 꼽는다.

일리는 있었다. 도무지 감정이 없는 놈이라 무슨 짓을 저지를지 모르니까.

'근데 말이야. 진짜 무서운 건 그런 게 아니야.'

여기에서 박일도가 꼽는 가장 무서운 범죄 유형은 단순함이었다.

외곬의 간결하고도 명쾌한 감성.

딱히 큰 이유가 필요 없는 놈.

뒤가 없는 놈.

명령이 떨어지면 몸부터 움직이는 놈.

일단 쑤시고 보는 놈.

지위 고하 누구도 상관없이 무조건 쑤시는 놈.

사이코패스도 무섭지만, 그 숫자가 현저히 적다. 그놈들은 자기 생존이 걸리지 않으면 여간해선 움직이지도 않는다. 한 번 움직일 때마다 연쇄 살인이 터지지만 그래도 견딜 만하다.

그러나 단순함이란 숫자의 미학은 한 나라의 정권을 뒤엎을 정도였다. 단순하게 달려드는 칼질, 도끼질은…….

특히나 이곳은 더욱.

'으으으, 질려.'

그 가운데에서도 왕위닝, 왕 노사가 있는 방은 아주 특별했다.

차이나타운 패거리에서도 가장 위험한 자들로만 꾸린 방.

이 좁은 방에서 왕위닝 주변 50cm는 누구도 침범하지 못한다.

저 단순하고 흉악한 놈들 사이에서 1평 정도는 자기 마음대로 사용하는 노인이라.

뭔가 언발란스하지만.

그것을 이해하는 데까지는 그리 오랜 시간이 필요 없었다.

왕위닝은 삼합회 한국 총책이니까.

"무슨 일이지? 박 팀장이 여기까지 다 찾아오고."

홍해가 갈라지듯 박일도와 왕위닝 사이에 있던 놈들이 모두 물러선다.

시선을 마주친 두 사람.

고령임에도 치켜뜨는 눈에는 살기가 가득하다.

썩어 뒈질 노인네.

박일도도 질 수 없어 눈에 힘을 줬다.

"왕 노사랑 의논할 일이 있어서."

"의논할 일이라…… 광견 박 팀장이 이곳까지 날 찾아올 일이 있다?"

잠시 생각하던 왕위닝이 일어나 다가왔다.

방범창을 하나 두고 손만 뻗으면 닿을 거리까지 온다.

"혹시 그건가? 가리봉 놈들이 좋아하던."

"그래."

"흐음, 거길 거치지 않고 여기로 왔다? 가리봉동, 대림 쪽으로는 부족했나 보군."

몇 마디나 나눴다고 사정이 훤하다.

한국 삼합회 총책답게 판단력이 면도날.

이런 놈이 이런 곳에 잡혀 있다는 자체가 참으로 놀랍다.

군을 동원해 단번에 잡지 못했다면 절대로 마주하지 못했을 놈이란 걸 새삼 느낀다. 무서운 놈. 다른 동에 모아 놓은 MSS 요원들처럼 이놈도 척지는 순간 반드시 죽여야 할 놈이었다.

그래서 더 대통령의 은혜가 크게 다가온다.

"왜 답을 안 하지?"

섣부른 부정은 긍정이라 순순히 인정해 줬다.

"……그래."

"흠……."

"맡아볼 텐가?"

"이상하군. 그동안은 의도적으로 우리 쪽은 피한 것 같았는데."

"그랬지. 죽이면 안 되니까."

너희가 너무 위험하니까.

"이번엔 죽여도 된다는 건가?"

"규칙은 같아. 할 거면 규칙에 따르고 안 할 거면 거부해."

"흠…… 감히 내 앞에서 규칙 타령이라."

으르렁거리는 왕위닝.

박일도의 입가가 비틀린 건 거의 동시였다.

"왕 노사, 요새 살 만한가 보네. 내 앞에서 '감히' 소리를 다 내뱉고. 배식량을 절반으로 줄여 줄까? 배부르니까 슬슬 딴 생각이 드나 봐."

지금에라도 노인 하나 잡아다 피투성이 만드는 건 일도 아니었다.

그랬다간 이놈들이 무슨 짓을 저지를지 모르고 난동 부리는 가운데 칼 맞는 건 더 취미가 없었다.

'그러나 배고픔은 다르지.'

이 흉악한 놈들이 그나마 왕위닝의 말을 따르는 건 바깥 시절 받아 왔던 지배력 덕이 컸다.

그런데 말이다.

다 듣고 있는 마당에 현재도 부족한 배식을 절반으로 줄이고 그렇게 배고파지는 순간 무슨 일이 벌어질까?

그 원망이 누구를 향할까?

물론 첫 타깃은 이 몸이 되겠지.

그 후엔?

배고파 조급해진 단순함이 어느 것을 선택할까?

과연 왕위닝이 이걸 모를까?

'이놈들 통제하는 것 때문에 그동안은 존중해 줬지만, 이 이상은 안 되지. 누가 위인지 보여 줘야겠어.'

미련 없이 몸을 돌렸다.

두 발짝도 걷기 전에 뒤에서 불렀다.

"박 팀장……."

그럴 줄 알았다. 애초 왕위닝에게 선택지는 없었다.

"규칙을 따른다면?"

"규칙 모르나?"

"가리봉동 놈들은 족발을 선택했다던데 맞나?"

"일 하나에 원하는 것 한 가지."

"짜장면과 요리 몇 가지 되나? 우리 애들 전부."

"누가 차이나타운이 아니라고 음식까지 티 내나?"

"거기 있을 땐 냄새도 맡기 싫었는데 말이야. 끌끌끌, 여기 갇히고 나니 그리운 게 참 많아져. 그동안 왜 못 누리고 살았는지…… 혀가 도통 내 마음대로 안 돼."

친한 척에 뒤를 보니 다들 눈이 희번덕댄다.

짜장면이 먹고 싶은가 보다.

꼬르륵꼬르륵.

이해한다.

어릴 적 죽기만큼 먹기 싫었던 음식이 나이 들면 다시 찾아지는 원리 아닐까?

잘만 따라 준다면 기분이다. 보너스 투척.

"제대로 해 준다는 약속을 해 주면 고량주도 주지."

"호오, 고량주. 이거 거절할 수 없는 협박이로군."

협박이 맞다.

여기에서 판이 깨지는 순간 왕위닝은 며칠 못 산다.

"죽이지만 않으면 된다. 두고두고 오래오래 차근차근 폐인 만들면 더 좋고."

"진도에 따라 보상이 달라진다는 건가?"

"상태가 마음에 들면 다른 특식의 가능성도 커지겠지. 왕노사에게도 깨끗한 방이 하나 생길지 모르고. 어때? 딜?"

"끌끌끌, 어차피 기약 없는 인생. 이런 걸 안 받으면 바보겠지. 딜이다."

오케이 사인이 떨어졌다.

하지만 여기에서 끝내면 안 된다.

반드시 마무리 지어야 한다.

"대신 규칙을 어기면 배식을 현재의 1/4로 줄인다. 너희들 절반이 죽을 때까지. 이것도 딜?"

"딜이다. 걱정 마라. 절대 죽게 놔두지 않을 테니까. 끌끌끌."

잔인한 미소가 나왔다.

준비가 된 모양.

"좋아. 그렇다면 사기 진작 차원으로 선금을 지급해 볼까?"

"선금……?"

"오늘 저녁은 중국 요리다. 그것도 사재 중화요리."

터지는 환호성과 함께 파주 지역 모든 중국집 웍이 신나게 돌아갔다.

줄줄이 들어오는 배달 음식에 교도관들은 요리들을 전부 비닐봉지에 옮겨 담아 날랐다. 고량주도 똑같이 비닐봉지에 넣어 따로 날랐다.

차이나타운 동에 차이나타운다운 냄새가 흘렀다.

앞으로 들어올 놈들 잘 관리하면 이런 걸 또 먹을 수 있다는 약속에 차이나타운 동은 그야말로 열광했고 이틀이 지나 줄줄이 들어온 군부대 인원들을 대환영으로 맞았다. 주요 인사와 2소대 전체가 차이나타운 동으로 쑥.

그리고 1시간도 안 돼 또 한 대의 버스가 도착했다.

"4875 내려."

만기 출소 1년 앞두고 느닷없이 이감된 김기태는 어서 오라 손짓하는 중국인 수용소 교도관을 보며 그만 주저앉고 말았다.

그런 김기태에게 박일도가 다가갔다.

"뭘 또 그렇게까지 놀라나. 4875. 괜찮다. 괜찮아. 여기도 다 사람 사는 곳이다. 잘, 알아서, 지내면 죽지 않고 살아 돌아갈 수 있다. 그래, 그건 그렇고 그래서 넌 대체 누구의 심기를 건드렸길래 내 앞까지 온 거냐?"

◇ ◆ ◇

"스페이스 링크에서 올 말까지 인공위성 두 기를 인계하겠다는 연락이 왔습니다."

정홍식이었다.

그가 일전 지소미아 협상과 관련하여 번외로 얻어 냈던 건이 해결됐음을 알렸다.

반가운 소식이었다.

한국에 군사 위성이 생긴다는 뜻이니.

"한일 지소미아를 한미일 지소미아로 격상한 것도 다행인데 소득이 좋네요."

"예, 그 조건으로 단 것이 군사용 인공위성 열 기 구매였는데 다섯 기로 최종 협상을 마무리했죠. 그중 두 기가 올 말에 인도된다니 감회가 새롭습니다.

"잘됐네요. 이로써 한발 더 나아간 건가요?"

"전작권을 환수해도 걱정 없을 영역으로 가고 있다는 거죠."

"다만 찜찜한 건 미국이 왜 이런 조건을 추가했을까 인데요."

"아~ 그것 말입니까. 마지막에 전작권 환수 시기까지 이 일을 대외비로 둔다는 것 말입니까?"

"나는 그걸 차후 트집 잡을 용도로 봤는데 어떠세요?"

"그렇기도 합니다. 아무리 대외비로 꽁꽁 묶은들 군사 위성의 존재 자체를 숨기는 건 어렵다고 봅니다."

"장관님 판단도 그러시군요."

"나중에 이걸 빌미로 전작권 환수에 제동을 걸지 모르겠다는 느낌이 들긴 하는데 일단 최선을 다해 봐야겠죠."

서로 웃으며 악수를 마쳤지만, 뒤돌아서선 찜찜했다.

본래 계획은 군사 위성을 받는 순간 대대적으로 떠들어 이제 우리 하늘은 우리가 지킨다는 말을 하고 싶었는데.

미국이 마지막 조건으로 비밀 유지 조항을 삽입했다. 공표하는 순간 계약 파기로 알겠다고 제동을 건 것.

이 때문에 협상에 살짝 난항이 있었는데 아쉬운 쪽은 '을'인 대한민국이었다.

"제아무리 숨긴다 해도 국방부에 인계하는 순간 외부로 드러날 건 자명한 일이고…… 잘못했다간 한 기 아니면 최대 두 기밖에 못 얻겠군요."

"다섯 대 전부 줄 생각이 없었던 것 같습니다. 우리 쪽에서 나가든 저쪽에서 흘리든."

이제와 돌이켜 보니 이런 함정이 숨어 있었다.

당시엔 최선이었는데…….

"최대한 같은 시기에 쏘아 올려서 한꺼번에 받는 수밖에 없겠네요."

"예."

한숨이 나왔지만 어쩔 수가 없었다.

한미일 지소미아 출범은 안 그래도 미국이 백번 양보해 진행한 건이었다. 자못 이 일이 군사 위성으로 파투 난다면 한미 관계가 영영 틀어질 수도 있었기에 이만큼은 우리가 물러서야 했다.

역시나 피곤하다.

"차라리 그렇다면 인계 시기를 늦추는 건 어때요?"

"다섯 대 다 만들어 쏘아 올린 다음 한꺼번에 처리하자는 뜻입니까?"

"그게 낫지 않겠어요?"

"그렇긴 하죠. 제 생각에도 그게 제일 좋은 것 같습니다. 운용은 스페이스 링크 쪽이 갖고 있다가 추후 우리의 요청에 따라 받는 거로 가시죠. 일단 스페이스 링크 쪽에 일러 두겠습니다."

참고로 스페이스 링크는 2004년부터 진행해 온 퍼스널 링크, 라인 링크, 스페이스 링크, 링크 시리즈의 최종판으로 범지구적 네트워크를 현실화시키기 위한 기반이 될 회사였다.

이 개념 하나로 세계 모든 통신망이 통합될 것이고 인류는 거의 무제한의 데이터를 공유하며 우주로 나아갈 발판을 마련, 보다 높은 차원의 지향점을 얻게 될 거라 믿었다. 그 비전 속에서 스페이스 링크는 중재자 역할을 톡톡히 하며 향후 열릴 우주 시대의 선봉장으로서 상당한 이권을 행사할 수 있을 테고.

2004년 설립, 2006년 첫 인공위성을 쏘아 올린 이래 지금까지 1천여 개의 인공위성을 안착시켰다.

2030년까지 5천 개. 2050년까지 4만 개를 목표로 순항 중인 DG 인베스트의 차세대 먹거리 기업.

그렇기에 한국에도 큰 도움이 되었다.

이들이 개발한 로켓 기술의 상당 부분이 오필승 디펜스에 흘러들어 가 사거리 5,000km짜리 탄도 미사일 기술의 핵심이 되었으니.

"어쩔 수 없네요. 가뜩이나 수명이 짧은 군사 위성을 따끈따끈할 때부터 활용 못 하는 건 애석하지만 두 기보단 다섯 기가 더 낫겠죠."

좌표 찍는 순간 아주 높은 고도에서 고정되며 수명이 다할 때까지 지박령이 되는 일반 통신 위성과는 달리 군사 위성은 낮은 고도에서 필요에 따라 초속 수백km로 날아다니는 우주 쓰레기를 헤치며 수시로 좌표 이동해야 하는…… 험하게 쓰기에 빨리 망가지는 군사 위성은 실제적으로도 가성비가 좋지 않았다.

"대통령님, 몰래 오필승 디펜스가 먼저 시험 가동해 보면 안 되겠습니까?"

"저도 그 생각을 해 봤는데 미국 때문에 안 되겠어요. 차후 이 일로 시비 걸면 할 말이 없잖아요."

"그렇긴 하겠군요. 계약은 분명 대한민국과 했는데 사기업이 끼어들면 치명적이겠습니다. 죄송합니다. 워낙에 답답해서."

"뭘요. 더 좋은 방법이 없나 궁리해 보자고요."

"예, 그건 그렇고. 요새 돌아가는 상황을 보아하니 미국의 의도가 심히 의심되는데요. 종전을 반대한다더니 갑자기 2025년 전작권 전환으로 불길을 넓히지 않습니까."

북적북적 나라가 시끄럽긴 했다.

언론은 불안을 조장하고 미국은 그 불안을 부채질한다.

처음 이완용 같은 여자의 '비핵화 없는 종전 선언 절대 불가'로 시작된 불길이 점점 그 범위를 넓히더니 어느샌가 전작권 전환 문제로까지 번졌다.

미국이 아주 노골적이었다.

그 선봉장은 로베르트 에이브런 前 주한 미군 사령관.

저번에 인터뷰 맛이 좋았는지 자꾸 출연해서 분란을 일으킨다. 개생퀴가.

≪……인도, 태평양 사령부의 대 중국 전략과 연계해 임무를 주행하고 있다. 전통적으로 주한 미군은 한반도에 국한된 것으로 인식하고 있고 그동안 다른 역내 갈등에 투입되는 것을 자제해 왔지만, 미 국방 전략 목표에 부합할 경우 언제든 역외 갈등에 사용할 권리가 있다.≫

이 얘기가 뭔가 하면,

앞으로 주한 미군이 인도, 태평양 지역에 깊숙이 관여하겠다는 뜻이다.

또한 2025년 한국에 돌려줘야 할 전작권을 미국이 계속 갖고 있어야 한다는 뜻도 포함돼 있었다.

그래야 한국을 자기들 마음대로 좌지우지할 수 있을 테니.

같은 날 인터뷰에서 데이비드 맥도넬 미 '민주주의 수호 재단' 선임 연구원이자 前 한미 연합사 작전 참모는 이런 말로 에이브런의 말을 거들었다.

≪한미 상호 방위 조약에 근거해 향후 중국과의 역내 무력 충돌이 발생할 경우 한국 역시 이 문제에 방관하거나 중립적인 위치를 취할 수 없다는 점을 잘 이해해야 한다.≫

유사시에 한국군이 동원되어야 한다는 뜻이다.

그러나 잊지 말아야 할 건 미국과 관련하여 공식적으로 한국군이 참전할 수 있는 전쟁은 오직 하나였다.

한미 상호 방위 조약 3조.

- 양쪽의 의무를 규정하며, 그 범위는 쌍방의 행정 지배하 영토 및 타 당사국의 행정 지배하에 합법적으로 들어갔다고 인정되는 영토임.

조약에 의거 양국의 행정 지배가 들어간 영토가 아니라면 상호 방위 조약은 가동되지 않는다.

현재 상태에서 오키나와 일부나 하와이나 미국 본토가 침공당한 게 아니라면 한국군 참전은 불가능하다.

이를 어기면 조약 파기도 가능하다.

그런데도 이놈들은 대놓고 아무 데나 나가서 한국군 참전을 떠벌리고 있었다.

여기에 해리스 전 주한 미국 대사란 놈은 한미 연구소 화상회의 기조 발언에서 이런 발언을 내뱉었다.

≪한미 동맹이 인도, 태평양과 그 너머에 새로운 도전들에 직면하면서 자유의 요새로 계속 남아 있는 것이 매우 중요하다고 생각한다.≫

자유의 요새란다.

이 말은 한반도의 전략적 중요성 때문에라도 주한 미군이 계속 주둔해야 한다는 것인데.

여기까지는 그렇다 치고,

수상한 점은 앞의 세 놈이 전부 기존의 둘러대기식 발언을 그만하고 미국이 원하는 바를 직언하고 있다는 것이었다.

이게 진짜 문제다.

"사전에 입을 맞춘 거겠죠?"

"저도 그렇게 보고 있습니다."

"도대체 어떤 가치관을 갖고 있어야 한국군이 인도, 태평양 지역 파병으로 중국과 전쟁도 불사해야 한다는 건지. 그것이 어째서 한미 상호 방위 조약상 한국의 의무인 것처럼 주장할 수 있는 건가요?"

"사이코패스이거나 극단에 이른 소시오패스일 확률이 높습니다. 고작 몇 년 더 자기 목숨 잇자고 5천만 생명을 서슴없이 위험에 빠뜨리는 건 아무나 할 수 있는 일이 아니죠."

쉽게 볼 일이 아니었다.

에이브런 前 주한 미군 사령관의 발언은 주한 미군의 한계를 해제하는 것과 같았다.

주한 미군이 인도, 태평양 지역에 깊숙이 관여할 것이라는 건 2만 8천 주한 미군이 언제든 다른 나라와 무력 충돌할 수 있다는 뜻이다.

과연 그 대상이 누구겠는가?

동아시아의 세력 구도상 이 일과 가장 근접한 곳이 대만일 텐데 중국이 대만을 침공할 경우 주일, 주한 미군을 투입하겠다는 것.

즉 한반도를 전쟁의 소용돌이로 밀어 넣겠다는 얘기다. 이 개스키들이.

"미국이 중국을 건드린 후 한국은 노상 피해만 봤어요. 계속해서 불이익만 당하고 있다는 겁니다. 이럴 때 피해 보상은 커녕 우릴 지옥의 유황불 속에 밀어 넣겠다는 건가요?"

"그런 뜻이 다분하죠."

"어떻게 해야 할까요?"

"죽여야 합니다. 그 새끼부터 가족까지 전부 다 깡그리 죽여야죠. 피눈물을 흘리게 해야죠."

"내가 바라는 바입니다. 암 그렇고말고요. 내가 본래 미국 인사는 잘 안 건드릴 생각이었는데 가만히 놔두면 안 되겠어요. 즉시 움직일 수 있습니까?"

"예, 바로 작업 착수하겠습니다."

정홍식이 비장한 표정으로 메모장에 체크한다.

고로 저 로베르트 에이브런은 앞으로 어떤 식으로든 곱게 살긴 글렀다는 뜻이다. 파멸도 그냥 파멸이 아닌 참혹한 파멸을 맞이하게 될 거란 것.

덧붙여 데이비드 맥도넬 미 민주주의 수호 재단 선임 연구원이란 놈도 죽여야 한다.

그놈은 주한 미군의 리미트 해제뿐만이 아닌 한술 더 떠 중국과의 역내 무력 충돌이 발생할 경우 한국군도 나서야 한다고 주장했다.

"……."

뭐 물론 70년 혈맹의 의리가 있으니 미국이 처맞는데 가만히 있는 건 아니라고 생각한다.

무조건 안 싸우겠다는 것이 아니다.

싸우기 전, 한 번만 더 따져 보자는 거다.

앞선 CSIS 시뮬레이션처럼 중국의 대만 침공을 두고 단 석 달 만에 미국의 피해가 함선 수십 척 수장, 항공 모함 두 대 수장, 몇백 기의 전투기 추락, 3천여 명의 사망이었다.

결국은 이기긴 할 텐데.

그러니까!

그 뒤처리는 누가 해 주나?

한국 수출의 절반을 차지하는 중국이 망가지면 우리 경제는 누가 책임져 주나?

우리는 미·중 전쟁이 터지는 순간 무조건 폭망이다. 아무 실익도 없는데 미국이 원하는 전쟁을 치러야 하는 거다. 전쟁할 이유가 없는데.

게다가 승리하면 실익은 누가 가져가나?

폭삭 망한 우리 주장을 누가 들어줄까?

결국 좋은 건 미국이 다 가져가고 전쟁 후폭풍은 온전히 한국의 짊어져야 한다.

그래서 우린?

이대로 이들이 시키는 대로 처참하게 망가지는 게 옳을까?

"데이비드 맥도넬 그 새끼도 죽여요. 일가족뿐만 아니라 3대를 다 족쳐요."

"역모에 준하게 말이죠?"

"역모죠. 감히 내 나라를 망가뜨리려 하는데."

"그럼 해린스는 어떻게 할까요?"

주한 미국 대사까지 지낸 새끼가 이 일에 동참하다니.

주한 미군을 두고 한국만이 아닌 세계를 상대로…… 숫제 한반도를 미국의 인도, 태평양 전략의 전초 기지로 간주했다.

객관적으로 보면 사실 이도 무리수는 아니었다. 한국은 이미 그 역할을 수행 중이니까.

다만 내가 원해서 하는 것과 누가 강제로 시키는 것에 차이는 명백하지 않겠나?

"그 새끼도 똑같아요. 아니, 누구도 같습니다. 입 잘못 놀리면 뒈진다는 걸 보여 주세요. 일벌백계가 필요합니다."

"명심하겠습니다."

결국 이 세 명을 종합하면,

- 한반도는 인도 태평양 지역 안보에 중요한 역할을 하는 미군과 한국군의 전초 기지로서 양국은 한미 상호 방위 조약에 의거 미국의 분쟁 지역에 한국군이 적극적으로 참여할 의무가 있다.

-

라는 뜻이다.

저 김정운도 감히 이 한반도에서 전쟁을 일으키려 하지 않는데 저 미국 양키 새끼들이 지금 우리 땅에 불지옥을 선사하려 하고 있다.

미친 것들이.

이러면서 주한 미군 주둔 분담금은 또 내라고?

"안 그래도 일전 미국이 건네 온 합의문도 이상하다 했어요."

"아, 그거 말이죠. '미국 유사시'를 또 은근슬쩍 끼워 넣은 거요?"

"저번에 개지랄해서 지워 놨더니 또 가져왔잖아요. 그 새끼들 지금 우리 옆구릴 쿡쿡 찌르는 거죠?"

"어휴~~~ 짜증 납니다."

한국과 미국의 관계.

애증스러우면서도 갈 길이 한참 멀었다.

지난 6월 한미 양국이 머리를 맞대 '동맹 위기관리 합의 각서'를 작성하던 중 미국이 또 '미국 유사시'를 끼워 넣었다.

앞서 예를 든 것처럼 한미 상호 방위 조약은 제3조에 의거, 조약의 적용 범위를 양국 영토로 규정하고 있는데.

여기에서 한미 상호 방위 조약은 미국의 한국 방어에 대한 책임을 구체적으로 밝히는 반면 한국의 미국 방어에 대한 책임은 구체적으로 두지 않긴 했다.

이는 조약 체결 당시 한국군의 레벨이 너무 처참한 수준이라 어쩔 수 없던 일이었는데 미국은 이걸 문제 삼아 시점에 맞게 따로 합의 각서를 작성하자 하여 응해 준 것이다.

그런데 '미국 유사시'를 넣으려 했다.

이 내용대로라면 합의 각서 자체가 한미 상호 방위 조약에 위배 되는 데도.

더 쉽게 설명해,

한미 상호 방위 조약 3조와 관련하여 미 상원의 양해 사항이 이랬다는 것이다.

- 적용 범위는 북한의 무력 공격으로부터 남한 방어로 엄격히 제한한다. 따라서 한미 상호 방위 조약에 따라 한국군이 미국 방어에 동원될 수 없고 주한 미군은 남한 방어를 벗어난

임무를 수행할 수 없다.

완벽하게 적시되어 있었다.

그런데도 저 세 명은 괜한 억지 해석으로 주한 미군의 가동 범위를 넓히는 중이다.

이는 물론 미국의 공식 입장이 아니지만, 바이든이 한미 동맹과 관련하여 사전 물밑 작업에 들어갔다는 정황 증거 정도는 됐다.

"우리도 공식적으로는 모르는 일로 가자고요."

"예, 맞습니다. 공식적으로는 전혀 모르는 일일 겁니다."

"음지 싸움이라면 나도 못지않다는 걸 보여 줘야겠어요."

"우스운 일이죠. DG 인베스트의 신화가 그냥 만들어진 게 아니라는 걸 똑똑히 보여 주고 오겠습니다."

"예, 이제 슬슬 일어나죠. 기자들이 기다리고 있는데."

"저는 조용히 사라지겠습니다. 공식적으로 없는 일이라."

"고생해 주세요."

"아무렴요. 모두를 위한 일인데요."

정홍식과 헤어진 장대운은 도종현의 에스코트를 받아 청와대 안뜰 잔디밭에 마련된 간담회장으로 향했다.

고르고 골라 뽑힌 기자 몇이 벌떡 일어나 예의를 표했다.

"바쁘신데 시간 내주셔서 감사합니다."

"아이고, 아닙니다. 대통령님께서 부르시는데 언제라도 달려와야죠."

"그렇습니다. 영광입니다."

"맞습니다. 가문의 영광입니다."

기존 출입하던 기자를 빼고 중견급으로 새로 갈았더니 반응이 신선했다.

이들로서도 전 세계적으로 핫한 대통령과의 만남은 기대가 넘치는 충분한 이유가 될 만했다.

그건 곧 특종과의 연결일 테니.

"자, 이제 시작해 볼까요?"

"아, 그러십니까. 알겠습니다. 그러기에 앞서 질문을 차례차례 짚어 볼까 하는데 괜찮으십니까?"

"원하는 바예요."

"그럼 종전 선언부터 가겠습니다."

미리 원하는 것에 대한 질문지를 받았고 인터뷰의 간소화를 원했기에 질문 통로는 한 명을 대표로 이들이 알아서 뽑았다.

"종전 선언 얘기군요. 간단합니다. 더는 남북 관계가 수렁 속에 있으면 안 되겠다고 판단이 들었기 때문입니다."

"혹시 전부터 끈이 연결되었던 건입니까?"

"전부터 오간 건은 아니고요. 최근에 급진전 됐죠. 아마도 제 사재로 식량 지원에 나서면서부터일까요? 분위기가 좋아진 건 사실입니다."

"그 땅굴 얘기군요. 그렇다면 종전을 디딤돌 삼아 그 너머도 보고 계신다는 겁니까?"

예상 가능한 질문이었다.

남북문제의 종장은 늘 통일일 테니.

“아직 종전도 못 했는데 통일은 너무 이르죠. 그리고 전 통일할 생각이 없습니다. 북한도 마찬가지고요. 하나 잊지 말아야 할 건 한국과 북한은 둘 다 UN 가입국이라는 겁니다. 국제 사회에서 하나의 국가로 인정받은 상태예요. 이 상태에서 통일하려면 누군가가 자기 이데올로기 혹은 기득권을 내려놓아야 할 텐데. 한국이 그럴 수 있을까요?”

“아, 우리가 먼저요? 그건…… 좀 어렵다고 봅니다.”

어렵다.

어려운 게 아니라 불가능하다.

국력 차가 얼만데.

대한민국 국민 중 누구도 북한 체제로 들어가겠다 자청하는 이는 없을 것이다. 미친놈만 빼놓고.

“논의 자체가 안 되겠죠. 그럼 북한은 어떨까요? 자기 기득권을 내려놓고 순순히 한국에 흡수될까요?”

“아…….”

안 되겠지.

지금까지 해 먹은 게 얼만데 이걸 내려놓을까.

내려놓는 순간 제일 먼저 죽는 게 누굴까?

김정운을 두고도 고개가 절레 저어지는데 수십 년간 주체사상 교육에 쩐 주민들은 또 어떨까?

“결국 남은 건 무력 통일인데. 이 마당에 전쟁을 일으키면 누가 좋아하겠습니까? 미국? 중국? 일본일까요? 남 좋은 일을 우리가 왜 할까요? 우리가 승리한단들 2,600만 북한 주민은 무엇으로 해결할까요? 과연 그들이 한국에 패배해 닥친 통일을 납득할까요?"

"……."

다시 말하지만 몇십만 시리아 난민에도 온 유럽이 몸살을 앓았다.

북한이 붕괴하면 이천육백만이다.

거기에 휩쓸리는 순간 한국도 나락으로 떨어진다.

"그래서 종전만 본 겁니다. 어차피 통일이 안 될 바엔 겨눈 총부리나 치우자는 거죠. 여러 평화 협정을 맺고 서서히 교류를 넓히자는 겁니다. 얼어붙은 관계나 풀자고요. 그러다 보면 한반도에 얽힌 긴장감도 옅어지겠죠. 사이가 원만해지면 경제 협력도 하고 민간 여행도 열고요. 좋게좋게 말입니다."

"아! 그렇게 친해지다 동독과 서독의 통일처럼 가자는 말씀이십니까?"

"아니요. 동독과 서독의 예시는 우리와 맞지 않습니다. 걔들은 서로 총부리 겨누고 싸운 적이 없어요. 그냥 낮은 장벽만 치고 통행만 막았을 뿐이죠. 높은 곳에 올라가면 서로 볼 수 있고 방송도 마음대로 봤어요. 그러니까 쉽게 가까워졌죠. 그럼에도 부작용이 엄청났고요."

"그럼……?"

"반면 우린 피를 봤죠. 이게 묻는다고 잊힐 성질일까요? 간

절히 원한다고 될 일도 아닙니다. 심도 있고 세밀한 설계가 필요하죠. 그래서 그냥 놔둘 생각입니다. 10년이 걸리든 20년이 걸리든 북한이, 이제 조선이라 불러야 할 나라가 나라로서 제 기능을 수행할 수 있을 때까지."

"아…… 초반 통일할 생각이 없다는 말씀이 뭔지 이제 알겠습니다."

고개를 끄덕끄덕.

청와대까지 초청된 만큼 기자들의 인식 수준이 상당했던지 흡수가 빨랐다.

"그럼 현재 논란 중인 비핵화 종전에 대한 반대 여론에 대해서는 어떻게 대응하실 생각이십니까?"

"아, 그 미국의 사주를 받은 이상한 여자의 주장 말이죠? 거기에 선동된 무뇌아들?"

"아…… 대통령님."

움츠러든다.

자식이 쫄긴.

"얼마나 주체성이 없으면 그런 여자한테 흔들리죠? 을사오적 이상의 여자잖아요. 배은망덕의 표본. 바다 건너 미국인이니 뭐 미국에서 죽든 말든 상관할 바 아니지만 괘씸하긴 하죠. 감히 남의 나라 일에 끼어들어 감 놔라 대추 놔라 하다니. 듣보잡 하원 의원 주제에."

"아…… 그렇게 생각하십니까? 한인 사회에서 꽤 영향력이 있는 의원이라 들었는데."

"지금 내가 하는 말씀 명확하게 적어 주세요. 미국이 내주는 하찮은 이익에 조국의 대계를 막으려는 배덕자라고요. 미. 친. 년."

"아……."

그래도 됩니까?

"그대로 실으세요. 약속해 주실 거죠?"

약속 안 하면 내쫓을 거다.

"아, 알겠습니다. 대신 우리도 이유가 명백해야 합니다."

"당연합니다. 그 여자가 '비핵화'를 전제로 들고 나왔기 때문이죠."

"비핵화……?"

"여기에서 미국의 의도가 드러납니다. 미국의 사주를 받았다는 게 확실하죠. 그 여자가 동아시아 전문가도 아니고 그냥 그 지역 일대에서만 살아온 그저 그런 여자예요. 국민학교 마치고 하와이로 날아간 여자가 한반도의 상황에 대해 무엇을 얼마나 자세히 알겠습니까? 그리고 우리가 먼저 종전하자고 했나요? 아니잖습니까."

"예."

"지들이 먼저 꺼냈어요. 그럴 기미를 봤는지 선수 친 거죠. 즉 미국은 한국과 북한이 이 상태 그대로 영원히 가 주길 바란다는 겁니다. 종전이고 통일이고 하지 말고 죽을 때까지 싸워라."

"아……."

너무 과격한 표현이 아니냐는 표정이 나왔다.

"기자님께 묻죠? 기자님이 김정운이라고 치자고요. 기자님은 핵을 포기하겠습니까?"

"……!"

"나라도 포기 안 해요. 핵을 포기하면요. 중국이 제일 좋아할 겁니다. 지금 북한의 군사력으로는 선양군구 하나만 움직여도 바로 쓸려 버릴 테니까요. 그러나 핵이 있다면?"

"아아…… 중국이 문제였군요!"

"그 이상한 여자가 '비핵화'를 전제로 하지 않은 종전 선언을 반대한다며 나선 이유가 뭘까요? 그동안 조국의 어떤 문제에도 일언반구 없다가 갑자기 비핵화 종전을 반대한대요. 그 여자는 대체 무엇을 근거로 종전을 떠올렸고 반대를 외쳤을까요? 그 여자가 그렇게 정보력이 좋을까요? 이제 실마리가 잡히십니까?"

"……그렇군요. 무슨 뜻인지 알겠습니다. 확실히 의심되는 대목이군요. 현 김 의원에 대해서는 면밀히 조사 후 다시 다루겠습니다."

"좋네요."

"그럼 대통령님께서 말씀하셨듯이 이 상태에서 종전으로 간다는 건 우리 한국이 북한의 핵을 인정하겠다는 뜻과 같을 텐데 맞습니까?"

"옳게 보셨네요. 어차피 못 막아요. 그럼 인정해야죠."

"미국은요?"

"초장부터 반대한 거 보셨잖아요. 미국은 한반도의 평화에 관심이 없습니다."

"아…… 그럼 이 건도 그렇게 정리하는 거로 하겠습니다. 조금 더 자료를 찾고 연구해 봐야 할 주제라 시간이 필요합니다. 다음 전작권 전환 이슈로 넘어가려는데 괜찮겠습니까."

"얼마든지요."

잠시 차를 한 모금 머금은 장대운은 여유로운 자세로 말을 이어 나갔다.

"이도 참 어이없지요. 왜 시비인지 모르겠어요. 퇴역 군인 놈이. 명예롭지 못하게."

"……."

"지금 미국이 원하는 건 미군도 이루지 못한 과업을 우리더러 완성하라는 얘기입니다."

"예?"

미국이 요구하는 전작권 전환 프로세스는 이랬다.

IOC(기본 운용 능력) - FOC(완전 운용 능력) - FMC(완전 임무 수행 능력)의 평가를 거쳐 전작권을 전환한다.

참고로 한국은 미국 US뉴스앤드월드리포트(USNWR)가 발표한 세계에서 가장 강력한 국가(the planet's most powerful countries) 조사에서 6위에 올랐다.

"미국 정보지가 우리나라보다 강한 국가는 미국, 러시아, 중국, 독일, 영국뿐이래요. 사실상 핵이 없는 국가 중 세 손가락 안에 든다는 얘깁니다. 이런 국가가 IOC가 부족할까요?

FOC가 떨어질까요?"

"……."

"도리어 미국에 묻고 싶군요. 너희는 핵을 완벽하게 방어해 낼 수 있어?"

미군과의 합동 평가에서 한국군은 FOC 단계까지 완벽하게 수행해 냈다.

일고의 여지도 없이.

합격.

그런데 다음 FMC 단계가 문제였다.

이 요건을 빌미로 퇴역 군인이 전작권 이양은 어렵다고 트집 잡고 온 나라가 이 말 한마디에 몸살을 앓고 있었다.

여기에서도 한민당이 걸렸다.

지난 한민당 9년 집권 동안 이놈들이 미국과 이상한 조건으로 군사 합의를 봤다. 향후 전작권 전환에 대한 양국 간 군사적 내용인데.

그 조건을 잠시 살펴보면,

[전작권 전환 조건]

조건 #1 : 연합 방위 주도를 위해 필요한 군사적 능력

조건 #2 : 동맹의 포괄적인 북한 핵·미사일 위협 대응 능력

조건 #3 : 안정적인 전작권 전환에 부합하는 한반도 및 역내 안보 환경

그냥 있어도 2025년에 전작권이 환수될 텐데 쓸데없는 합의로 빌미를 주고 말았다.

이 세 가지가 갖춰져야 한국은 자주국방에 돌입할 수 있다는 뜻인데.

세계 6위의 군사 강대국한테 이 무슨 해괴한 짓인지.

그럼 7위부터 나머지 국가들은 다 등신인가? 다 전작권을 미국이 갖고 있나?

조건 1은 검증이 필요 없을 만큼 압도적 수행 능력을 갖췄다.

조건 2는 좀 어이가 없는 게 미국 지들도 어떻게 못 해 북한 선제 타격론이 대두되는 판이다. 탄도 미사일에 대한 요격은 이론상으로는 가능하겠지만, 세상일이란 게 언젠 계산대로만 되던가? 한 발이라도 놓치는 순간 미국 본토는 재앙을 맞이하겠지.

조건 3은 '안정적인 안보 환경'이었다. 휴전, 정전 중인 나라에 안정적인 안보 환경이 어디 있나?

이런 게 조건이라고 적어 놨다.

이런 조건을 좋다고 도장 찍은 한민당 정부였다.

이런 조건으로 미국은 전작권을 안 주겠다는 뜻을 노골적으로 밝히고 있었다.

2000년 한미 양국이 협상에 들어가 2025년 전작권 이양에 대한 합의를 봤는데 한민당 정권 9년간 일을 완전히 틀어 버린 것.

에이브런 前 주한 미군 사령관 놈 외 데이비드, 해린스 두 놈이 내도록 떠드는 이치도 이와 같았다.

- 너희는 아직 자격이 안 돼. 미국의 보호를 받아라. 미국이 시키는 대로만 살아라.

대표격인 에이브런 놈은 실제로 이런 말을 남겼다.

- 전작권 이양에 대해 지금 판단하는 건 시기상조(Premature)다. 모든 조건이 완벽하게 충족돼야(all conditions fully met) 전작권 전환 준비가 갖춰질 것.

그러면서 끊임없이 검증 평가를 하고 있지만, 아직 가야 할 길이 멀다. 한국군은 준비가 안 되어 있기에 전작권 이양은 어렵다고 인터뷰한다.

이걸 믿고 신봉하는 무리는 종전 선언에 돌입하려는 정부를 믿지 않고 백악관 앞에 가서 석고대죄라도 할 판이었다.

겁쟁이인지 아니면 정말 위험을 느껴서인 건지, 그냥 아무 생각 없는 건지.

물론 이런 마당에도 반대편 목소리가 있긴 했다.

지난달 5일 미국 공화당 소속 연방 하원 의원 25명이 바이든에게 서한을 보냈다.

- 전쟁 상태는 핵 문제에 대한 진전을 더욱 어렵게 만든다.

남북 종전 선언 하게 냅 둬라. 미국이 왜 나서냐.

- 종전 선언은 북한에 대한 양보가 아니다. 오히려 미국과 동맹 모두의 국익에 도움이 되는 평화를 향한 중요한 단계다.

- 이를 위해 미국 행정부와 국무장관은 전쟁 상태의 공식적이고 최종적인 종식을 뜻하는 구속력 있는 남북미 간 평화협정을 목표로 남북과의 적극적인 외교적 관여를 최우선으로 할 것을 촉구한다.

- 아울러 북핵이 전 세계의 평화와 안보에 위협이 되고 있지만, 영원한 전쟁 상태는 이 문제를 해결하지도 못하고 미국과 동맹의 국익에도 도움이 안 된다.

바이든 너 대체 무슨 짓을 저지르려는 거냐?

어째서 한반도를 수렁으로 밀어 넣으려는 거냐?

바이든의 행보에 제동을 걸고 나선 공화당 의원들.

문제는 과연 이들이 한반도 긴장에 우리만큼 관심이 있냐는 것이다.

본질적으로는 이놈들도 똑같다.

그저 민주당이 하니까 딴지를 건 거고 거기에 정홍식이 기름칠을 해 주니까 좋다고 일을 키운 것뿐이다.

정홍식에 자극받고 장대운 즉 FATE 영향력의 지원을 받는다면 차기 대권 후보도 불가능한 게 아니니까.

더 재밌는 건 도람프였다.

그가 트위터에 깜짝 놀랄 말을 남겼다.

- 종전 반대는 한반도 전쟁을 부추기는 악질적인 음모.

대놓고 바이른을 저격해 줬다.

도람프를 따르는 세력마저 움직이자 미국 사회가 술렁였다.

이것이 도람프가 보내는 화해의 제스처인지는 알 수 없었지만 하나만큼은 알겠다.

손가락 안 부러뜨리길 잘했네.

"자, 기사들 잘 부탁드립니다. 정부의 입장은 처음처럼 명확해요. 우린 우리 길을 간다. 약속을 안 지키는 놈들과는 상종을 안 한다. 끝."

Chapter. 69

Chapter. 69

"이젠 한국이 타깃이라……."

"……."

"바이른과 장대운이 원래 사이가 안 좋은가?"

"바이른인 것도 있겠지만, 민주당인 것도 있겠지요."

마오창의 대답에 장리쉰은 히죽 웃었다.

"해묵은 원한으로 동맹을 치겠다라…… 별거 없군."

"20년간의 원한이지요. 미국의 국익과도 연관이 있고요."

"그래서 우습다는 것이오. 세계 경영이니 뭐니 거들먹거리기나 하더니 하는 꼴은 소인배와 다름없으니."

"근본 없는 족속들이라 그럴 겁니다. 300년 역사 속에서 이룬 건 미약한 문화밖에 없을 테니까요."

이렇게 말은 하고 있지만 장리쉰은 자존심이 크게 상한 상태였다.

500억 달러의 배상금을 문 이후 여기저기에서 지도력을 의심하는 이들이 생겨났다 그동안 그들을 단속하느라 바깥으로 눈을 돌릴 겨를이 없었고 그런 와중 얼마 전, 주중 미국 대사가 희한한 뉘앙스를 던지고 갔다.

요새 남북한이 주제를 모르는 것 같지 않나고?

최근 한미 간 벌어지는 양상을 보니 의도는 대략 이해가 갔지만 그래서 더 심기가 불편했다.

"감히 우리를 장기 말로 이용하겠다고?"

"어제부로 UN 대북 제재안이 강화됐습니다."

중국의 옆구리를 찌르는 것과 동시에 미국은 원유, 정제유 수출량을 각각 연간 200만 배럴, 25만 배럴까지 절반으로 축소하는 새 결의안을 마련해 안보리 이사국들과 논의해 통과시켰다. 여기엔 광물 연료와 시계 수출에도 제재를 가하는 내용이 포함됐다고 AFP가 전했다.

"품목을 살펴보니 담뱃잎과 담배 제품마저 수출하지 못하게 막았더군요. 애연가인 김정운을 겨냥한 거죠."

"도대체 이해가 안 되는데 도대체 시계랑 담뱃잎은 왜 막은 거요? 죽일 작정이면 식량을 막든가. 그깟 담뱃잎 막으면 그놈이 괴로워한다는 거요?"

"살살 약 올리는 용도 아니겠습니까? 어차피 말 안 들을 거 아니까."

제재안에는 북한 정찰총국과 연계된 것으로 알려진 해킹 단체 라자루스를 블랙리스트에 올리고 이들의 자산을 동결하는 조치도 들어갔다.

중국의 홍커연맹을 건드렸듯이.

"결국 우리한테 했던 짓을 남북한에도 하겠다는 거 아니오."

"예."

장리쉰은 고민됐다.

하는 짓만 보면 다 뒤엎고 싶은데.

타깃이 또 남북한이란다.

남북한.

미국이 열어 준 징치의 길은 달콤하기 이를 데 없었다. 개수작임을 알고 있음에도 덥석 물 수밖에 없는.

'이렇게 빨리 복수의 시간이 올 줄은 몰랐는데…….'

배상금 지급 후 한국의 행보는 눈에 띄게 중국과의 단절로 가고 있었다.

비자 발급부터 안 된다.

명목상 감염증 예방 차원이라 하지만 다른 국가는 열어 두면서 오직 중국만 막았다. 다시 중국으로 들어온다던 오성 전자나 현도 자동차도 인도로 보내 버렸다. 덕분에 관련 산업이 붕괴됐고 대량의 실직자가 발생해 골을 싸매야 했다.

더구나 북한마저 중국과 거리를 두기 시작했다.

일전 친중국 인사 숙청도 그렇고 이후 벌어진 중국에 대한

강도 높은 정치 교육도 그랬다. 모든 지표가 미국이 말한 대로 한국으로 향하고 있었다.

"왕슈는 그것 외 다른 건 못 발견했답니까?"

"원조로 원유 50만 톤, 식량 10만 톤, 비료 2,000만 달러어치 제공하겠다 했는데도 콧방귀도 안 뀌었답니다. 전과 다른 이루 말할 수 없는 냉대에 너무도 당혹스러웠다 했습니다."

"크음……."

"……."

"결국 또 한국인가?"

"장대운이겠죠. 참고로 한국은 도신유전만으로 등유급 원유 생산량이 하루에 100만 톤에 가깝습니다. 이 중 절반이 한국 몫, 장대운의 것이죠."

상황에 따라 얼마든지 중국과 맞먹는 원조를 감행할 수 있다는 뜻이다.

대놓고 드러낸 땅굴을 통해.

"도신유전을 없앨 순 없겠지?"

"없앨 순 있겠지만, 후폭풍이 만만찮겠죠."

일본, 언론, 환경 단체와의 일전 후 도신유전은 거의 성역화되었다.

잘못 건드렸다가 중국의 소행임을 알게 된다면 중국은 그야말로 공공의 적이 된다.

지금 일본이 그랬다.

일본의 의도에 속아 역풍을 받은 환경 단체들이 원흉인 일본에 몰려가 화풀이를 해 대고 있었다.

온갖 제품에 트집을 잡아 댔고 특히 후쿠시마산은 일본 정부마저 접근 불가일 정도.

일본이 새로이 건립하려던 원전도 무기한 보류 상태가 됐다고 들었다.

게다가 보고서에는 도신유전을 망가뜨린다 한들 일주일이면 원상 복구 된다고 한다. 감수하기에는 여러모로 애로 사항이 컸다.

"어쩔 수 없이 미국이 내민 미끼를 물어야 한다는 건가?"

"대 중국 제재 품목 중 30% 상당의 품목에서 관세 폐지를 고려 중이라고 전했습니다."

"30%라…… 지들이 필요해서 내리겠다는 건 아니고?"

"겸사겸사겠죠."

"허어…… 방법이 없나? 이대로 계속 당해야만 하나?"

"세계 최강의 군사력, 세계 최대의 소비국, 기축 통화 달러를 가진 국가의 힘이 아니겠습니까."

"삼신기도 아니고…… 그래서 위안화를 기축 통화로 키우려 했건만."

"10년은 더 묵혔어야 했습니다."

"그랬군. 너무 빨랐어. 조금 더 늦게 발톱을 꺼냈……."

똑똑똑.

노크가 울리며 비서실장이 들어와 송구한 듯 허리를 굽혔다.

장리쉰은 살짝 짜증이 올라왔지만 억지로 눌렀다.

마오창과 독대할 때 방해 안 하는 건 불문율이다.

그걸 제일 잘 아는 비서실장이 불문율을 깼다는 건 그만한 사안이라는 뜻이니.

"러시아 쪽 요원으로부터 연락이 들어왔습니다. 블라디보스토크에 40만 톤 규모의 식량이 입항했다고 합니다. 그 식량이 하산-나진 선을 타고 북한으로 흘러들어 갔다고 합니다."

"……!"

"……!"

식량 40만 톤이란다.

이러니 콧방귀도 안 뀌지.

이런 게 오는 마당에 원유 50만 톤, 식량 10만 톤, 비료 2,000만 달러어치로 회유하려 했던 거다.

장리쉰은 기가 찼다.

미국의 대북 제재안이 UN을 통과했다는 게 고작 어제인데.

"러시아라니…… 러시아라니……."

이러면 미국도 함부로 못 나선다.

공식적으로는 러시아에서 입항하는 것이니.

그런데 중국은 이 이상의 지원이 가능한가?

어렵다.

이러다 정말 북한이 손에서 벗어나는 건 아닌 건지.

"우리가 더 해 주는 건 안 되겠……지요?"

"어렵습니다. 장대운의 행동 특성상 이번 한 번으로 끝날 리 없습니다. 우린 그만큼 식량과 원유를 끌어올 여력이 없습니다."

그러고 보니 예전, DG 인베스트가 미국산 곡물, 우크라이나산 밀, 아르헨티나, 칠레산 육류를 잡았다는 보고를 받은 적 있었다.

그때는 흘려들었는데.

모든 게 다 몇 수 뒤지고 있었다.

'허어…… 내가, 이 중국이 장대운 하나를 못 이긴다는 건가?'

물론 마음 단단히 먹으면 더 많이 줄 순 있겠지만 퍼붓는단들 저 김정운이 고개 숙일까? 그 반골이?

더구나 북한 추가 지원 소식이 인민에 알려졌다간 반란이 일어날지도 모른다.

중국은 식량 수입국이다.

에너지 수입국이다.

인구 절반이 월 2,700위안(50만 원)도 못 버는 절대 빈곤층이다.

"……."

"……."

결정을 내릴 때였다.

미국의 의도대로는 갈 수 없고.

중국의 계획대로 가는 게 맞겠지.

북한을 손에서 놓을 게 아니라면…….

"북한 라인은 아직 살아 있소?"

"숙청 때 피해를 보긴 했지만 주 라인은 건재합니다."

"그럼 김정운을 죽입시다."

◇ ◆ ◇

≪현 김 미국 하원 의원이 뇌물 수수 혐의로 체포되었다고 합니다. LA 주 경찰은 그녀의 체포와 관련해 한인 타운 개발 이권에 개입한 정황이 드러나 조사 중이라고 했는데요…….≫

≪로베르트 에이브런 前 주한 미군 사령관이 주한 미군 사령관 시절 업무상 배임 혐의로 미 연방 수사국의 체포를 당했습니다. 부대 납품 관련 입찰에 관여해…….≫

≪데이비드 맥도넬 미 민주주의 수호 재단 선임 연구원이자 前 한미 연합사 작전 참모가 오늘 28일 미성년자 성매매 혐의로 긴급 체포…….≫

≪해린스 前 주한 미국 대사가 교통사고로 사망했습니다. 경찰 발표로는 음주로 인한 과속이…….≫

정홍식이 제대로 움직였다.

하나도 안 불쌍하다.

징벌이니까.

당연히 이게 끝이 아니었다.

그 가족의 가족 전부 나락으로 떨어질 때까지 암울은 계속될 것이다. 그들 가문이 모두 앞에서 패망함으로써 나 장대운을 건드리면 어떻게 되는지 온 세상이 반면교사로 삼게 말이다.

"자, 시작할까요?"

오늘은 춘추관으로 직접 행차했다.

이전의 인터뷰로는 약발이 약했는지 꾹꾹 짓밟아 놨던 한민당마저 고개를 쳐들고 설치는지라 어쩔 수 없이 입을 털러 나왔다.

"……과연 북한 비핵화 이전에 종전 선언은 불가능한 것일까요? 란 질문이 있군요. 다시 말씀드리지만, 북한 비핵화와 종전 선언은 아무런 관계가 없습니다. 북한이 핵무장한 상태에서 주한 미군이 철수해도 한국의 안보 측면에서는 특별히 달라질 게 없으니까요. 북한 핵은 한국군의 북침을 억제하고 북침해 올 경우 방어적 목적으로 최후의 순간 사용될 성격입니다. 왜냐? 핵무기를 갖고는 남침을 시도할 수 없으니까요. 이 같은 사실을 부인하는 사람은 전쟁에 관한 기본적인 지식이 결여된 사람일 겁니다."

이걸 모르면 너는 바보라는 대전제를 깔고.

"이 같은 측면에서 지금 이 순간 주한 미군이 철수해도 우리 한국의 안보는 문제 될 것이 없다는 겁니다. 북한 핵을 우려할 필요는 없지만, 정녕 우려된다면 우리도 핵무장 하면 될 테니까요. 다시 말해 주한 미군이 철수해도 한국의 안보는 달라질 게 없고 주한 미군 철수 이후 종전 선언해도 문제가 없다는 뜻이죠. 즉 미군이 한반도에 주둔해 있는 상태에서 종전 선언을 한다는 것이 무슨 큰 문제가 되냐는 말씀입니다."

이해가 되냐?

이해 못 하면 바보라는 뉘앙스로 봐 준다.

"오늘날 한국은 북한이 핵무장하고 있다는 점에서 미군의 한반도 주둔을 원하는 입장이 됐습니다. 그런데 이런 마당에 미국은 북한의 핵무장이 주한 미군 철수에 미칠 영향을 꺼려 판단하고 한반도 종전 선언을 우려합니다. 앞뒤가 안 맞죠? 이럴진대 어떻게 북미 외교 관계 정상화가 되겠습니까? 미국이 북한의 요구를 수용해 줄 수 있었겠습니까? 고로 미국은 한반도의 평화를 바라지 않는다는 결론에 도달합니다."

원흉에 한 방 먹여 주고.

다시 원론으로 돌아간다.

질문에 대한 답변으로.

"다시 살펴보겠습니다. 뇌물 처먹고 체포된 미국 의원 하나가 주장하는 대로 종전 선언하면 한국이 심각한 위기에 직면할까요? ……뇌물 처먹은 만큼 전혀 아닙니다. 앞에서 설명한 바처럼 종전 선언 이후에도 한국은 안보적으로 별다른 문제가 없을 테니까요."

"그렇다면 종전 선언과 더불어 주한 미군 철수 가능성은 있나요? ……이도 아닙니다. 종전 선언 이후에도 주한 미군은 북한이 철수를 요구한다고 철수해야 할 성격이 아니니까요. 중요한 건 우리 한국의 주한 미군 주둔에 대한 인식입니다. 주한 미군은 한국이 철수를 원하면 철수해야 하는 반면 원치 않으면 철수할 이유도 그럴 의사도 없으니까요."

"그럼 유엔사 위상 약화는 어떻게 설명할 것인가요? ……이건 반반입니다. 유엔사가 정전 체제 유지를 주요 임무로 하고 있으니 종전 선언으로 유엔사 위상과 주일 미군 측면에서 문제가 생길 가능성은 있습니다. 근데 그걸 우리가 왜 신경 써야 하는 겁니까? 잊지 마십시오. 유엔사의 목적은 평화 수호입니다. 긴장 유지가 아니라."

"한미 연합 훈련은 중지되나요? ……종전하는 거랑 한국군이 훈련하는 거랑 무슨 관계일까요? 물론 종전이 이루어진다면 당연히 북한의 위협을 전제로 하는 특별한 기동 훈련은 필요 없어지겠죠. 그렇다고 군을 없앨 겁니까? 아니죠. 이후 한미 연합 훈련의 방향성은 중국의 위협에 대항하기 위한 대비 태세 유지를 위한 성질로 바뀔 확률이 높습니다."

"종전 선언으로 인한 안보 위기로 한국, 미국 및 일본인 수천만 명 희생된다는데 맞나요? ……어이가 없네요. 남미에 서식하는 나비의 날갯짓이 아시아에 피의 폭풍을 일으킨다는 말 같은데 이럴 거면 차라리 점집이나 다니는 게 낫지 않겠습니까? 그리고 그 우려는 사실 북한 때문이 아니고 중국 때문일 수 있겠죠. 북한의 위협을 전제로 하는 한국 입장에서는 종전 선언으로 인명이 희생될 이유가 없습니다. 종전 선언으로 주한 미군이 철수하거나 주한 미군과 주일 미군의 입지가 약화되는 상태에서 미국과 중국이 전쟁을 일으킬 경우 일본과 미국의 많은 인명이 희생될 가능성은 있겠으나 또 이같이 엿 같은 전쟁에 한국군이 동원되면 많은 한국인이 희생될 가능성은 있겠으나 내가 가만히 있겠습니까? 한국 정부가 바보가 아니고 미중 패권 경쟁에 우리가 왜 끼는 거죠?"

오로지 아태 지역에서의 미국 안보 목표 달성만 곤란해질 뿐이다.

미국 입장에서야 대단히 중요하겠지만.

우린 그다지…….

"현 김 그 요사스러운 매국노 미국 하원 의원의 발언을 종합하면 아태 지역에서의 미국의 주요 안보 목표인 중국의 패권 부상 저지 측면에서 주한 미군 주둔은 대단히 중요한 이슈인데 종전 선언은 미군의 한반도 주둔 명분을 약화시킬 요소라는 거죠. 유엔사 입지 약화와 주일 미군 주둔 명분 약화 등의 문제도 초래할 수 있다는 거고요. 결과적으로 미중 패권 경쟁에서 미국과 일본이 상당한 피해를 입을 수 있을 거란 의미죠. 그녀의 주장대로라면 우리 한국이 미국과 일본을 대신하여 희생되어야 한다는 거 아닙니까? 그런데 종전 선언 하면 한국만 쏙 빠지지 않겠습니까? 그러니 기를 쓰고 막은 겁니다."

즉 현 김은 한국 안보 입장에서가 아니고 미국과 일본 안보 입장에서 떠든 것이다.

이걸 우리는 좋다고 물고 빤 거고.

쭈쭈바도 아닐 텐데.

"다음으로 조건 충족을 위해 국방비를 대거 증액할 필요가 있는가? ……이건 대체 무슨 소린지 모르겠네요. 한국군 국방비의 1/10 수준도 안 되는 북한 위협 대비해 무슨 국방비 증액이 필요하겠습니까? 북한만 상대한다면 현재 국방비의 절반을 줄여도 무방합니다. 배임죄로 체포된 에이브런 개자식이 말하는 한국군 국방비 증액은 중국 위협 대비 차원에서 한국군이 추가 전력을 건설할 필요가 있다는 의미입니다. 그 점엔 나도 동감하고요. 부디 혼동하지 마십시요."

"그럼 한국군 능력 함양 문제는 어떤가요? ……이건 아주 대단히 중요한 문제입니다. 역대 어느 정부도 이 부분을 놓고 심각한 고민에 들어가지 않았죠. 에이브런 개자식이 말하는 한국군 능력 함양 문제는 첨단 항공기, 전차 및 함정 구입이란 종류가 아니고 한국군 장교들의 군사적 전문성 함양과 관련된 겁니다, 사실 항공기, 전차 및 함정은 북한 위협 대비 측면에서 과도한 수준이죠. 나는 개자식의 말도 필요한 건 좋은 충고로 받아들여 한국군 장교들의 능력을 함양하는 방안에 주안점을 두고 군을 바꿀 생각입니다."

"2025년에 정말 우리 역량이 구비될 게 확실한 건가? …… 말도 안 되는 얘기죠. 애초 말도 안 되는 조건입니다. 미국도 못 하는 걸 우리더러 하라는 거잖습니까. 아니, 백번 양보해서 최소 미국 수준까지 하라는 거 아닙니까. 입만 나불대는 건 누가 못 합니까? 이 조건대로라면 한국은 100년이 지나도 전작권 환수가 불가능할 겁니다."

100년이 지난들 다를까?

지금 이 순간 지적되는 제반 사항들이 그때인들 다를까?

고로 에이브런, 데이비드, 해리스의 발언도 종합하면 미국은 이제 한미 동맹을 중국의 위협 대비 목적으로 전환하고 주한 미군의 입지 강화 차원에서 전작권을 그대로 갖고 있겠다는 뜻을 밝힌 거나 다름없었다.

본격적으로 한미 연합군을 중국과의 싸움에 동원하고자 한다는 것.

그러니까.

이럴 때 우리는 무엇을 선택해야 할까?

피할 방법이 있나?

없다.

살길은 하나뿐이었다.

이렇게, 이런 식으로 계속 우리의 요구를 미국이 거부할 경우 극단적 선택으로 주한 미군 철수를 강력하게 밀어붙이는 수밖에.

왜냐하면 상기 인사들의 관점 자체가 한반도를 미국의 핵심 이익 달성을 위해 희생시키겠다는 전제가 달려 있으니까.

그럴 바엔 하루빨리 미국과 결별해야겠지.

물론 지금도 여전히 미국을 빠느라 정신없는 것들부터 제거해야 뒤탈이 적을 것이다.

안 그래도 지금 한민당이 주제를 모르고 설치고 있는데…….

한민당은 이렇게 말한다.

- 종전 선언이 설사 정치적 선언이라 해도 북한과 중국에는 주한 미군 철수, 한미 연합 훈련 영구 중단 등을 요구할 명분을 제공할 것이다.

도대체 무엇이 중단할 명분이 된다는 거지?

- 한국에 주둔하는 유엔군 사령부 지위에도 영향을 끼칠 것이다.

개들 지위를 왜 우리가 챙기는 건데?

- 우린 우리가 원하는 북한이 아니라 우리가 마주한 북한을 상대해야 한다. 적대 행위 종식 선언은 북한이 먼저 핵무기를 제거하고, 제재 준수 및 인권 개선 등에 대한 검증 가능한 진전을 보여 준 뒤에야 대화로 풀어나갈 수 있다.

현 김이나 한민당이나…….

- 의회에선 의회나 지역 사회와 협의 없이 종전 선언 논의가 빠르게 진행되는 상황에 대해 상당히 우려하고 있다.
- 백악관에 공동 서한을 보내겠다.

고작 43석의 한민당이 한국의 의회를 대표하는 것처럼 굴고.

다시 한번 이들의 머리에는 대의가 없고 오직 자기들 이익만이 남아 있음을 증명하고 있었다.

갱생의 여지가 없는 놈들.

"다시 말씀드리지만, 종전은 70년 끌어온 전쟁을 끝내겠다는 것뿐입니다. 변하는 건 아무것도 없습니다. 우려하실 것도 없고 손해 볼 것도 없고 숨은 내용도 아무것도 없습니다. 국민 여러분은 일상을 영위하시면 됩니다. 겁먹지 마십시오. 겁주는 것들이 바로 깡패 새끼들입니다. 그 깡패에 소중한 우리 집을 맡길 요량이 아니시라면 지켜봐 주세요. 앞으로 뭘 하든 전쟁부터 끝내야 하지 않겠습니까? 진정 그렇지 않겠습니까?"

그믐의 밤.

시커먼 어둠을 뚫고 남포 3군단 지역 해안으로 어선 다섯 척이 들어왔다.

어선에서 내린 건 어부가 밤새 잡은 물고기가 아니라 백여 명의 사람들이었다.

부두에 대자마자 한 명씩 두 명씩 하선, 눈에 띄지 않게 어두운 경로만 골라 이동한 이들이 도착한 곳엔 군용 트럭이 다섯 대 대기하고 있었다.

"날래 타라."

빨간 줄 두 개에 중간 별 하나가 달린 소좌 계급장을 단 남자의 명령에 하나같이 신속한 몸놀림에 탑승하는데 대체로 낡은 복색에 야윈 외모였지만 언뜻 지나가는 불빛에 드러난 눈빛은 사납고 예리하기 그지없었다.

부르릉.

모인 지 1분도 안 돼 트럭 엔진음이 울리고 출발.

덜컹덜컹 비포장도로 위를 캄캄한 어둠을 뚫고 얼마나 몰았던가.

멀리서 검문소가 하나 나왔다.

"내래 371보병대대 소좌 차상익이야. 빨리 문 열라."

"엇, 뉘시라고요?"

"나 차상익이다. 사단 사령부에서 연락 없었나?"

"아! 차상익 동무이십네까?"

"맞다. 위대한 지도자 동지의 부름을 받아 평양으로 가는 길이야."

그러나 검문소 병사도 만만치 않은지 날카로운 시선으로 짐칸을 돌아본다.

꽤 많은 인원이 타고 있었다. 다만 무기는 보이지 않는다.

빈손.

평양으로 향한다 했으니 거기에서 불출 받나?

대기 시간이 길어지며 문득 탑승자들과 눈이 마주쳤는데.

인민복의 남자들이 살벌하게 쳐다보고 있었다.

왜?

"니 뭐 하나?!"

차상익의 불호령도 떨어지고.

"아, 아닙네다. 사단 사령부로부터 연락받았습네다. 고조 영전을 축하드립네다."

"일없다. 문이나 빨리 열라."

"알갔습네다. 조심히 가시라요."

덜컹.

문이 열렸고 이런 식으로 평양으로 가는 길목마다 5개의 검문소를 거쳤다.

그러나 차량은 부대로 들어가지 않았다. 멀리 주석궁이 보이는 인근 공터에 멈췄다.

거기엔 또 한 대의 트럭이 세워져 있었는데 온갖 무기가 잔뜩 실려 있었다.

소좌 차상익이 명령했다.

"우창 치라이(무장하라)."

툭 튀어나온 중국어에 인원들 전부가 알아들었다는 듯 트럭에 달려들어 신속히 무기를 착용했다.

주석궁.

현 금수산 태양궁전이라 불리는 곳.

세간에 알려진 것과 달리 이곳은 북한 최고통수권자의 집무실이 아니었다.

아주 예전 김정운의 할아버지가 공화국을 열며 집무실로 사용한 바 있으나 그 권력이 김정운의 아버지에게 넘어간 뒤 죽은 아버지를 이곳에 안장한 후부터 이 큰 건물은 오직 묘역으로만 사용됐다. 그도 사망 후 김정운에 의해 이곳에 안장됐는데.

2층은 1994년 사망한 김정운의 할아버지가, 1층은 2011년 사망한 김정운의 아버지가 있어 오직 수령만 안장될 수 있는 묘역으로 의미가 바뀌었고 북한에서도 1급 묘역이라 불렸다. 북한 인민들이 안장될 수 있는 최고의 묘역인 대성산 혁명렬사릉조차 북한의 2급 묘역인데 말이다.

최고 지도자가 아니면 절대 들어갈 수 없는 묘역.

그 덕분에 김정운 아버지 대부터 최고 지도자 집무실은 금수산 태양궁전으로부터 2~3km 떨어진 북한 노동당 청사 인근으로 장소가 바뀌었고 김정운도 역시 아버지가 쓰던 집무실을 쓰지 않고 자기만의 장소를 꾸렸다.

늦은 밤, 북한 노동당 중앙 위원회 청사 15호 관저 3호 소초.

"흐음, 어둡구만."

"예, 깜깜한기 하나도 안 보입네다."

"이런 날은 더 조심해야 한다."

"에이, 최 상위 동지, 누가 여길 쳐들어오갔습네까. 죽고 싶지 않다면야."

경비가 살벌했다.

안 그래도 빡빡한 경비인데 몇 달 전, 느닷없이 최고 지도자가 길길이 날뛰며 다시 경비를 강화하더니 노동당 인근 600m부터 3개나 있던 검문소를 5개로 늘려 버렸다. 인력도 두 배로 확충하고.

"기건 맞는 소리디. 여긴 아무도 못 들어온다."

"맞습네다. 하늘을 나는 새도 못 들어옵네다."

"기러치."

"옙."

"주둥아리 닥치고 경계나 서자."

"알갔습네다."

침묵의 경계로 돌입한 지 얼마나 지났을까?

"엇, 무슨 소리 안 들렸습네까? 최 상위 동지."

"무슨 소리?"

"비명 무스기리한 소리가 들린 것 같은디."

미간을 찌푸리며 두리번두리번.

"난 못 들었다. 흰소리 말라."

"내래 착각한 기겠지요?"

머리를 긁적긁적.

"입 다물라. 니가 더 혼잡하다."

"아, 알았시요."

하지만 침묵은 그리 길지 않았다.

"어, 분명한데. 이거이 비명 소리가 맞는데."

"아새끼래 오늘따라 와 이렇게 부산스러운 거이가."

"최 상위 동지 기분이 이상합네다. 무슨 문제가 생긴 게 틀림없시라요. 비명 소리가 맞습네다."

"가만히 있으라. 일 만들지 말고."

"……."

"……."

"……."

"……."

"……안 되겠시요. 내래 확인해 봐야……."

전화기를 드는 순간 등으로 화끈! 인두로 지지는 듯한 고통에 뒤를 돌아봤는데.

피 묻은 칼을 든 최 상위가 싸늘하게 웃고 있었다.

"가만히 있으라 했지 않나. 기러먼 5분은 더 살았을 텐데."

"니, 니……."

손가락으로 가리키나 최 상위는 망설임 없이 그의 목을 돌려 버렸다.

우두둑.

힘없이 쓰러지는 이를 초소에 구겨 박는데.

탕!

멀리서 총소리가 울렸다.

그리고 타타타타탕! 쾅!

교전이었다.

"들켰군."

최 상위는 전화기를 들고 외쳤다.

"여기 3호다. 앞문에 무장 병력이 출현했다. 보강 병력 지원 바란다. 빨리 보내라!"

호위총국 행동 지침에 이렇게 나와 있었다.

설령 한쪽이 공격받더라도 모두 몰려가면 안 된다.

각 부대는 자기 위치를 사수한다.

"성동격서는 통하지 않다."

3분도 안 돼 노동당 중앙 위원회 청사 후방을 지키는 병력이 우르르 튀어나와 진을 친다. 앞문에서 난리가 나든 말든 이 병력은 뒤만 경계한다.

최 상위는 여유로운 걸음걸이로 그들의 뒤에 섰다.

"추어 차이 친청 더 위다오(이게 참 맛이지)."

그들 가운데로 F-1 수류탄을 툭.

쾅.

뒤에서 터진 수류탄에 혼이 나간 병력들이 우왕좌왕하는 사이 98식 보총이 불을 뿜었다.

타타타타타타타.

탄창 하나를 모두 비운 최 상위가 새로운 탄창을 갈아 끼우며 히죽댔다.

"오늘로써 새 역사가 시작되는 기야. 조금만 기다리라. 저 돼지 새끼래 내 손으로 끝장내 주갔……."

비릿한 미소를 띠며 15호 관저를 돌아보는 순간 슉.

어디에서 날아온지 모를 총알에 이마가 뚫렸다.

방금까지 십수 명을 죽인 인물이라고는 도저히 믿기 힘든 허무한 결말이나.

정적을 뚫고 나타난 커다란 전투화는 얼어붙은 공기와는 전혀 상관없이 최 상위의 시체를 들고 어디론가 사라졌다.

한편, 노동당 중앙 위원회 청사 앞문에서 교전 중임을 틈타 뒷문을 파고들었던 차상익은 너무도 조용한 3호 초소 입구를 보며 따르던 소대 병력을 멈춰 세웠다.

"……."

아무 기척이 없다.

분명 호응하기로 돼 있는데.

1분간 기다려도 신호를 보내는 이 없고 앞문의 총격은 더욱 과격해져만 갔다. 시계를 보니 남은 시간은 5분.

조금 있으면 호위 사령부 병력이 들이닥칠 것이다. 더 머뭇댔다간 아무것도 못 하고 죽는다.

차상익은 할 수 없이 은밀한 걸음으로 접근했다.

"츠 쉬 샨마(이게 뭐야)?"

싹 죽어 있었다.

마주쳤다면 꽤 시간을 허비했을 소대급 병력이 몰살된 채

널브러져 있는 것.

일은 제대로 했다는 건데.

그러나 아무리 둘러봐도 호응자는 나타나지 않았다.

급히 시선을 15호 관저로 향했다.

"난다오 쉬 즈지 촹 진취 더 마(설마 혼자 쳐들어간 거야)?"

이 마당에 혼자서 공을 독차지하겠다?

"선징삥(미친놈이)."

결론 낸 차상익도 더는 망설이지 않았다.

병력을 불러 그대로 돌진.

"도우 샤 러(다 죽여)!"

타다다다다다다다.

투타타타타타타타타.

아닌 밤중에 홍두깨라고.

여기저기에서 터지는 총격과 폭음 소리에 김정운도 자리에서 벌떡 일어났다.

"뭐이가?! 뭐이가 어드래 된 일이래?!"

와이프와 허둥지둥 옷을 걸쳐 입는데.

제1호위부 박상길 대좌가 문을 박차고 들어왔다.

"습격입네다! 어서 피해야 합네다!"

"어떤 놈이?!"

"모릅네다. 지금 15호 관저가 포위됐습네다. 어서 방공호로 옮기시라요!"

그의 말이 맞다.

누군지 찾는 건 나중에 해도 된다.

살아남는다면 얼마든지 뒤집을 수 있다.

서둘러 움직이려는데.

타다다다다다다다.

투타타타타타타타타.

"물러나시라요!"

몸으로 덮는 박상길에 김정운 부부는 뒤로 넘어졌다.

티딩 팅팅팅팅팅.

방금까지 서 있던 곳으로 총탄이 마구 쏟아졌다.

벽이고 천장이고 할 것 없이 파편이 마구 튀는데.

"꺄아아아아아악!"

부인은 비명을 지르고 김정운은 먼지가 들어가 눈을 뜰 수 없고 정신을 차릴 수가 없었다.

김정운은 이를 악물었다.

어버버 댔다간 죽는다.

빨리 정신 차리지 않으면 죽는다.

서둘러 일어나 몸을 피하려 했지만, 몸을 덮은 박상길이 움직이질 않았다.

힘껏 밀어내니 털썩 떨어진다.

죽었구나.

대신해서.

먼지가 들어간 왼쪽 눈 때문에 오른쪽 눈밖에 못 쓰지만, 상황 파악에는 충분했다.

호위부가 죽음을 무릅쓰고 막고 있으나 속절없이 밀린다.

1분도 버티기 어렵다.

방공호로 가려면 코너를 돌아야 하는데.

고개를 내밀자마자 총탄이 쏟아진다.

저들이 자신이 여기 있다는 걸 안다.

"후우~~ 이거이. 살아나긴 글렀나 본데."

오들오들 떨고 있는 부인을 챙겼다.

"들어가자. 아무래도 오늘이 우리 두 사람이 같이 무덤에 들어가는 날인가 보오."

다리가 풀린 부인을 억지로 일으켜 세워 침소로 들어갔다.

문을 닫았다.

바깥에선 자신을 죽이러 온 총소리가 울리건만.

희한하게도 심상은 담담하였다. 김정운은 조용히 주전자를 가져와 왼쪽 눈을 씻고 의관부터 정제했다.

거울에 비친 자신을 본다.

왼쪽 눈이 시뻘겋다.

말했다.

"키키키킥, 내래 북조선 최고 존엄이야. 이깟 것에 눈 하나 깜짝할 것 같아?!"

서랍에 둔 권총을 꺼냈다.

부인을 뒤로 숨기고 문 쪽을 겨눴다. 누구든 들어오기만 해라. 주체사상이 가득한 콩알 탄을 먹여 주갔어.

타탕 탕탕탕탕탕.

총소리가 가까워졌다.

그리고 마침내 총소리가 멎었다.

저지선이 무너졌다는 것.

"여웨이(여기다)!"

"콰이디앤, 콰이디앤(빨리빨리)!"

중국어다.

놈들이 오고 있었다. 놈들이 곧 들이닥칠 것이다!

권총을 쥔 김정운의 손에 힘이 들어갔다.

슉 슉 슉 슉 슉.

"억."

"으억."

"하이요(또 있다). 억."

"컥."

알 수 없는 소리가 들리더니 잠시 조용해진 틈을 타 문 한쪽이 빼꼼히 열린다.

왔구나!

오냐. 너부터 총알구멍을 내 주마.

"쏘지 마십시오. 한국에서 온 사람입니다."

'으응? 남조선 말?'

"침입자들은 다 제거했습니다. 지금 들어갈 테니 쏘지 마십시오."

'뭐라고?'

조심히 한발 들어서는데.

키가 아주 컸다. 덩치도 어마어마했다. 북한에서는 거의 찾아보기 힘든 거대함.

그가 한 손은 올리고 다른 한 손엔 누군가를 든 채 들어왔다.

"안녕하십니까. 구면이시죠? 아, 모르시겠네요. 적들은 다 처리했으니 안심하셔도 됩니다."

"적들이 다 죽었다고?"

"예."

"그러는 그대는 누구인가?"

"남쪽 대통령님의 지시로 당신을 보호하러 온 사람입니다."

"그 말은……."

"일전에 휴대폰을 두고 간 사람입니다."

휴대폰!

"그 손전화가 당신 장난이었소?"

"지시를 수행한 것뿐입니다."

권총 든 손에 힘이 풀리려는 순간 김정운은 정신이 번쩍 들었다.

"아니야. 아니야. 그거로는 부족하디. 손전화는 많은 사람이 봤다."

"아~ 그럴 수도 있겠네요. 그럼 메모장은 어떻습니까? 손전화 외 쪽지가 하나 남겨져 있었을 텐데요."

"……."

맞다. 손전화 밑에 깔려 있었다.

"일어나면 전화해라. 남조선 형이. 라고 적혀 있지 않았습니까?"

"……!"

맞다.

이놈이구나. 그놈이.

그제야 김정운도 긴 한숨과 함께 경계를 풀었다.

휴대폰은 몰라도 쪽지와 그 내용은 자신과 부인밖에 모르니까.

"기러쿤. 내래 살았나 보군. 부인도 일어나시오."

김정운이 총을 내리고 나왔다.

"그자는 뉘기요?"

"차상익 소좌라고 합니다. 이번 침입자의 수괴죠."

"이놈이 날 죽이려 했다?"

"대외적 소속은 3군단이긴 한데 본래 신분은 MSS가 북한에 심어 놓은 요원입니다."

"뭐……라?!"

"오늘 만난 선물입니다. 잠시만 기다려 주세요."

기절한 차상익을 내려놓더니 그 턱을 빼 버린다.

끔찍한 고통에 놀란 차상익이 정신을 차리나 이번엔 검지와 엄지로 안쪽 어금니를 생으로 뽑는다.

"아아아아아아아~~~."

알아들을 수 없는 어눌한 비명에 김정운이 깜짝 놀라 쳐다봤다.

어금니를 저렇게 쉽게 뽑을 수도 있나?

"여기에 독을 숨겨 놓았군요. 이제 자살은 못 합니다. 턱을 빼 놓았으니 혀도 못 깨물 테고요. 남은 건 반항을 못 하게 하는 거겠죠?"

두 손이 차상익의 어깨를 붙잡는데.

콰직.

소름 끼치는 소리가 울리며 양어깨가 박살 난 차상익이 고통에 발버둥 쳤다.

"어으아아아아아아아아아~~~~."

그러든 말든.

"도망도 못 가게 해야겠죠?"

주먹이 골반으로 떨어졌다.

퍽 퍽.

단 두 방에 허리 아래가 기능을 잃는다.

비명은 덤.

고통을 이기지 못한 차상익은 다시 기절하였고.

괴물 같은 남자는 천천히 일어섰다.

가까이 있으니 더 거대하다.

주머니에서 뭘 꺼내는데 명함이었다.

[무엇이든 해결해 드립니다.

캔디 해결사 사무소.

소장 천강인]

"캔디 해결사 사무소. 천강인?"

"보다시피 목구멍이 포도청이라 돈 되는 일은 뭐든 하고 있습니다."

"허어……."

도무지 믿기지 않았다.

이런 자가 돈이 부족하다고?

"으음, 혼란스럽고 할 말이 많으실 것 같은데 이따가 찾아오겠습니다. 우선은 정리부터 하시죠. 그리고 나에 대해서는 쉿. 아시죠?"

피식 웃더니 걸레짝 같은 놈을 두고 나가 버린다.

그러고는 1분도 안 돼 병력이 들이닥쳤다.

"지도자 동지!"

"지도자 동지!!"

걱정을 담뿍 담은 외침에 그제야 김정운도 긴장이 한결 풀리는 걸 느꼈다.

우르르 들어온 이들을 두고 오히려 자신 있게 나섰다.

"소란 떨지 말라. 나 안 죽었다."

꼼짝없이 죽었을 거라 판단했던 것과는 달리 김정운은 느긋하게 앉아 담배를 피우고 있었고 그 앞에는 인민군복을 입은 이가 널브러져 있다.

밖은 피바다고.

"지, 지도자 동지……."

"이, 이게 어드래 된……."

"지도자 동지 무사하십네……까?"

"시끄럽다. 머리 아프다. 이놈이나 잡아가라."

차상익을 가리켰다.

명령에 몸부터 움직여 반송장이 된 놈을 옮기는데 소좌 하나가 고개를 갸웃댔다. 이곳까지 달려오면서 스친 흔적만 봐도 얼마나 치열한 교전이 일어났는지 알 수 있었다.

난다 긴다던 놈들만 모아 놨던 제1호위부가 전멸할 만큼 적의 기세가 드셌던 것.

정문을 뚫을 때도 마찬가지였다. 한 놈 한 놈의 전투력이 상상 초월이었다. 그 무시무시한 놈들이 마음먹고 쳐들어왔는데 한 놈을 생포까지 했다고?

"이, 이걸 지도자 동지께서 혼자……?"

"아니다. 박상길 대좌가 죽음으로 막았다. 우리 공화국의 영웅이다. 그놈은 내가 잡았고."

"아……."

그리 알려져야 한다는 뜻이다.

진실이 어디에 있든 그렇게 알려져야 한다는 것.

"아, 알겠습네다. 반드시 그리 처리하겠습네다."

의외로 빠릿빠릿 잘 알아듣자 김정운은 한 가지를 더 주문했다.

"그대는 누군가?"

"호위 사령부 소속 소좌 정태순입네다!"

"동무는 지금부터 내가 하는 말을 목숨으로 지키라."

"옙!"

"15호 관저 팔방 50m는 아무도 접근 못 하게 하라. 너도."

"예? 저도요? 기, 기럼, 병력을 다 철수시키란 겁네까?"

"시키는 대로 하라. 누가 오든 오늘 밤은 아무도 들이지 말라. 내 가족이든 어떤 누구라도 단 한 명도 이곳에 접근해선 안 된다! 억지로 들어오려는 놈은 잡아라. 반항하면 죽여도 좋다."

"그…… 알겠습네다! 반드시 완수하겠습네다!"

나서는데.

문 앞에서 병사 한 명이 정태순에게 크게 보고하였다.

"소좌 동지, 깨끗합네다. 아무것도 없습네다."

"알았다. 모두 물러난다. 팔방으로 개미 새끼 한 마리 못 들어오게 하라. 들어오려는 놈은 누구든 잡아라. 반항하면 사살하라."

명령이 떨어졌다.

병사들이 시신을 수습하며 물러가자 김정운은 겨우 안도의 한숨을 내쉬는데 또 문이 빼꼼 열리며 천강인이 들어왔다.

"허어……."

아까 분명 깨끗하다 했는데.

병사들이 들쑤셨을 텐데.

평상시도 아니고 독 오른 병사들이 팔방을 지키고 있는데.

"미리 말씀드리지만 내가 가고자 하면 못 갈 데 없고 죽이고자 하면 못 죽일 이가 없습니다."

"하아…… 그럴 것 같소. 내래 인정하겠소."

"오늘 일이 궁금하실 것 같아 몇 가지 준비했습니다."

품에서 종이 두 장을 꺼내 주는데.

앞장은 지도였다.

남포로부터 시작돼 평양 내부에서 끝나던 루트가 평양에 들어오며 두 갈래로 갈린다. 정확히 15호 관저를 향해.

침투 루트였다. 103명이라 적혀 있다.

"내래 15호 관저로 정한 건 오늘 밤이었는데……."

"안에 호응하는 놈이 있더군요. 최정길이라고 상위 놈이었죠. 3호 초소를 경비하던 소대 병력을 전부 몰살시킨 놈입니다. 그놈 시체는 초소 20m 뒤편에 던져 놓았습니다."

"……."

다시 실감한다.

오늘 밤 진짜 골로 갈 뻔했다.

이 남자가 도와주지 않았다면 반동분자의 총탄에 걸레짝이 됐겠지.

입맛이 썼지만, 김정운은 최대한 내색하지 않고 다음 장을 봤다.

이름이 적혀 있었다.

"김정진, 조하선, 리필순, 강정문, 김진학, 리종선, 하대진, 최원태……."

12명이었다.

현 소속과 신분이 적힌…… 이놈은 3군단, 이놈은 9군단, 북한 전역 요소요소에 잘도 퍼져 있었다.

"MSS가 작심하고 박은 놈들입니다. 살아 있는 진짜 라인들이죠."

"……."

이 말이 진실이라면 일전 쳐낸 장성들도 잔가지에 불과하다는 뜻이다.

사단장, 군단장급들이, 그들의 보좌관들이 겨우 잔가지였다는 것.

"이쯤에서 판단할 시간을 드리겠습니다."

물러선다.

이도 매끄럽다.

들어오면서부터 모든 행동이 물 흐르듯 막힘이 없다.

공화국 전사들 특유의 투박함도 없다.

남조선 특유의 경직된 자세도 없다.

해외 물 먹은…… 이런 일의 스페셜리스트란 뜻이다. 눈앞의 남자가.

"하나 묻겠소. 이걸…… 어째 알았소?"

"따라다녔습니다."

"저 남포부터?"

"예."

"기럼……."

왜 사전에 저지하지 않았…….

아니구나. 이런 일을 겪지 않았다면, 이 무참함을 겪지 않았다면 이 남자의 말을, 필요성을, 인식했을까?

더구나 알면서도 내버려 두었다는 건 103명의 무장 병력 앞에서도 여유로웠다는 뜻이 된다. 이 난리 속에서도 충분히 지켜 낼 수 있다는 자신감.

"판단에 도움이 될 말씀을 드리고 싶은데 어떠십니까?"

"하시오."

"중국으로부터 좋은 선물을 받았으니 이쪽도 그에 상당한 선물을 보내야지 않을까요?"

"선물…… 그 말은……!"

김정운이 벌떡 일어났다.

"장리쉰을 죽이는 건 우리 대통령님의 재가가 필요한 일이나 그 아래 손발이 된 놈들까지는 내 전결로도 무방합니다."

"!!!"

"첫 거래를 튼 만큼 대바겐세일에 들어가죠. 무엇을 주시겠습니까?"

"뭐든! 돈이 얼마든……."

이도 아니구나.

이런 능력자가 돈 따위에 움직일까?

"무엇을 원하오? 내 능력이 닿는 것이라면 무엇이라도 내줄 수 있소."

"좋습니다. 이쪽 대동강 맥주가 맛있다고 하던데. 여기 관저에 있는 놈으로다 한 짝이면 될 것 같네요."

"대동강 맥주 한 짝?"

순간 어이가 상실된 듯한 표정이 됐으나 김정운은 크게 웃었다.

"하하하하하하하, 으하하하하하하하하~~~ 이거이 오늘은 어떻게 해도 깨질 운명이었구만. 좋소. 대동강 맥주! 맛나지. 대영웅이 그깟 한 짝 갖고 되겠소? 열 짝, 스무 짝, 아니, 있는 거 다 가져가시오. 하하하하하하하하~~~~~~."

"오우, 다 주신다니 감사히 받겠습니다. 그럼 그건 내가 알아서 챙겨 가기로 하고. 자, 누굴 지워 드릴까요?"

"장리쉰 외 전부 상관없다는 거요?"

"시험해 보십시오."

"그럼 그놈을 잡아 주시오. 이 일의 꼭대기에 앉은 놈."

"본인 한정합니까? 씨 몰살시킵니까?"

"뭐라? 아하하하하하하하, 으하하하하하하하하하~~~ 맞소. 맞소. 내래 생각이 아주 짧았소. 당연 씨 몰살시켜야지. 그것만 해 주면 내 더 원이 없겠소."

"그럼 계약 체결입니다."

"결과는 언제?"

잔뜩 기대하는 김정운에 천강인은 손가락 두 개를 보였다.

"이틀입니다. 이틀이면 귀에 도달할 겁니다."

서울 어느 주택가.

다닥다닥 붙어 있는 주택 사이로 시원한 물소리와 함께 흥얼거리는 노랫소리가 들린다.

게으름이 미덕인 이른 아침의 포근함 속에서 모든 것이 평안으로 흐르고 있건만.

띠리리리리리리.

띠리리리리리리.

느닷없이 울리는 빨간 불 전화는 사람의 신경을 거스르기에도 평안을 앗아가기에도 충분했다.

급히 문이 열리고 샤워하던 갈색 머리의 늘씬한 여성이 가운을 바로 잡은 채 서둘러 받았다.

"레이첼입니다. 아, 알겠습니다. 화상으로 연결하겠습니다."

자리를 컴퓨터로 옮기는 잠깐 사이 여성은 머리의 물기를 수건으로 대충 짜내고 하얀 셔츠를 걸쳤다.

로그인.

화면으로 인상이 날카로워 보이는 중년인이 나왔다.

두폴 루이티 CIA 극동아시아 국장이었다. 사실상 한국 CIA의 총책.

"30초 늦었군. 보아하니 샤워 중이었나?"

"공교롭게도요."

"최대한 티를 안 내려고 했군. 화장기 없는 모습이 아니었다면 유추가 불가능했을 거야. 좋아. 오늘 목적은 하나다. 캔디 행적 파악.”

“예?”

레이첼의 미간이 잔뜩 찌푸려졌다.

“어젯밤 MSS 국장 왕센차오와 그 일가족이 몰살당했다.”

“……!”

“어딘가 익숙하지 않나?”

“…….”

“전 CIA 국장과 그 가족의 일을 아직 잊지 않았겠지?”

“잊을 리가 없죠. 주제도 모르고 캔디를 죽이려 했으니. 그 덕에 제가 붙박이 캔디 전담이 됐습니다. 그를 담당했다는 이력만으로.”

“불만만 있나?”

“……아닙니다.”

“그대가 은근히 즐기고 있다는 걸 알고 있네. 현임 CIA 국장도 교육했다지? 캔디에 대해?”

“국장의 목숨을 구해 준 것뿐입니다.”

“미스터 프레지던트에게도 알리지 말라고 한 건 너무 심했네.”

“미스터 프레지던트의 목숨을 구하려면 어쩔 수 없었습니다. 그의 성향상 캔디의 존재를 알게 된다면 무슨 일이 벌어질지 모르니까요.”

“하긴 미국은 또 한 명의 대통령뿐만 아니라 최소 수백의 인재를 잃게 됐겠지. 그래서 이렇게 부탁하네. 이번에도 자네가 수고해 주게. 캔디에게 접근할 수 있는 요원은 레이첼밖에 없잖나."

"후우……."

"그럼 전했으니 이만 끊겠네. 하던 샤워는 마저 하고."

두폴 루이티가 화면에서 사라졌다.

레이첼은 자기 입술을 깨물었다.

어쩐지 좋은 유선 전화기 놔두고 영상 통화를 하자더니.

"캔디…… 또 어디서 사고를 친 거니."

서둘러 머리를 말린 레이철은 동자동 쪽방촌 입구로 향했다.

Chapter. 70

Chapter. 70

거기 허름한 2층 건물에 캔디 해결사 사무소가 있었다.

계단을 오르고 입구로 향하는 복도를 지나는데.

"아유~ 냄새. 이게 뭐야?! 내가 사무실에서 뭐 먹지 말라고 했잖아요. 또 컵라면이야. 이게 몇 개야?! 밤새 다섯 개나 먹었어요? 맥주까지 마셨어? 내가 못 살아. 얼른 일어나요. 얼르은!"

"아, 알았어. 일어날게. 일어나면 되잖아."

"내가 이런 거 먹지 말라고 했잖아요. 몸 망친다고. 어서 가서 정 씨 할머니네 해장국부터 한 그릇 하고 와요."

문을 열려던 레이첼은 멈췄다.

어차피 캔디가 나올 걸 이제 알았으니까.

"알았어. 알았어. 거 되게 그러네."

"뭐욧!!"

"아니, 그게 아니고. 저기 냉장고에 선혜 꺼도 넣어 놨어. 선혜도 맥주 좋아하잖아. 이 맥주 맛 꽤 좋아."

"그래도 하나는 착한 일을 했네요. 알았어요. 이거 다 치워 놓을 테니까 어서 해장국부터 한 그릇 하고 와요. 예로부터 젊다고 몸을 막 쓰면 안 된다고 했……."

"알았어. 알았어."

문을 확 여는데 레이첼이 있다.

"엇! 레이첼."

굉장히 놀란 기색이나 레이첼은 속지 않았다.

캔디는 자신이 이 건물에 발을 디디는 순간부터 알았을 것이다.

어떻게 아는지 모르지만 아는 건 확실했다.

레이첼은 캔디가 문을 가로막든 말든 비집고 들어갔다.

"또 뭐예…… 엇! 안녕하세요. 레이첼."

소리 지르려던 이선혜가 움찔, 한순간에 현숙한 여인처럼 자세를 조심한다.

그러고는 서둘러 탁자 위를 치운다.

못 보던 맥주병이 있었다.

한국에는 없는 브랜드.

'대동강 맥주?'

레이첼이 천강인을 봤다.

아무런 감정도 담겨 있지 않은 눈빛이다. 쓸데없는 말 하려면 가라는 무언의 충고.

"나도 해장하고 싶은데요. 같이 밥 먹으러 온 건데…… 어려워요?"

이선혜는 자신과 캔디를 친구라고 알고 있었다.

외국 여행 중에 만난 친구.

그리고 어느 순간부터 캔디를 찾아오는 걸 싫어한다.

경계하더니 하나하나 살피고. 어디 여우짓 안 하는지.

"오오, 레이첼 밥 안 먹었어? 가자. 정 씨 할머니 댁 해장국이 죽이지."

실실 웃으며 진짜 오랜 친구처럼 다정하게 대해 주나.

건물을 나와서도 그 행위가 여전하나.

레이첼은 알았다.

이선혜가 창밖으로 빼꼼히 내다보고 있기에 캔디가 냉정함을 드러내지 않고 있다는 걸.

"왜 온 거야?"

역시나 모퉁이를 돌자마자 음성이 차가워졌다.

"중국에서 일이 벌어졌더라고요."

"응, 그거 때문에 왔구나. 맞아. 내가 했어."

"중국이 캔디의 심기를 거슬렀나요?"

"알 거 없어."

"어차피 알게 될 것 같은 느낌인데요."

"그럼 그때 알면 되겠네. 용건은 그거야?"

"혹시 변화가 생긴 건가요?"

걱정이 담긴 질문에 캔디는 안주머니에서 명함을 한 장 꺼냈다.

해결사 사무소 명함이다.

"내 일이 이거야. 됐지? 나 빨리 해장국 먹고 들어가야 해. 선혜가 정 씨 할머니한테 확인했는데 안 먹었으면 또 잔소리할 거거든. 으으으으~ 잔소리 너무 싫어."

"……예."

코드네임 캔디.

전장의 사신, 죽음의 전사라 불리던……. 투입되는 전장마다 지옥불로 평탄화 작업 하듯 깨끗하게 쓸어버리는 잔인, 과격함의 대명사.

그런 그의 코드네임이 어이없게도 캔디가 된 건 그가 CIA 1급 독립 요원으로 계약할 시점, 사탕을 먹고 있었기 때문이었다.

ൾ 이제 남은 건 코드네임이네요. 원하는 이름이 있나요?

ൾ 아무거나로 해. 그게 뭐 중요하다고.

ൾ 그럼 그림 리퍼로 할까요? 그렇게 불리잖아요.

ൾ 음…… 그건 싫어. 왠지 인간이랑 내외하는 사이 같잖아. 나 그렇게 무시무시한 사람 아니라고.

ൾ …….

ൾ 근데 이 사탕 되게 다네. 마음에 들어. 엇! 이거면 되겠

네. 캔디로 하자.

∽ 예?!

∽ 캔디로 해. 얼마나 깜찍하고 예뻐. 그럼 난 앞으로 캔디다. 알았지?

CIA가 주던 온갖 난해한 미션…… 불가능이라 하여 자료실 한구석에 처박아 둔 것들까지 단 한 번의 미스 없이 올 클리어한 자가 바로 이 남자였다.

캔디가 나선 순간 누구든, 어떤 흉악범이든, 어떤 비밀스러운 일이든 엔딩 크레딧마저 필요 없을 만큼 말끔히 끝난다.

그런 남자가 어느 날 갑자기 귀국하겠다 선언했다. CIA의 독립 요원 생활을 청산하겠다 통보해 왔다.

무수한 설득이 시도된 건 당연지사.

하다 하다 전 CIA 국장이 그를 암살하려까지 했다. 미국이 가질 수 없다면 다른 누구도 가질 수 없다며.

'보낸 암살자는 물론 CIA 국장과 그 가족, 그 일을 진두지휘했던 요원과 그 가족 전부 하룻밤 사이 몰살당했지.'

이 일로 CIA가 발칵 뒤집혔다.

복수에 불타는 몇몇이 다시 깃발을 들었다.

그들도 하루아침에 그 가족들과 깡그리 죽어서 발견됐다. 그들이 키우던 강아지 한 마리까지도 남김없이.

이후 행여나 적대적 액션이라도 나올라치면 다음 날 영락

없이 죽어서 발견됐다. 누가 죽어 발견됐다면 캔디에게 불온한 마음을 먹었나 의심할 만큼 말끔히.

그때부터 CIA에 불문율이 생겼다.

캔디를 건들면 죽는다.

캔디를 죽이려는 마음만 품어도 죽는다.

캔디는 모든 것을 안다.

CIA도 깨달았다.

캔디는 언체인이라는 걸.

무엇으로도 가둘 수 없는 진정한 자유인이란 걸.

이후 늘 그렇듯 CIA는 있는 힘을 다해 캔디를 숨기는 데 주력했다.

치부를 알리고 싶지 않은 것도 있었지만,

캔디가 다른 마음을 품게 되는 걸 막기 위해서가 컸다. 혹여나 다른 이익 세력과 손잡게 된다면 반대편은 그야말로 재앙이 될 테니까.

다만 캔디의 일정 영역 근처로는 접근하지 않는다. 다른 의도로 접근하는 것들도 전부 쳐낸다.

이유 불문, 성역 불문.

아침부터 두폴 루이티 극동아시아 CIA 국장이 영상 통화한 건 이 때문이었다. 아무래도 캔디가 움직인 것 같은데 혹여나 심경의 변화가 있는지 체크하라고.

재앙을 감독하라고.

그러라고 너한테 국장급 권한과 혜택을 준 거라고.

몸을 돌리는 캔디를 불렀다.

"나, 나도 아침 안 했어요."

레이첼은 얼른 뒤따라갔다.

◇ ◆ ◇

"이게 그 보고서인가요?"

바이른이 받아 든 서류철을 흔들었다.

루스 거즈먼 CSIS 연구원이 고개를 끄덕였다.

"예, 미스터 프레지던트."

그러나 바이른은 보고서를 펼쳐 보지도 않았다.

대신 루스 거즈먼 옆에 앉은 도니언 스미스 INR 국장을 보았다.

"스미스 국장은 이걸 봤습니까?"

"공유하라는 지시에 제일 먼저 봤습니다."

"어떤가요?"

"INR은 별다른 이견이 없습니다."

"그럼 대체적으로 맞다는 거군요. 현재로선."

"예."

"그럼 시작할까요?"

바이른이 운을 떼자 루스 거즈먼이 브리핑을 시작하였다.

화면에 한반도와 중국, 러시아 일부를 아우르는 지도가 나왔다.

그중 블라디보스토크를 찍었다.

"얼마 전 블라디보스토크로부터 40만 톤가량의 식량이 북한으로 유입됐음을 확인했습니다."

"러시아가 북한에 식량을 지원했다는 겁니까?"

툭 튀어나온 질문에도 루스 거즈먼은 바이른을 쳐다보지도 않고 계속 진행시켰다.

"비슷한 시기 중국의 왕슈 외교부장이 평양을 방문합니다. 이례적으로 하루도 안 돼 돌아갔는데요. 블라디보스토크로부터 식량이 온다는 사실을 몰랐던 거로 추정됩니다."

"……."

"왕슈 외교부장이 평양으로 간 건 아마도 앞으로 우리 미국의 압박이 어느 정도까지 강화될 테고 이를 핑계로 약간의 지원책과 함께 북한의 김정운을 회유하려 했던 것 같습니다."

"그게 틀어지자 하루도 묵지 않고 돌아갔다?"

"그 지원책이 40만 톤의 식량보다 적었을 확률이 높습니다. 시시때때로 정책이 바뀌는 중국을 더는 신뢰하기 어려웠을 테고요. 그리고 며칠이 되지 않아 북한 평양에서 총격전이 벌어집니다."

지금 한창 세계 언론에서 다루는 북한 뉴스였다.

100여 명의 침략자와 맞선 공화국의 영웅들.

한복 입은 무서운 여성 아나운서가 중국을 대놓고 욕했다.

≪지옥의 유황불에 데쳐도 모자랄 시러벨 떼놈들이 위대한 수령 동지를 암살하러 중대 병력을 보내왔으나 우리 투철하고도 견고한 공화국의 영웅들이 한 놈도 빠짐없이 다 쏴 죽였다. 떼놈들아, 너희들이 먼저 거하게 선물을 보냈으니 우리도 마중물을 보냈다. 만족하느냐?≫

왕센차오 MSS 국장이 죽은 사진과 죽을 때의 영상을 마구 틀어 재끼며 난리를 펴 댔고 세계 언론도 옳다구나 실어 날랐다. 북한은 그 와중에 일부 인원들을 숙청했다.

"현재 북한은 압록강 일대를 두고 중국 북부전구의 병력과 대치 중입니다."

"흐음."

"이 사실로만 봐도 중국이 북한을 병합하려 시도한 게 틀림없습니다. 시기에 맞게 북부전구가 기동 훈련을 했던 건 김정운 유고 시 혼란한 틈을 타 남하할 계획이었던 같습니다."

"잠깐."

"예."

"설마 중국이 북한을 다 먹으려 한 겁니까?"

"그건 아닐 겁니다. 아마도 평양까지나, 평양 이북의 점령까지만 바랐을 확률이 높습니다."

"그렇게 판단하는 이유는?"

"한반도의 평화 통일이 어려운 이유가 같습니다."

미국, 러시아, 중국도 모자라 일본까지 한몫 챙기려도 얽혀

드는 형국이다.

"흐음, 혼자서 다 먹는 건 어렵다고 판단했다?"

"일단 북부전구의 병력이 자리 잡게 되면 우선권이 있을 거라 여겼을 겁니다. 나머지 지역에 대해 UN과 협의하는 사이 지배력을 공고히 할 계획으로요."

"그런데 김정운 암살에 실패하며 수포로 돌아갔다? MSS 국장까지 잃고?"

"중국은 지금 일절 대응하지 않고 있습니다."

"타격이 있었다는 거군요. 하긴 어째 그 이상한 말로 우기기 좋아하는 여자가 보이지 않는다고 했네요."

고개를 끄덕끄덕.

바이른이 이해했다는 태도를 보이자 루스 거즈먼은 이야기를 처음으로 되돌렸다.

"이로써 북한과 중국은 돌이킬 수 없는 강을 건너게 됐습니다. 지금부터 그 원인에 대해 살펴봐야 할 텐데. 이도 사실 어렵지 않습니다. 중국이 이해할 수 없을 만큼 조급하게 움직인 이유, 북한이 저 중국의 그늘에서 급격히 벗어나려 한 이유는 결국 하나의 사실로 유추 가능하니까요."

"……."

"블라디보스토크로부터 유입된 식량이로군."

스미스 국장이 거들었다.

그제야 바이른도 아까 브리핑한 내용을 떠올린 듯 표정을 굳혔다.

"그럼 배후에 러시아가 있다는 겁니까?"

"아닙니다. 러시아는 40만 톤씩 북한에 지원할 식량이 없습니다. 우크라이나산 밀이 아니라면 최소 1천만 명이 곤궁에 처할 테니까요."

"그럼 누가……?"

"그래서 국제 해운 물동량을 따로 조사해 봤습니다."

"……?"

"아르헨티나, 칠레, 우크라이나, 우리 미국에서 출발한 화물선이 십여 대가 또 태평양을 건너고 있더군요. 앞으로도 수십 대가 더 출발할 예정이고요. 연말까지 500만 톤이나 움직일 예정입니다."

"……!"

"현 세계에서 이런 일을 벌이는 게 가능한 국가는 몇 없습니다. 그리고 그걸 개인으로 환산했을 때는 그 범위가 극도로 한정되겠죠. 여기 몇 달 전 장대운 대통령이 대 국민 브리핑에서 던진 발언입니다."

조용히 동영상을 하나 튼다.

∽ 지금 태평양으로 인도양으로 10만 톤급 곡물 화물선과 육류를 가득 실은 화물선이 건너오고 있습니다. 앞으로 수십 대가 건너올 예정입니다. 작년 가을부터 수주한 식량들이죠. 올해 상반기까지 한국에 들어올 물량이 500만 톤쯤 됩니다. 물론 여기에도 국가 세금을 단 1원도 쓰지 않았습니

다. 이 시점 국민께 여쭙고 싶군요. 도대체 내가 더 뭘 어떻게 해 줘야 저 거지 같은 놈들의 주둥이를 닫게 할 수 있을까요?"

"……!"

"사건의 가운데에 장대운 대통령이 있다고 하면 모든 퍼즐이 맞습니다. 이번 중국과의 불미스러운 일도 그렇고 아마도 한반도는 종전 초읽기에 들어갔다고 봐도 과언이 아닐 겁니다."

"또 장대운인가요?"

바이든이 웃는다. 싸늘하게.

스미스 국장이 조용히 일어났다. 루스 거즈먼은 마치 약속이나 된 듯 자리를 비켜 줬다.

"지금까지는 맛보기입니다. 마음을 단단히 여미십시오."

"다른 안건이 또 있다는 겁니까?"

"이틀 전에 한국의 반도체 기술이 1년 안에 3nm 양산에 성공하여 TSMC를 완전히 따돌릴 것이라는 분석이 나왔습니다."

"……?!"

그게 왜? 라는 표정에.

"일전 일본의 수출 규제를 기억하십니까?"

"기억합니다. 한국을 화이트리스트에서 제외해 버린 것 말이죠? 800여 품목에 수출 금지를 걸었고……."

"핵심은 반도체 생산에 필요한 에칭 가스, 플루오린 폴리이미드, 리지스트 세 품목에 대한 규제였죠."

"나도 들었습니다. 한국이 이제 그 일본산 세 품목을 수입하지 않는다고요?"

"국산화에 성공했답니다. 더욱이 일본산보다 103~105% 품질 향상까지 이뤘다고요. 인텔이 직접 시험한 보고서입니다."

책상 위 결재판을 하나 더 꺼내 건네주나 바이른은 보지 않았다.

그냥 말로 하라고 되물었다.

"기존보다 5% 내외로 품질이 향상된 게 그렇게나 큰 겁니까?"

"상상도 못 할 차이라고 보시면 됩니다. 일상에서는 겨우 5%지만 3nm 단위의 세계로 들어가게 되는 순간 바늘구멍이 갑자기 워싱턴대로 만큼 넓어지는 격이기 때문입니다."

"……!"

"앞으로 한국의 반도체가 세계 시장에 지대적인 영향을 끼치게 될 거란 뜻입니다. 인텔 안나 셀링턴 부사장이 괜히 한국으로 급하게 날아간 게 아닙니다."

"허어……."

"그것만 해도 위협일 텐데 얼마 전엔 EUV용 펠리클도 국산화에 성공했다고 합니다. 기존에 쓰던 것이 80% 투과율인데 이번에 개발된 건 94%까지 가능하다고 하더군요. 이 정도면 굳이 비유하지 않아도 느낌이 오지 않습니까?"

"설마 반도체 패권이 한국으로 넘어가고 있다는 겁니까?"

"이미 넘어간 상태입니다. 한국은 아무도 모르는 사이 자동차 반도체 기업 인피니언 반도체를 인수했습니다. 반도체 설계 기업 ARM의 최대 주주가 됐습니다. 노광 장비의 최강자 ASML의 지분율을 23%까지 상승시켜 최대 주주가 됐습니다."

"!!!"

방금 언급된 기업들은 반도체의 모든 것과 같았다.

"이로써 한국은 설계부터 반도체 자체 제작이 가능해졌습니다. 메모리, 낸드 플래시 분야의 누구도 감히 넘보지 못할 아성이 파운드리 영역까지 넘어가게 된 겁니다."

"오, 오성전자가 그렇게나 성장한 거요?"

"아닙니다. 오성전자는 여전히 제조 회사일 뿐입니다. EUV용 펠리클만 제외하고 DG 인베스트, 오필승 그룹이 가져갔습니다."

"그 말은……."

"장대운 대통령이 반도체 패권에 한층 더 강력한 영향력을 발휘하게 되었다는 뜻이죠."

"으음……."

바이른의 표정이 비로소 참혹해지는데 스미스 국장은 다시 루스 거즈먼과 배턴 터치를 했다.

할 말이 더 있다는 것.

한숨을 쉬면서도 바이른은 허리에 힘을 주었다. 꼿꼿하게.

"이것 말고도 뭐가 더 있다는 겁니까?"

"당연히 있습니다."

"……."

당연하다고?

"이번엔 배터리입니다."

"배터리?"

"얼마 전 한 번 충전에 1,200km 운행 가능한 배터리 소식은 들으셨습니까?"

"……."

모르겠다.

"작년 이맘때 한국이 발표하고 선풍적으로 인기를 끈 사양이 1,000km짜리였습니다. 단 1년 만에 다시 20% 개선한 제품이 나온 겁니다."

"……!"

현상에 가려진 이면이 있다는 얘기였다.

"보통 한계에 도달한 기술은 사고든 오류든 버벅거리기 마련입니다. 미지의 영역을 개척하는 것이니까요. 하지만 한국산 배터리들은 너무도 매끄럽습니다. 마치 다음 타선이 준비된 것처럼요."

"그…… 말은 발표한 것 이상의 기술이 있다는 겁니까?"

"정황은 넘칩니다. 여기에서부터는 미스터 프레지던트께서 해결하실 영역이겠죠."

"……."

"더 문제는 한국의 배터리 3사의 위상이 완전히 달라졌다는 겁니다."

배터리에 대한 세계 기류가 달라졌다.

오성, 엘진, SY 3사를 유치하려 국가 차원에서 애쓰게 됐고 완성차 기업들은 협업에 목숨을 걸지 않으면 안 될 때가 왔다.

더구나 우리 미국이 중국과의 무역 분쟁과 전기차 시대에 대비해 중국산 배터리를 배제시키면서 완성차 업계는 배터리 생산 거점 확보를 위해 필사적이 됐다.

K 배터리는 이미 대규모 생산 체제를 구축했고 향후 7년치의 일감도 확보해 놨다고 한다.

"엘진 배터리가 협상에 미온적이자 GM이 오성 배터리로 달려가 매달리고 있습니다. 오성 배터리는 파우치형을 생산하지도 않는데 폼팩터 변화까지 각오하고 협력을 제안하고 있죠. 그 GM이 말입니다."

"……."

"한때 배터리 업계를 장악했던 파우치형이 점점 설 자리를 잃어가고 있습니다. 전부 한국 3사의 원통형 배터리로 갈아타는 추세죠. 이대로라면 미국은 전기차 산업에서 완전히 배제되고 말 겁니다."

무슨 말도 안 되는 소릴…….

보급형 자동차는 뭐니 뭐니 해도 미국이다!

"믿기 힘들군요. 정말 아무것도 없다는 겁니까? 나는 우리 미국의 자동차 산업을 믿습……."

"테슬라가 하나 있긴 한데. 이도 DG 인베스트가 지분율 90%를 가졌습니다."

"DG 인베스트!!"

"유럽도 이미 다른 방법이 없습니다. 그동안 배터리를 만들겠다며 청사진을 내걸고 엄청난 투자를 받았던 스타트업 중 단 한 곳도 성공하지 못했습니다. 한국 의존도를 낮추어 적극적으로 내재화 전략을 추진하던 유럽마저 오히려 한계만 통감하고 두 손을 들고 말았습니다."

유럽 신규 배터리 업체 노스볼트(스웨덴), 베르코어(프랑스), ACC(프랑스), 브리티시볼트(영국), 이타볼트(이탈리아) 등 최소 8곳이 전기차 배터리용 생산 공장을 건립하겠다 발표하고 완공 시점을 2024년으로 하고 달리고 있다지만.

노스볼트를 제외하고 약간의 실적이라도 보이는 곳이 없었다.

설사 그 노스볼트가 꾸준한 성장세로 2024년까지 성공한다고 해도 지금까지 보인 한국 3사의 전략대로라면 4년 후 한 번 충전에 2,000km를 달리는 배터리가 시중에 나온다는 뜻이다.

"상대가 안 됩니다. 어디 외계인을 잡아 갈아 넣은 것처럼 한국산 배터리는 기이할 정도의 기술력을 축적해 놨습니다. 더구나 우리 미국이 내놓은 IRA 법이 한국산 배터리의 세계적 위상을 한층 더 가속화 시키고 있죠."

미국 IRA 법은 2030년까지 온실가스 배출을 40% 감축하겠다는 취지로 만든 법이다.

"그나마 다행이라면 그 노스볼트가 IRA 법에 의거 유럽에 대한 투자를 감축하고 우리 미국에 생산 공장 설립을 검토하고 있다는 건데……. 얼마나 도움이 될지 한숨만 나오는 상황입니다."

"역전할 방법은 없소?"

"이 상태로는 거의 전무하다고 보시면 됩니다. 새로운 업체가 시장을 장악하고 있는 기존의 강자들과 견주려면 성능이 월등하든가 가격이 아주 저렴해야 합니다."

K 배터리는 이미 규모의 경제에 돌입하였고 기술력 또한 세계 최고다.

"더구나 배터리 시장 조사 업체 SNE리서치에 따르면 올 말까지 한국 배터리 3사의 수주 잔고가 1조 달러에 육박할 거라 보고 있습니다."

"뭐요?! 1조 달러?! 말도 안 돼!"

바이른이 본능적으로 부인하자 루스 거즈먼은 목소리에 힘을 더했다.

"불가능한 수치가 아닙니다. 엘진 배터리 하나만 수주 잔고가 이미 3천억 달러를 넘었습니다. SY는 2천억 달러, 오성은 발표하지는 않았지만. 지난달만 1천억 달러의 수주 잔고를 달성했다는 게 업계의 판단입니다."

"허어…… 그게 진짜요?"

도대체 언제…….

한국전쟁 이후 쓰레기나 주워 먹던 거지 나라가 도대체 언제?!

"문제는 이것만이 아닙니다."

"또…… 또 뭐가 더 있다는 거요?"

"이들의 배터리가 파우치형이 아닌 원통형이라는 겁니다."

"원통형이 왜?"

"현 세계는 원통형 배터리가 지배하고 있습니다. 파우치형이 아닌 원통형이 말이죠. 앞으로 자동차뿐만 아니라 모든 분야에서 배터리 산업이 한국을 위주로 재편될 거란 뜻입니다. 우리가 쉽게 쓰는 건전지부터 말이죠."

"!!!"

그제야 바이른의 눈이 튀어나올 듯 커졌다.

1조 달러 문제가 아니었다.

10조 달러, 100조 달러의 문제였다.

이대로 놔둔다면 한국이 세계 배터리 시장을 지배하게 된다. 우리 미국이 한국에 매달려야 한다는 뜻이다. 그 꼴을 봐야 한다는 것. 시대 흐름상 막는다 한들 막아질 성질이 아니니 이대로 몇 년이면 돌이킬 수 없다는 것.

우리 위대한 미국이 저 미개한 한국에 무릎 꿇을 날이 고작 몇 년 안 남았다고?!

"!!!!!!"

그러나 루스 거즈먼은 바이른이 숨 쉴 틈조차 주지 않았다.

"마지막으로 중점적으로 봐야 할 건은 한국 무기입니다."

"……한국 무기? 그건 또 무슨 문제인 거요?"

짜증이 올라왔다.

반도체, 배터리만도 답답해 죽겠는데 겨우 한국산 무기까지 이 시점 고민해야 한다고?

"가볍게 볼 사안이 아닙니다. KF-21사업이 예상외 방향성으로 가고 있다는 보고가 올라왔습니다."

"아니, 예상외 방향성으로 간다고 해도 겨우 한국 무기 따위……."

반도체, 배터리 산업보다 심각하겠니?

이 자식들아.

"그런 생각이실 것 같아 도표를 하나 준비했습니다."

루스 거즈먼이 무표정으로 판넬을 하나 꺼낸다.

그런데 비교표가 F-35 시리즈도 아니고 F-22 랩터였다.

지구 최강의 전투기.

"무슨……."

오만한 미 공군마저 F-22를 표현할 때는 자신 있게 '공중 지배'(Air Dominance)란 표현을 쓴다. '공중 우세'(Air Superiority)를 넘어 적이 도전 자체를 지워 버리는 정도의 압도적 능력을 경외하며.

F-22는 승무원 1명이 탑승하는 단좌식 전투기로 길이

18.9m, 폭 13.56m, 넓이 5.09m 크기에 최대 이륙 중량은 3만 8000kg이다. 최고 속도는 마하 2.5(시속 3,060km)를 넘고, 항속 거리는 3,219km, 작전 반경은 2,177km. 일본 오키나와에서 출발할 경우 2시간 안에 북한을 타격할 수 있는 기체였다.

더구나 F-22의 정면 레이더 반사 면적은 약 0.0001㎡로 이는 크기가 비슷한 F-15(5㎡)는 물론, 크기가 조금 작은 F-16(1~3㎡)과 비교했을 때도 수천분의 1 수준에 불과해 일반 레이더로는 탐지하는 것 자체가 불가능하였다.

설사 탐지한다고 해도 적기가 F-22를 미사일로 요격하는 건 더 어렵다.

F-22는 상대 전투기가 '록 온'을 위해 레이더 전파를 방사하면 그와 같은 종류의 방해 전파를 쏴 '록 온'을 풀어 버린다. 또 F-22가 적기를 조준할 땐 레이더 전파를 변조해 방사하기 때문에 적기는 인식할 수도 없다.

한마디로 공중전의 깡패다.

실제 2006년 F-22는 미군의 모의 공중전에서 F-15·16 및 FA-18 전투기 등 총 144대를 격추하는 동안 단 1대도 격추되지 않았고 실전에서도 격추된 기록이 전무하다.

2014~2015년 시리아를 200회 넘게 정찰·공습하는 동안 시리아군뿐만 아니라 같이 주둔한 러시아군도 F-22의 비행 사실을 알아채지 못했고 2017년엔 시리아 상공에서 정부군 소속 수호이(Su)-24 전투기를 발견하여 600m 거리에서 15분간 따라다녔으나 이 역시도 시리아군은 몰랐다.

이런 놈이 무장도 막강하다. 공대공 무기로는 AIM-120 '암람'(AMRAAM)과 AIM-9 '사이드와인더'를 장착하고, 공대지 무기로는 정밀 유도 폭탄인 GBU-32 통합 직격탄 2발을 탑재한다. 사거리 110㎞의 GBU-39 소형 정밀 폭탄 8발까지 장착할 수 있었다.

당초 미국은 F-22 전투기를 750대 이상 생산할 예정이었으나, 실제론 실험기를 포함해 195대만 생산하게 된다. 지금 미 공군에 남아 있는 기체는 183대다. 이는 1대당 1억5천만 달러에 달하는 천문학적인 가격 문제도 있지만, 시대를 초월한 강함 때문에 많이 생산할 필요가 없다는 견해가 컸기 때문이었다.

루스 거즈먼은 이런 괴물을 두고 전투기 불모지에서 갓 생산한 놈과 비교하고 있었다.

무슨 말도 안 되는 소린지.

"한국이 강력한 스텔스 도료를 손에 넣었다고 합니다. 탑재된 AESA 레이더 또한 소자가 2,000개로 F-35를 넘어섰고 F-22에는 근사치에 달합니다. 설계부터 스텔스 형상이었는데다 이전까지는 무장을 하지 않아야 스텔스 기능이 나올 거란 분석이었죠. 4.8세대 정도에 머무는, 적당히 강한 전투기란 판단이 지배적이었는데요. 이번에 들어온 보고로는 개발된 도료가 상식 이상의 성능을 낸다고 합니다. 값까지 아주 싸 기체는 물론 무장에까지 발라 버린다고요. 조건에 따른 스텔스기가 아닌 진짜 스텔스기로 바뀌었다는 뜻입니다."

“……”

“신형 AESA 레이더에 스텔스 도료로 인해 KF-21은 공대공 전투 능력, 공대지 전투 능력, 전자전 능력 등 모두 비약적으로 상승했고 최신 F-35, F-22 등이 가진 기능 대부분을 갖췄다고까지 평가받았습니다. F-22에만 정말 살짝 모자랄 뿐…… 아니군요. 제작 단가가 8천만 달러라고 했으니 오히려 더 뛰어나겠군요.”

“스텔스기가 됐는데 값이 F-22의 1/2 수준이라고……요?”

“본래 6천만 달러로 책정했습니다. 스텔스 성능 추가에 고작 2천만 달러가 상승한 겁니다.”

“록히드 마틴은 그동안 놀아 처자빠져 있던 겁니까? 전투기를 처음 생산하는 한국이 이런 걸 만들 동안 뭘 한 겁니까?!”

“그 록히드 마틴 기술자들마저 KF-21을 인정했습니다. 그들이 본사에 올린 보고서에 ‘경이롭다’는 문구가 반복해서 들어가 있는 걸 제가 봤습니다.”

“뭐요?!”

“제작 환경상 아무래도 미국의 풍토와 한국의 풍토가 다른 게 큰 이유입니다. 개발에 들어간 시간과 인력 등에서 아주 큰 차이가 나죠.”

“이럴 거면 차라리 세상이 막장이 되거나 외계인이 쳐들어오지 않는 이상 쓸모없다던 F-22를 치우고 KF-21을 우리 미 공군의 주력 전투기로 키우는 게 낫겠어요.”

말을 하면서도 바이든은 혀를 내둘렀다.

다시 한국이었다…….

이상하리만치 근면·성실한 나라.

보상이 없어도 애국심만 고취되면 자기 목숨 돌보지 않고 밤낮으로 매달리는 기이한 민족성의 나라.

가히 미친놈들의 나라라고 볼 수 있다.

그 나라가 지금 미친 일을 해내고 있었다.

KF-21의 제원이 알려진다면 세계 군수업계는 또 한 번 격하게 흔들릴 것이다.

세상에 F-22와 근접한데 가격이 절반이라고?

'한국 외 어떤 국가에도 수출 못 하게끔 막아야겠군.'

"참고로 이게 모두 오필승 디펜스와 업무 협약을 맺은 후 발생했다는 겁니다."

"오필승 디펜스라면……?"

"장대운 대통령입니다."

"또 장대운이라고……요?"

"오필승 디펜스는 장대운 대통령이 2001년부터 현재까지 수천억 달러를 부어 키운 방산 기업입니다. 미군 무기 2급 라이선스를 보유 중이죠."

"허어……."

"문제는 이것만이 다가 아닐 거란 겁니다. CSIS가 오필승 디펜스에 상당한 기술력이 있다고 판단하고 있고 여러 차례 접근을 시도했으나 인근 1km 이내로는 누구도 진입하지 못

했습니다."

아니야. 아니야.

그런 건 이 순간 중요하지 않아.

그따위 보안이야 시간을 들여 차차 해부해 보면 될 일이다.

장대운의 임기가 2년도 안 남았다.

"……여튼 그 말은 오필승 디펜스가 AESA 레이더와 스텔스 도료를 전달해 줬다고 판단하는 건가요?"

"인도네시아와의 계약 파기 전까지만 해도 KF-21의 성능은 라팔이나 유로파이터 등과 대등할 정도였습니다. 어느 순간 F-35까지 압도할 전력으로 성장한 겁니다. 다른 요인은 있을 수 없습니다."

"그럼 하나 물어봅시다. F-22와 전투를 하게 된다면 어떤 결과가 나오는 거요?"

"대략 3 대 1 혹은 2 대 1 전비를 기록할 거로 보입니다. 서로 록 온이 가능하다면 1.5 대 1도 가능해질 겁니다."

"……."

할 말이 없었다.

방금 루스 거즈먼의 발언은 KF-21 100대만 있으면 동아시아에서 상대할 전력이 없다는 뜻이었다.

게다가 동아시아에는 F-22가 없다.

F-22를 오키나와에 배치해야 하는 건지…….

머리가 복잡복잡.

바이른은 슬금슬금 올라오는 신경질에 가뜩이나 없는 머리를 쥐어뜯고 싶었다.

반도체, 배터리, 무기…… 미래를 선도할 산업 전부가 어느새 한국에 있다는 것.

'…….'

이쯤 되면 한반도 종전 따윈 어떻게 되든 상관없었다. 어떤 결과가 나오든 그에 맞게 전략을 수정하면 될 테니.

"CSIS는 향후 10년이 한미 동맹의 분수령이 될 거란 판단입니다. 모든 부문에서 이해 불가한 속도를 내는 한국이고 모든 지표가 한국의 위상이 이전과 달라졌음을 보여 주고 있습니다. 앞으로 미국은 두 가지 입장에서 한국을 바라봐야 할 겁니다."

"……."

어서 말하라고 손짓했다.

"예, 하나는 한국을 미국의 미래를 여는 파트너로서 격상, 친구로서 동반 성장하는 길입니다. 한국의 기술력과 미국의 시장이면 향후 30년은 미래 먹거리 부족에 시달릴 일이 없을 것이고 미국의 이익을 천명한 현 정부의 기조와 맞아떨어지기도 합니다. 더욱이 부작용이 가장 적습니다."

한국을 인정하라.

한국을 인정하여 살길을 도모하라.

으응, 싫어.

"남은 하나는 한국의 성장 동력을 제거하는 겁니다. 뿌리부터 짓밟아 성장할 바탕을 없애고 영원히 우리 미국의 손에서 빠져나가지 못하게 정치, 경제, 안보를 잡고 뒤흔들어 한국인의 머릿속에 미국이 없으면 생존이 불가능함을 각인시켜 주는 겁니다. 물론 실패 시 부작용은 상상 초월일 겁니다."

부작용 따윈 들리지도 않았다.

한국을 지워라.

한국을 식민지화하라. 만 맴돌았다.

맞다.

한국을 제어해야 한다. 한국을 제어해야 우리가 산다.

"한국을…… 지우겠다면?"

"어려운 길이긴 하나 성공 시 미국은 안정적인 미래 먹거리를 손에 쥐고 저 북한의 값싼 노동력을 활용할 수 있겠죠. 적어도 50년은 걱정 없을 겁니다."

"우리가 직접 움직여야 하나?"

직접 움직이는 건 부담스럽다.

움직임이란 반드시 파문을 일으키기 마련,

한국에 대한 대전략은 틀림없이 노출될 것이다.

그게 알려지는 순간 되레 미국은 역풍을 맞게 될 것이고 그 반작용으로 자신은 탄핵으로 가든가 운이 좋다면 임기 내내 백악관에서 칩거에 들어야겠지.

"계속하세요."

"첫 테이프는 미중 분쟁을 이용하면 됩니다."

"중국과의 분쟁을 이용하자?"

바이른의 미간이 반응했다.

루스 거즈먼이 미소 지었다.

"중국의 반도체 굴기를 막는다는 명분이면 충분하겠죠."

2014년 중국 정부가 반도체 굴기를 선언한다.

300조 원을 투자해 단숨에 한국을 따라잡겠다고 방방 뛰며 온 세상에 알린다.

이제 우리도 반도체를 직접 생산하겠다.

일대일로 외 느닷없이 반도체 굴기를 선포한 장리쉰의 복심은 아주 명료했다.

영구 집권.

집권 초기부터 중국 내 만연한 부패의 고리를 끊겠다는 명목으로 경쟁자들을 마구 후려쳤는데 그 반동을 피하기 위해서라도 장리쉰은 모두가 인정할 업적이 필요했다.

공식 석상에서 말하는 바도 늘 이와 같았다.

하나, 부정부패를 없애고 공동 부유를 실천하겠다.

하나, 세계 최강 경제 대국으로 만들겠다.

하나, 세계를 하나로 묶어 중국 중심으로 강력한 재편을 하겠다.

이에 대한 사업의 핵심이 일대일로, 반도체 굴기, 부패와의 전쟁이다.

그런데 이 시점, 이 사업들이 오히려 장리쉰에겐 돌이킬 수 없는 독이 되었다.

잘 됐으면 좋으련만.

어느 것 하나 제대로 이뤄진 게 없다.

부패와의 전쟁은 아직도 정적 제거의 오명에서 벗어나지 못했고,

일대일로는 해당 국가의 성토로 중국을 신뢰하지 못할 국가로 고립시켰다.

반도체 굴기라 하여 실컷 돈을 투자한 산업은 대뜸 미국이 위협을 느끼고 장비 수출을 금지해 버렸다.

이 과정에서 칭화유니그룹이 과도하게 쌓인 부채를 이기지 못하고 파산했고, 우한 홍신반도체, 지난의 촨신반도체도 수십조의 손실만 남기고 끝.

"중국의 반도체 굴기는 해마다 수천억 달러어치의 반도체를 수입하는 걸 막고 자력으로 생산·공급하기 위한 자구책이었는데요. 2020년 올해 중국의 반도체 수입액이 약 3,500억 달러라고 합니다. 중국 전체 수입액의 17%를 차지하죠. 반도체 자급률도 15.9%에 그칩니다. 이도 또 허수인 게 한중 분쟁에서 중국인에 공격당한 오성과 SY 반도체가 중국을 빠져나가자마자 5.8%로 급락합니다. 중국은 반도체가 약점이라는 거죠."

이걸 막기 위해 중국은 사력을 다해 한국의 반도체 관계자들을 스카우트하고 그 기술을 빼내려 하지만 반도체 산업은 기본적으로 공정만 500개가 넘는다. 그중 주요 공정은 200여 개. 인력 몇십 명, 몇백 명 스카우트한다고 달라질 게 없다는 점이 함정이었다.

돈도 마찬가지였다.

아무리 쏟아부은들 결국 반도체 패권 전쟁은 전체를 아우르는 노하우의 싸움이었다.

이런 마당에 각종 부품과 장비를 미국의 방해로 들여오지 못하는 건 중국 반도체 산업이 포기의 갈림길에 섰다는 뜻과 같았다.

"얼마 전, 상하이에 본사를 둔 SMIC 파운드리에 2021년부터 수십억 달러를 투입하겠다는 내용을 내부적으로 합의했다는 정보가 올라왔습니다. 또한 78억 달러가 들어가는 베이징 생산 라인은 2021년 2월부터 시공에 들어간다 하였고 3월에는 남부 선전에, 9월에는 상하이에 12인치 웨이퍼 공장을 발표하며 또다시 200억 달러를 투입한다고 합니다."

"흐음……."

"그러나 속내를 들여다보면 아무것도 아닙니다. SMIC가 발표한 세 공장은 모두 28나노 이하급입니다. 28나노는 오성전자가 2012년에 상용화했던 것이고 SY 반도체는 폐기 대상이죠. TSMC가 일본에서 생산하려는 반도체와 동급입니다. 우리 미국이 반도체 장비 수출을 금지하자 나온 꼼수로 28나노 제품 생산 장비까지 제재 범위를 넓히기 전에 최대한 증설하자는 뜻입니다."

그제야 바이른도 루스 거즈먼이 말하는 의도를 알겠다는 듯 고개를 끄덕였다.

"그러니까 중국을 시작으로 전 세계로 규제를 넓혀 나간다?"

"한국의 속담으로 도랑 치고 가재 잡기, 마당 쓸다 동전 줍기란 겁니다."

"어쩌면 이게 미국 위주의 반도체 패권 시대를 여는 본격적인 행보가 될 수 있겠어요. 아주 좋은 시도입니다."

"예."

"으흠, 되새겨 봐도 해 봄 직합니다. 일단 중국의 계획부터 제동을 걸고 한국으로 넓힌다. 여기엔 TSMC도 포함되겠군요."

"최종적으로 반도체 생산 시설을 전부 미국으로 들여와야 합니다. 오성전자든 TSMC든. 첨단반도체는 미국에서 생산케 해야지요."

전적으로 옳은 말이다.

"……마음에 듭니다. 이러면 저항도 최소한으로 줄겠습니다. 우리의 자산이 느는 걸 테니."

"단지 반도체만을 타깃으로 한다면 여기까지만 해도 충분하겠지만……."

말을 끈다.

여기에서 끝낼 거냐?

바이른은 고개를 저었다.

하려면 다시는 떡잎도 생산 못 하게 철저히 짓밟아야지.

"계속하세요."

"예, 한국 전체를 타깃으로 둔다면 한 곳을 더 건드려야 합니다."

"어디인가요?"

"일본을 자극하셔야 합니다."

"일본을?"

"일본은 계기만 준다면 언제든 한국의 아킬레스건을 물어뜯을 준비가 된 나라입니다."

"호오…… 일본이라……."

턱을 잡고 미소 짓는 바이른에 루스 거즈먼은 막타를 때렸다.

"지금까지의 모든 보고는 오직 미국을 위해 작성했습니다. 이걸 묵혀 두느냐 펼치냐는 오로지 미스터 프레지던트의 선택에 달렸다는 뜻이죠. 무엇을 선택하느냐에 따라 방향성과 결과가 달라지겠지만, 우리는 기꺼이 따를 준비가 됐습니다. 그것이 미국의 영광을 위한 결정임을 믿어 의심치 않으니까요."

【미국과 중국, 패권 싸움 극심화】

【바이른 정부, 대 중국 반도체 수출 금지 품목 현재 사용 중인 주력 장비까지 확대 검토 중!】

【바이른 정부, 중국 '반도체 굴기' 용납하지 않겠다!】

【미국 대 중국 반도체 수출 금지 품목으로 메모리 반도체 장비까지 확대할 태세】

【고래 싸움에 등 터지나? 미국 수출 금지 VS 중국 투자 요구. 어느 쪽도 난해하다】

신문을 내려놓은 장대운이 김문호와 도종현을 보았다.

"슬슬 시작되려나 보네요."

"이게 그 조짐이라는 겁니까?"

도종현의 말을 김문호가 받았다.

"최종 타깃은 우리일 겁니다."

"허어……."

"바이른은 지금 중국뿐만 아니라 어느 국가에도 이 같은 조치를 내릴 수 있음을 천명한 겁니다. 이 파도가 우리에게 올 증거는 벌써 두 개네요. 차세대 첨단 공정 장비 외 현재 주력인 장비까지 묶은 것과 메모리 반도체로의 확대."

"김 비서의 말이 맞습니다. 현재 주력하는 장비의 수출을 막겠다는 건 내년에 건설 예정인 중국의 반도체 공장을 초입부터 무산시키겠다는 전략일 테고 메모리는 그냥 오성전자를 겨냥하는 겁니다."

새삼스러운 일은 아니었다.

도람프 정부에서 최첨단 시스템 반도체 생산을 위한 EUV 장비 중국 수출을 금지시키면서 이 난리의 서막이 열렸다.

현재 중국이 쓰는 ArF 장비는 5nm급 시스템 반도체 생산에 쓰이는 EUV 장비보다 기술력이 떨어진다. 겨우 16nm급 반도체를 생산하는 주력 장비인데 문제는 오성전자와 SY의 일부 공장에서 3차원 적층 낸드 플래시와 10nm급 D램 메모리 제품의 양산에 있어 아직 ArF 장비를 사용한다는 데 있었다.

"이러면 중국 공장을 불태워 버린 게 호재가 되는 건가요?"

"그래도 트집 잡으려면 얼마든지 잡을 수 있을 겁니다. 거기에 호응할 국가와 기업은 차고도 넘치고요."

"미국의 다음 행보는 무엇일까요?"

"아마도 미국 내 공장 증설이나 대대적인 신규 투자겠죠. 강제로."

"오성과 SY 회장을 불러야겠네요."

"점점 싸움이 힘겨워질 겁니다. 한국은 적이 너무 많습니다."

담담하게 말했지만.

세 사람 모두 살얼음 위를 걷는 기분이었다.

제발 오지 말라고 빌어 댄 것들은 왜 이다지도 적극적으로 찾아오는지.

결국 우리 앞에 남은 건 두 가지 길이다.

독자적 행보로 힘겹게 길을 개척해 가든지.

아니면 미국에 반도체 산업을 종속당하든지.

바이든은 이제 막 꽃 피우려 하는 한국의 반도체 산업을 먹을 생각이었다. 아니면 철저히 망가뜨리거나.

다음 날이 되니 이런 기사도 떴다.

【장대운 정부, 북한에 수백만 톤급 식량 지원 약속?】

【블라디보스토크로부터 북한에 들어가는 식량의 원주인은 누구?】

【미국의 대북 제재 강화와 상관없이 따로 움직이는 장대운 정부. 과연 누구를 위한 결정인가?】

【익명을 요구한 백악관 관계자 曰, 한국의 행보에 우려를 금치 못하고 있다】

한국 언론의 정보력으로는 절대 알 수 없는 이슈들이 쏟아졌다.

항의하기도, 반격하기도, 애매한 수준에서 말이다.

그러나 아팠다.

헛짓하려는 미국이 아닌 그 헛짓에 흔들리는 국민이라는 다수와 그 다수를 등에 업고 날뛰는 배덕자들 때문에.

【한민당 조세순 의원의 일침. 정부가 길을 잃었다면 따끔하게 혼내야 한다】

【한민당 공정한 의원, 서민의 삶은 보지 않고 북한에만 퍼주기 바쁜 장대운 정부. 우린 누구를 위한 대통령으로 그를 뽑았나?】

【민생당 서수복 의원, 이는 명백히 대한민국을 북한에 넘기려는 시도다】

【한민당 백성희 의원, 현 정부의 실태. 특검으로 조사해야 한다】

재밌는 건 이들 모두 비례대표나 초선 의원이라는 점이다.

잘못 나섰다가 피 본 케이스를 너무나 많이 봤는지 총알받이를 내보낸 것.

예전 보았듯 초선과 비례대표는 어떻게든 명성을 얻어야 한다는 명제 아래 무리수를 두게 돼 있었다. 제 몸 태우는지도 모르고 불 속으로 뛰어든다는 것. 고래고래 악을 쓰며.

"한숨이 나오는구만."

씁쓸한 입맛을 적시며 가만히 미국이 던질 다음 수를 짚어 보고 있는데 휴대폰 화상 전화가 왔다.

김정운이다.

살을 좀 뺐는지 양볼이 홀쭉하다.

"여어, 요새 골치 아프다 들었소."

"골치 아프지. 미국 놈들 수작이 하루 이틀도 아니고. 나도 가만히 있지는 않을 거다."

"기래야지요. 내래 믿고 있소."

"너는 괜찮아?"

"아바지 보러 갈 뻔한 후로 공화국에서 거칠 것이 없어졌소. 구해 줘서 고맙소."

"대동강 맥주 잘 마신다더라."

"하하하하하, 그이가 그리 말했소?"

"담백한 사람이다."

"세상 누구보다 무섭기도 하고."

많은 의미가 담긴 말이나 딱히 대꾸해 줄 것이 없었다.

"그래, 왜 전화했어?"

"종전합시다."

"마음먹었구나."

"내래 이번에 확실히 깨달았소. 이것저것 재다간 아무것도 못 하고 죽겠구나."

"맞다. 우리 한반도엔 평화라는 담보 없이는 발전은 없다."

"내일이라도 발표하갔소."

훅 덤빈다.

"잠깐, 잠깐만."

"와 그러시오?"

"며칠, 아니 2주만 기다리자."

"2주?"

"지금 북한이랑 종전한다고 하면 미국이 무슨 짓을 저지르겠어? 개지랄을 떨겠지. 그에 호응한 미친 새끼들도 대거 나설 테고. 그놈들이 너를 아주 개자식으로 만들 텐데 참을 수 있겠어?"

"그건……."

못 참지.

못 참는다.

종전 선언하고 평화 협정을 맺는 마당에 일부이긴 해도 상대편 국가에서 자꾸 반대하고 욕 하고 해 봐라. 열받지.

특히나 김정운은 북한의 최고 존엄이다. 북한 주민까지 요동칠 게 뻔했다.

"나한테 시간을 주면 바이른 이 늙은이부터 요리할게. 그 노망부터 정신 혼미하게 해 놔야 종전에 못 끼어든다."

"……."

"아 참, 그리고 내일 우리 미사일 절반 정도가 북쪽을 향할 거다."

"우리 쪽으로?"

"북부전구 애들 쪽으로. 놀라지 말라고 알려 주는 거다."

"뭘 또 놀라오. 날 죽이려 했음 진즉 죽였겠지. 내래 다른 놈은 못 믿어도 장 대통령은 믿소."

"그래, 나는 믿어도 된다. 일 한번 잘 만들어 보자."

"알갔소. 그리 알면 되갔소?"

"그래, 일정이 정해지면 전화 걸게. 그때까지 구경이나 해. 몹쓸 노인네 개망신당하는 거나 보고."

전화를 끊자마자 김문호를 불렀다.

평상복 차림으로 달려온 그에게 지시를 내렸다.

"곧 종전이다. 늦어도 한 달 이내로. 준비해야 해."

"김정운이 버튼을 눌렀군요."

"그래, 이제부터 본격적으로 전쟁이 시작되겠지."

"바이른부터 치는 겁니까?"

"죽이진 못해도 정신없게 할 정도는 될 거다."

"알겠습니다. 홍주명 장관님과 긴밀히 준비하겠습니다."

"수고해."

다음 날로 대한민국은 현무 미사일이 나침반 기준으로 북쪽으로 향하는 영상과 청와대 대변인의 북한식 엄포가 헤드

라인을 장식했다.

≪중국에 경고한다. 압록강 인근으로 진격한 북부전구를 즉시 뒤로 물려라. 그 더럽고 냄새나는 발을 단 한 발이라도 넘을 시 수백 기의 현무 미사일이 그대들의 머리 위로 떨어질 것이다. 다시 한 번 말한다. 중국은 평화를 해치는 모든 기만적 행동을 중지하고 일상으로 돌아가라. 우리 대한민국은 어떤 불온한 시도에 대해서도 대응할 준비를 마쳤고 처절한 응징으로 되갚아 줄 것이다. 중국은 동아시아의 평화를 해치는 도발을 중지하고…….≫

초선, 비례대표의 매운맛 따윈 단번에 쓸려 사라졌다.

갈대 같은 국민이기에 누구라도 똑같게 적용된다는 뜻이다. 정부 입장에서도, 저들의 입장에서도.

결국 언론 플레이란 누가 더 큰 이슈를 갖고 있냐는 싸움이 아니겠나?

이는 미국도 예외 없었다.

【바이든 대통령, 학창 시절 인용 표시 없는 표절 행위 적발로 낙제!】

【미국 최초의 낙제 출신 대통령? 뭐, 낙제 정도는 괜찮다. 다만 표절은…….】

【바이든 대통령 인종 차별 논란. 버싱(busing) 반대. 지금

도 My time is up?】

【바이든, 인종 통합과 민권법에 반대. KKK 소속이던 연방 상원 의원 로넨 버드 등과 오랜 친분 과시】

【인종 차별을 금지하는 민주당 vs 인종 차별 중인 민주당 대통령?】

【바이든, 나는 노예 제도나 인종 분리 제도에 대한 책임이 없다! 발언 논란】

【요즘 세븐일레븐에 인도 억양이 없으면 못 간다는 바이든. 대체 무슨 생각이길래 이런 발언을 던지나?】

Chapter. 71

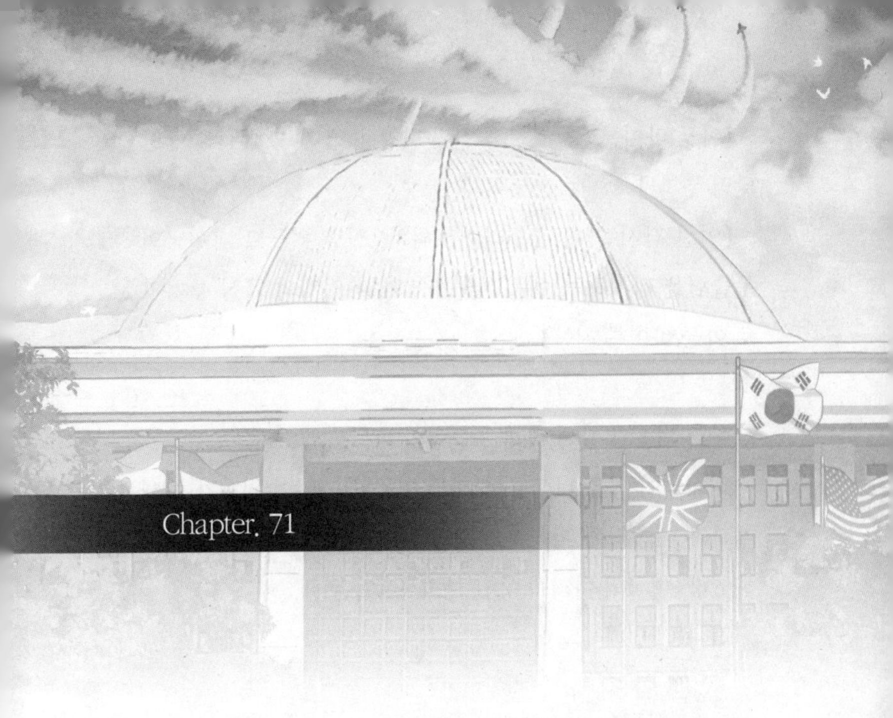

Chapter. 71

이 정도만 해도 웅성웅성 쑥덕쑥덕 분위기가 심상찮아 질 텐데.

아니다. 아니다. 이 정도로 끝내려면 시작도 안 했다.

점점 더 수위가 강한 것들이 준비하고 있었다. 돈이면 영혼이라도 파는 미국 언론들과 함께.

【바이른 부자의 우크라이나 음모? 아직도 밝혀지지 않은 바이른 부자와 현지 모 에너지 회사와의 유착 관계. 바이른은 어째서 우크라이나에 압력을 넣었나?】

【아들 바이른과 우크라이나 에너지 회사 사장과 함께 찍힌 사진 발견! 바이른은 아직도 관계없다 발뺌할 것인가?】

【아들 바이른, 중국 정부 인권 탄압용 앱 개발에 4억 6천만 달러 투자!】

【인권 감시 단체 휴먼라이트워치. 신장 위구르 자치구의 무슬림을 감시하는 애플리케이션 개발 업체의 핵심 투자자로 아들 바이른 지목】

부패 의혹과 함께 세계 무슬림의 이목도 끌었다.

너희들이 뽑은 바이른이 지금 인구만 20억이 넘어가는 세계관과 대척점에 서기로 마음먹었다는 걸 미국인들이 알게 하였다. 미국의 이익이 아닌 사리사욕을 위해.

하나 더 있다.

【소문으로만 무성하던 소름 끼치는 바이른의 실체. 그의 손은 본능만을 따른다】

【장관 취임식 중 장관 부인에 대한 부적절한 신체 접촉. 상대가 불쾌하다는 데도 친근감 표시라고 대응. 30초나 이어진 소름 끼치는 시간】

【베린스 상원 의원 딸에도 과도한 스킨십. 밝혀진 피해자 수만 벌써 7명. 바이른은 문제를 인식하지 못하나?】

【바이른이 내 옷 속으로 손을 넣었다. 타라 린드 수행 비서의 눈물 어린 고백】

【성추행도 모자라 성폭력? 민주당원인 루시 라스레스와 에이미 렌들도 성폭력을 당했다 주장. 권력으로 무마시키기

바쁜 바이든】

동서고금을 막론하고 위정자에게 가장 치명적인 게 바로 섹스 스캔들이다.

이걸로 아칸소의 희망은 하야했고 최초의 흑인 대통령으로 물망에 오르던 인물도 주저앉았다.

더욱 불씨를 키웠다. 개인이 떠들 때는 아무런 관심도 두지 않던 언론들에 돈이 뿌려졌다. DG 인베스트의 돈은 가슴을 벅차게 하는 능력이 있다.

그 환상적인 떡고물에 환장한 언론사들은 오직 DG 인베스트가 원하는 기사를 써 주었다. 그녀들의 아픔을 직접 다뤘고 그것이 사실이든 아니든 상관없게 만들었다.

어느 순간부터 바이든이 미국 시민권을 가진 여성들에게 추악한 성욕을 품은 노인네 이상도 이하도 아니게 말이다.

"이런 게 바로 프레임이란 거다. 맛이 어떠냐? 노인네. 여기 또 있다."

며칠이 안 돼 또 이런 기사가 떴다.

【70년대에 남아프리카 공화국에 수감 중인 넬슨 만델라를 만나려고 시도하다가 3번이나 체포된 적이 있다고 주장한 바이든. 전혀 사실무근】

【2019년 대선 경선 후보를 상원 의원 후보로 말한 바이든. 본인이 어느 무대에 나오는지도 헷갈리나?】

【자신이 살던 주를 잊어버린 바이른. 정치인이 자기 지역 주를 잊어 먹는 게 가능한가?】

【아내와 여동생의 이름을 바꿔 말한 바이른. 뭐지?】

【도람프를 조지 부시로 부른 바이른???】

【허공에 악수를 청하는 바이른???】

【78번째 생일에 '나의 58번째 생일이 기대된다' 말한 바이른???】

【몇 달 전 사망한 인디애나 하원 의원을 회의실에서 찾는 바이른???】

【세계 2차 대전을 얘기하는 바이른???】

【중국을 청나라라고 부르는 바이른???】

【핵미사일 버튼을 누르는 바이른???】

한동안 돌리던 성추행, 성폭력 이슈가 슬슬 약빨이 다돼 가자, 인지 능력 장애를 꼬집었다.

애 뭐냐고? 이런 노인네가 막중한 자리에 앉아 세계 3차 대전이라도 일으키면 어쩌려고? 라는 질문을 던졌다.

잦은 말실수에 분노 조절 장애가 의심될 만큼 폭급한 성정의 노인네를 너희들은 진정 믿을 수 있겠느냐?

그리고 치명적인 한 방.

【바이른 기밀 자료 무단 유출 의혹!!!】

【바이른 집, 사무실에서 기밀문서 발견!!!】

【지난 8월 바이든 집과 사무실에서 기밀문서 발견. 이 사실을 알고도 숨긴 FBI. 의도적인 기만인가?】

【국가 기록 보관소 확인. FBI가 바이든의 치부를 감춘 정황이 사실로】

그제야 비로소 공화당이 벌떡 일어났다.

지금까지는 몇몇 공화당 의원만이 나서서 비꼬는 언어로 바이든의 행태에 대해 언급했지만,

당 차원에서는 자제했었다.

그러나 지금부터는 달랐다. 자그마치 기밀문서 유출 사건!

국가 중대사였다. 특히나 바이든에게 뼈저리게 당해 본 도람프는 광분해서 날뛰었다.

그도 그럴 것이 2019년 바이든 당선 이후 현재까지 민주당과 바이든은 시간만 나면 전임 대통령인 도람프의 기밀 자료 무단 유출을 꺼내며 맹폭해 댔고 FBI도 도람프를 표적으로 삼아 수도 없이 압수 수색을 벌였다.

그런데 바이든이 기밀 유출?

공화당의 바람이 거세게 불며 당장에 특검 조사를 요구, 쟁점을 극대화시켰고, 도람프는 트위터에 이런 말을 남겼다.

- 내가 동향 보고서 들고 집으로 간 건 인정한다. 그 때문에 지금도 그 대가를 톡톡히 치르고 있다. 이제 보겠다. 바이든에게는 어떻게 하는지.

- FBI는 나의 플로리다 자택을 발칵 뒤집어 놨다. 어이, FBI 너희는 바이든의 수많은 집은 안 뒤지니? 백악관은 안 뒤져 봐도 되겠어?

- FBI는 바이든의 반역 행위를 몰래 숨겨 주기까지 했다. 누구를 위한 FBI인지 모르겠군.

난리가 난 미국.

미국에 난리가 날수록 장대운의 미소는 진해졌다.

"아직 멀었다. 자식아."

모름지기 물 들어올 때 노 저어야 하는 법이다.

세계 환경 단체에도 먹잇감을 던져 줬다.

【바이든, 후쿠시마 오염수 무단 방류 지지!】

【후쿠시마 주민마저 반대하는 오염수 무단 방류를 바이든이 지지? 익명을 요구하는 일본 정부 관계자와의 인터뷰】

【세계인이 경악할 후쿠시마 방사능 오염수 무단 방류 지지. 바이든과 일본 정부는 대체 무슨 관계인가?】

【죄악으로 물들어 가는 미국 대통령. 미국의 영광과 품위는 도대체 어디로 갔는가?】

세계의 환경 단체들이 미국 워싱턴으로 집결하였다.

한국에서 당한 체면을 만회라도 할 요량인지 단체 하나당 수백에서 수천의 인원들이 총동원돼 백악관으로 향했다.

그곳 백악관이 보이는 공터에 모여 만 단위를 지향하는 물결이 바이른의 퇴진을 외쳤다.

인류 공공의 적으로 바이른을 지목했다.

“아주 식물인간으로 만들어 주마.”

아시아권에도 선물 투척.

【바이른, 하나의 중국 지지 약속!】

【바이른과 장리쉰의 밀월. 대만은 어디로?】

【2020년 정책 강령에서 하나의 중국 지지 조항을 삭제한 바이른이 스스로 정책을 뒤집다! 동아시아의 평화는 이대로 끝나는 건가?】

【중국 바이른 지지 대환영. 2025년 대만 침공 목표로 군사 훈련 돌입 중!】

【충격! 미군이 아프가니스탄에서 철수를 고려하고 있다!】

【미군 철군을 앞둔 아프가니스탄. 반군들 수도 카불 인근 도시 가즈니 함락】

【극도로 이기적으로 변한 미국. 바이른의 자국 우선주의가 동맹국을 흔들고 있다!】

바이른이 저지른 짓은 아주 많았다.

77조 원짜리 잠수함 사업을 진행 중이던 호주-프랑스 간 사업에서 프랑스의 뒤통수를 때려 버리고.

살려고 도망 온 아이티 난민을 추방시키고.

힘으로 동맹국들을 위협하고.

물가가 폭등 중인데도 괜찮다 우기고 등등등.

집권 겨우 2년 차인 주제에 온통 분탕질만 부려 댔다.

그만큼 공격할 소재는 무궁무진했다. 공화당과 환경 단체가 움직이고 미국 여성의 인식 속에 소름 끼치는 대상으로 전락시켜 버렸으니 사실상 재선은 끝났다고 봐야 옳았다.

다만 아쉬운 건 결정적인 한 방이 없는 관계로 탄핵소추가 안 된다는 건데…… 워낙에 잔잔바리만 해 먹은 터라.

슬슬 빠져나올 때였다.

우리도 결실을 맺을 때라.

이 일을 위해 날마다 김정운과 통화했다.

종전의 시기와 방식을 조율.

바이든에 대한 특검 조사가 들어갈 때에 맞춰 기습적으로 발표했다.

【종전! 드디어 한반도에도 평화가 찾아오나?】

【한국과 북한 정상 오는 20일 판문점에서 만나 종전에 대해 합의하고 평화 협정문에 서명하기로 함!】

【1953년 정전 협정 후 근 70년 만에 한반도에서 전쟁이 사라지나?】

【각계각층의 환영사. 종전은 우리 민족의 미래를 열 첫 번째 단추다】

조용했다. 평상시였다면 미국과 중국, 일본의 수작에, 그 수작에 기꺼이 동참한 정치인 놈들과 언론에 온 나라가 난리 났을 텐데 일언반구도 안 나온다.

나라를 빨갱이한테 팔아먹는다는 소리도 없고 지레 겁먹어 북한을 욕하는 시도도 없었다.

가장 껄끄러웠던 미국마저 주한 미국 대사가 한 번 다녀간 것 외 별다른 액션이 없었고 중국은 신장 위구르 자치구의 무슬림을 감시하는 애플리케이션 개발 건과 대만 건으로 움직이는 불온한 세력의 도발에 정신이 없고 러시아는 두 팔 벌려 환영이다. 일본이야 늘 그렇듯 무시하면 되고.

장대운은 의도한 구도라고 해도 참 마음에 들었다.

"휘리리리, 휘리리리리리~~~."

휘파람이 절로 나올 만큼.

고르고 고른 정장 한 벌을 꺼내 차려입고 연한 메이크업도 받았다. 헤어스타일링도 더 밝은 인상과 신뢰감을 위해 앞머리를 깔끔하게 넘기고 이마와 귀까지 시원하게 드러낸다. 당당하게.

"여어~ 신수가 훤하오."

"위원장 동지도 멋지십니다."

김정운은 시커먼 인민복이었지만 낯빛만큼은 화사하게 톤이 올랐다.

기자들 앞에서 악수하고 눈이 따가울 만큼 터지는 플래시에도 웃으며 협상 테이블에 앉았다.

무슨 거대한 의식이라도 치를 것 같았지만, 종전 선언은 사실상 금박으로 꾸민 종이에 사인하는 게 전부였다.

사인한 종이를 나누고 악수하고 사진 찍고 이게 끝.

중요한 건 한반도의 앞으로를 다룰 평화 협정(Peace Agreement)의 내용이었다.

6·25전쟁을 치르며, 군사적으로 대립한 양측에 평화를 회복하고 우호 관계 발전을 촉진하기 위하여 맺을 우리의 미래.

그 내용을 살피는데 문득 감회가 새로웠다.

'……'

1953년 7월 27일 판문점 이 자리에서 UN군 총사령관(미국), 북한군 최고 사령관, 중공 인민 지원군 사령관 간에 맺은 일방적인 정전 협정.

그로 인해 한반도엔 38도 경계선이 그어지고 나라도 통으로 쪼개져 약 70년이란 세월을 보내야 했다. 총부리를 겨눈 채.

'정전 협정에 당사자인 우리가 빠진 건 이승만이 휴전보다는 압록강 이북까지 진격하자고 거부하고 협정 장소에 들어가지 않았던 건데…….'

옛일이 됐다. 머나먼 옛일.

'미국이 더 이상의 전쟁을 거부한 것도 이해가 가.'

죽여도 죽여도 마구 밀려드는 중공군을 보며 기가 질렸을 것이다.

일본에다 그랬듯 압록강 너머에다 핵을 투사하자는 맥아더의 안건이 묵살된 이유도 있었다.

'소련이 핵 개발에 성공해서 어쩔 수가 없었겠지. 일본 건을 보며 미국 내 반대도 심했고.'

그 때문에 우리 역사에 이토록 기형적인 구조가 나타나게 됐지만.

이도 역시 상관없었다. 일제강점기도 장점만 보자면 충분히 끄집어 낼 수 있으니까.

'신분제 철폐, 한글 국어화…….'

그 시절을 겪지 않았으면, 민족상잔의 비극을 겪지 않았다면,

이처럼 빠른 성장은 일어나지 않았을 것이다.

민족 반역자들을 적시에 처리 못 한 건 아쉽긴 해도,

아무것도 없던 자리에 새롭게 시작했기에 현재의 한국이 있다고 봐도 과언이 아니었다.

그렇지 않았다면 자유라는 물결과 열망 아래 저 서양의 역사처럼 우리끼리 수백만을 죽이는 참혹한 짓을 벌였을 테니.

'하늘의 그물이 성근 듯 보여도 빠져나갈 놈이 없다더니…….'

우리도, 우리 역사도, 우리 민족도 어쩌면 누군가 짜놓은 거대한 계획 아래 움직이는 것이 아닐지.

계속 나아가야만 하는…… 이것이 어쩌면 착각일지라도…… 오늘 우리 평화 협정을 맺는다.

"뭘 그리 생각하시오?"

"잠시 우리 민족이 걸었던 길을 돌이켜 보았습니다."

"……어땠소?"

"영광스럽지는 않으나 충분히 아름답다 할 수 있었습니다."

"충분히 아름답다 할 수 있다라……."

김정운이 평화 협정서를 보며 입맛을 다셨다.

"이놈을 보니 장 대통령님의 말씀이 뭔지 알 것 같소. 참으로 오랜 시간이었디요?"

"난 앞으로 우리가 고난의 길을 걸어오며 맛봐야 했던 쓰디쓴 부작용을 최소화시킬 겁니다."

"믿소."

"이제 사인할까요?"

"좋소. 합시다."

이름 몇 자 적는 데 70년이 걸렸다.

미리 말하건대 이 평화 협정서의 목적은 오직 하나 종전이었다. 합리적인 합의란 시간을 통해 철저히 가지치기하여 탄생한 녀석.

그동안 북한이 우기던 주한 미군 철수. 한미 군사 동맹 파기 같은 조항은 1도 없다.

우리 쪽도 쓸데없는 핵 폐기나 사상 통일 같은 문구도 1도 넣지 않았다.

오히려 정전 협상 때의 참가자인 미국, 중국, 러시아를 패싱하였고 오로지 전쟁이 멈추는 것에만 초점을 맞췄다.

이후 일은 사안에 따라 국가 간 조약으로 대체하면 될 테니까.

김정운과 함께 단상에 섰다.

이 장면이 생방송으로 온 땅에 널리 퍼져 나가고 있겠지?

먼저 마이크를 이어받은 김정운이 벅찬 표정으로 앞에 섰다.

"내래 살며 이 자리에 서게 될 줄은 꿈에도 몰랐소. ……맞습네다. 전쟁은 이제 그만 하시디요. 1950년 6월 25일. 우리 북에서 남으로 쳐들어온 게 맞소. 소련제 무기를 앞세우고 온 땅을 피바다로 만든 게 우리 할아버지요. 내래 오늘 진심으로 사죄드립네다. 쓸데없는 이념 따위에 수천만 동포의 눈에서 눈물을 흘리게 한 죄, 할 수 있을지는 모르나 내래 목숨을 다해 갚겠소. 그러니 남조선 국민도 그만 화 푸시고 도와주시오. 우리 북조선 인민들이 배를 곯고 있소. 오직 나만 탓하시고 불쌍한 동포들은 도와주시오. 내래 도와만 주시면 한반도 평화를 위해 목숨 바칠 각오가 돼 있으니 이렇게 부탁드립네다. 도와주시오."

고개를 꾸벅 숙인다.

사전에 조율되지 않은 돌출 행동이었다.

저 김정운이 저런 퍼포먼스를 보이다니.

이 자리에 모인 모두가 얼이 빠질 만큼 놀랐다. 김정운을 수행한 자들은 거의 목석처럼 굳어 버렸다.

장대운이 조용히 다가갔다. 김정운의 어깨를 부드럽게 보듬어 안고 그를 위로했다.

고개를 끄덕이며 자기 자리로 들어가는 김정운을 일별한

장대운이 마이크를 힘차게 잡았다.

"……우리는 비로소 이 땅에서 우리를 좀 먹던 전쟁이라는 낙인을 지워 버리게 됐습니다. 이 얼마나 축복된 날인지 모르겠습니다. 앞으로 우리가 할 일은 그동안 우리 조상들이 이룩한 찬란한 문화를 계승하고 더욱 발전시켜 세계 속에 우뚝 서는 것이겠지요? 떠올리기만 해도 가슴이 벅차 덩실덩실 춤을 추고 싶습니다. ……나 장대운은 대한민국의 적법한 절차로 대통령직을 수행하는 자로서 이 대한민국에 전쟁이 사라졌음을 선포합니다. 국민 여러분, 오늘은 잔칫날입니다. 기뻐해 주십시오. 전쟁이 사라졌습니다. 하하하하하하하하~~~~~."

종전되면 당장에라도 무엇이 일어날 것처럼 으르렁대던 언론의 지난 예상과는 달리 세상엔 아무 일도 일어나지 않았다.

여전히 남과 북은 갈라져 있었고 여전히 대치 상태였다.

주한 미군도 그대로 있고 한미 연합 훈련도 개시된다. 무기도 계속 만들고 수출도 지속된다.

어제와 똑같다.

그제야 국민도 일상에 전념했다.

일부 불한당들이 아직도 불안을 조장하고 있으나 휘둘리는 건 전쟁을 겪어 본 세대뿐이었다. 물론 그들도 휘둘린다는 것뿐이지 잘도 무료 지하철을 이용하고 잘도 일상을 영위하고 있었다.

미국도 더는 안 되겠는지 카밀 로리스 부통령을 세워 동아시아의 번영으로 가는 종전의 조치를 환영한다는 입장문을 내놨다. 중국은 여전히 묵묵부답.

일본만 허락 없는 종전은 가납할 수 없다며 난리를 부리지만.

세계 어떤 언론도 일본 말을 귀담아듣지 않았다.

그렇잖나.

당사자들끼리 종전하겠다는데 누가? 무슨 수로? 된다 안 된다 주장하는 건지. 하여튼 상식이 없는 놈들이다.

"미국에서 연락이 왔습니다."

"미국에서요?"

"미국 공화당 상원 의원 중 한 명이 대통령님과 만나고 싶다는 의견을 보내왔습니다. 아주 정중하게요."

"갑자기 공화당 상원 의원이? 왜요?"

"자세한 건 알려 주지 않았습니다. 독대를 원하고 미국과 한국의 안녕에 도움이 될 거란 의견만 전해 왔을 뿐입니다."

"누군데요?"

"매디슨 라이트라고 노스캐롤라이나 주 상원 의원입니다."

노스캐롤라이나 주라면 미국 정계에서는 그다지 영향력이 없는 곳이다.

지난해 주지사 선거도 민주당에 패해 점점 민주당 색으로 바뀌는 곳.

"그곳 상원 의원이 나를 긴밀히 만나고 싶다?"

"이번 분탕질이 인상적이었나 봅니다."

근래 들어 미국이 혼란스럽긴 했다.

연달아 터진 허리케인급 스캔들과 더불어 그와 함께 들이닥친 여론의 뭇매에 바이든 정부는 거의 마비 상태에 빠졌다. 거기에 공화당까지 특검으로 바이든의 자택 압수 수색에 들었고 속속들이 튀어나오는 증거에 일생일대의 위기를 맞이하는 중.

이럴 때 공화당 상원 의원이 찾아온다는 걸 보니 그 맛이 어디로부터 시작된 건지 파악이 끝난 모양이었다.

"늦긴 했네요. 그러라고 하죠. 1타로 날아온다는데."

"알겠습니다."

도종현이 대답한 후 매디슨 라이트는 마주한 건 딱 12시간 만이었다.

빨라 봤자 내일쯤인가 했는데 생각보다 더 몸이 달았던 것.

그가 이 만남을 무척이나 고대했다는 뜻이기도 했다. 전세기 대령해 두고 만남을 허락받을 정도로.

그렇잖나. 승낙 소식이 떨어지자마자 12시간 만에 청와대에 입성했다는 건 다른 어떤 스케줄 보다 우선으로 올렸다는 얘기니.

60대의 남자가 환한 미소로 다가왔다.

"장대운 대통령님, 만남을 허락해 주셔서 감사합니다."

그리고 생각보다 아주 겸손했다.

허리도 잘 숙이고.

"아, 예, 이렇게나 빨리 오실 줄은 몰랐네요. 그래, 먼 곳까지 오셨는데 피곤하지는 않으십니까?"

"아닙니다. 떨리는 마음으로 왔습니다."

이상한 건 꼭 아는 사람처럼 굴고 있다는 점이었다.

초면인 것 같은데…….

물어보았다.

"혹시 나와 면식이 있습니까?"

"아! 찰스 그랜즐리 전 대통령 정책 담당관이었습니다. 비록 2년밖에 안 했지만 장대운 대통령님을 멀리서 뵌 적 있습니다."

"아아~."

인연이 있었구나.

그래서 그런지 아까보다 더 반가운 느낌이 들었다.

이래서 학연, 지연, 혈연을 따지나?

"어서 앉으세요."

"예, 감사합니다."

다과가 나오고 요새 미국 동향이 어쩌고저쩌고 동아시아도 태풍의 눈 속을 걷는 형상이니 뭐니 하며 약 30분간 대화를 나눴다. 통과 의례처럼.

"그래, 무엇을 도와드릴까요?"

"아, 하하하하, 우와~ 이런 느낌이었군요. 장 대통령님과

연이 닿은 분들이 말하는 그 신비함이."

"신비함까지 가나요. 대화를 편하게 돕자는 건데."

"마주하는 입장에선 엄청 편해집니다. 이렇게까지 계산할 필요 없는 대화가 얼마 만인지 모르겠습니다."

"경쟁자가 많아질수록 더 빡빡해지겠죠."

네가 1타라 그런 것뿐이다.

"아~ 역시 그렇군요. 맞습니다. 제가 제일 빨랐죠. 그 사실에 무척 감사하고 있습니다."

"좋게 봐주셔서 고맙네요."

살짝 눈인사로 마음을 표하는 장대운에 매디슨 라이트는 이전까지와는 다른 진지함으로 다가섰다.

"솔직히 말해 반신반의했습니다. 그리고 이번 일을 겪고 아니었음을 확신하게 됐죠. 단도직입적으로 말씀드리겠습니다. 찰스를 도우셨듯 저도 도와주십시오."

훅 들어온다.

차기 대권을 원한다며.

조건은 충성으로 하겠다는 뜻이다.

오로지 직진으로. 찰스 그랜즐리 전 대통령처럼.

이 모든 게 함축된 눈빛이 활활 타오르고 있었다.

"……."

여느 정치인이 그렇듯 이놈도 비슷한 유였다.

원하는 건 끝 모를 권력.

대권을 원한다. 별 볼 일 없던 아이오와 주 상원 의원을 전국구 스타로 만들고 재선의 영예마저 안겨 준 그 영향력을 원한다.

도와 달라.

대신 찰스처럼 하겠다.

바이른이 대차게 깨지는 걸 확인하고서야 버튼이 눌러진 욕망이 그를 이 자리까지 오게 하였다.

'도람프를 비롯 앞에 똥차들이 그득한 60대 야망남으로선 던져 볼 만한 도박패긴 하네.'

장대운은 피식 웃었다.

"나랑 한배를 타시겠다?"

"뒤만 따르겠습니다."

자세도 달라진다. 수하의 그것처럼.

"공화당에 멍청이들만 남은 건 아니군."

"……."

"조지 부시, 찰스 그랜즐리 두 사람은 명실공히 내가 만든 대통령이다. 특히 찰스는 조지 부시의 부탁으로 시작한 건이지."

장대운도 말을 놨다.

매디슨 라이트는 묵묵히 듣고만 있었다.

"안 그래도 민주당 하는 꼴이 마음에 안 들기 시작했어. 그래서 그대가 해 보겠다고?"

"……미국은 그동안 너무 늙은 대통령만 봤습니다. 환기시켜 줄 때도 되지 않았습니까?"

자기는 젊다.

장점이다.

다만 미국에만 유리하다.

"나에겐 무엇을 줄 수 있지?"

"지금으로선 약속드릴 수 있는 건 우호적 스탠스입니다."

우호적 스탠스라.

방해 안 하겠다. 웬만하면 돕겠다.

순위에서 한참 멀리 떨어진 인간을 미국 대통령으로 만들어 주는 대가치곤 보잘것없어 보이나 이게 또 집권 내내 백악관 주인들의 견제에 시달리다 보니 와 닿았다.

방해만 안 해도 좋다.

물론 이도 미래 청년당 출신 인사가 다음 대 대통령이 되어야 한다는 전제가 붙겠지만.

또 눈앞의 놈이 도람프부터 똥차들을 밀어낼 강단이 있어야겠지만.

"흠, 우호적 스탠스라. 우정의 시작 정도는 충분하겠군요."

"제가 해야 할 일을 알려 주십시오."

하긴 피차 서로가 필요하긴 했다.

'난 미국 내 영향력을 제고하고 이놈은 백악관을 얻고.'

적당한 선에서 거래가 이뤄진다면 큰 빚을 지워 두는 거니 여러모로 한국에 이득이었다.

적어도 4년은 안전해진다는 것.

찰스 그랜즐리처럼 8년을 도와주면 더 좋고.

이놈이 오는 12시간 동안 전략을 짜 봤다.

이놈을 어떻게 이용해야 가장 한국에 이득일까?

그 시간 간 완벽하게 짜인 계획은 아니지만, 시작 정도로는 충분한 결론에 도달하긴 했다.

던졌다.

"미군은 곧 아프가니스탄에서 철수할 거예요."

"예?! 정말 아프가니스탄에서 철수하는 겁니까?"

"찌라시인 줄 알았나 봐요."

"아, 죄송합니다. 별로 염두에 두지 않은 건이라."

"나는 내년 초로 보고 있어요. 바이든이 움직일 때가."

"음……."

"그때까지 두고 보시다 미국이 패배한 책임을 바이든에게 물으세요."

"예?!"

머뭇.

차마 미국의 패배를 시인하지는 못하겠다는 뜻이다.

"순위를 역전하고픈 게 아닌가요?"

"……."

"평범함으로 앞을 가로막는 똥차가 치워지진 않을 텐데……. 설마 아직도 내가 미국에 가서 공연해 주길 원하는 건가요?"

"……."

그랬나 보네.

찰스 그랜즐리처럼 우린 친구다. 민들레 앞에서 우애를 자랑하고 사진도 찍고.

물론 이도 할 거다. 한국에서.

매디슨 라이트와는 찰스 그랜즐리 때부터 인연을 쌓아 왔다고 물고 빨고.

민들레야 반응하겠지만 글쎄, 이게 표심에 얼마나 큰 영향력을 끼칠까?

"마음에 안 들면 그만할까요?"

"아닙니다. 아닙니다. 그 생각을 한 게 아니라 아프가니스탄 철군 때 어떻게 해야 하나 걱정하고 있었습니다."

둘러대긴.

"나는 내년 초 신년 연설에서 앞으로 북한과의 대화에서 미국 패싱을 선언할 거예요. 한반도의 평화에 방해만 한 미국은 더 이상 신뢰할 수 없다고 말이죠."

"아……."

표정이 어두워진다.

"잘 들어요. 백악관은 치우고 미국 기업과 다이렉트로 가겠다는 뜻입니다."

"아!"

"우리 7광구 개발에 누가 붙었죠?"

"석유 카르텔입니다."

"북한 개발엔 누가 붙을 건가요?"

"!!!"

메디슨 라이트의 주먹이 꽉 쥐어졌다.

이 건이면 반전이 가능하다는 걸 깨달은 것이다.

꽉 막힌 북한에 들어갈 수 있는 유일한 미국인.

중국 이상의 폭발성과 향후 30년을 이끌 개발 잠재력의 방향성을 주도할 마도로스 핸들이 자기 손에 들어올 수 있다는 게 무슨 뜻인지 단박에 깨달은 표정이다.

공화당이든 민주당이든 온 미국이, 아니 온 세상이 눈에 불을 켜고 달려들 사업이 눈앞에 아른거리고 있다는 것.

당장에라도 물어야 하나 표정에 마지막 한 가지가 걸린다.

북한은 야성이 숨 쉬는 미지의 땅이다.

무턱대고 물어선 안 된다.

"토, 통제가 가능하다는 말씀이십니까?"

안전을 보장할 수 있나?

"내가 매년 500만 톤의 식량과 100만 톤의 난방유를 지원해 주기로 했죠."

"헙!"

확실한 목줄을 보여 줬으니 누가 주인인지 보여 줄 차례다.

"허튼짓만 하지 않는다면 이권은 보호해 줄 겁니다. 그 의무와 책임. 감당할 수 있겠어요?"

"합니다! 무조건 하겠습니다! 저에게 맡겨 주십시오!"

이걸 안 하겠다는 건 백악관에 들어가지 않겠다는 뜻이겠지.

그런 놈은 이쪽도 필요 없다.

"미국으로 돌아가거든 세력부터 모으세요. 자택으로 추적 불가능한 현금 10억 달러가 배달될 겁니다."

"아……."

"내가 그대에게 요구하는 건 딱 한 가지입니다."

"말……씀하십시오."

"절제하세요. 그럼 죽을 때까지 부귀영화를 누릴 겁니다. 당신 자손들마저."

매디슨 라이트가 어금니를 꽉 깨물었다.

원하는 건 오직 하나 절제였다.

마음과 행동이 선을 넘지 않게 조절하고 제한하라는 것.

즉 주어진 마도로스 핸들을 공정하게, 투명하게 돌리란 뜻이다.

모든 사업과 이권에 뒷구멍은 생각지도 말라는 것.

잔잔바리 탐하는 순간 배제될 거라고.

절제만 해 주면 백악관은 물론 죽을 때까지 부귀영화를 누리게 해 주겠다. 자손들도.

매디슨 라이트는 머리끝에서 발끝까지 전율이 관통하는 것 같은 감각에 엔도르핀이 확 돌았다.

여태 고민해 왔던 게 전부 신기루인 듯 사라져 버리는 기막힘이라니.

더도 덜도 없이 딱 오늘만 같아라!

다음 날 두 사람은 서로 웃는 낯으로 공식적인 만남을 확인하고 서로 우애를 깊이 나누는 장면(장대운의 두 아들에게 선물을 안기며 최고라며 엄지를 추켜세우는 사진)을 얻은 매디슨 라이트는 이날 헤드라인을 장식할 기사들을 미리 검색하며 전세기에 앉았다. 하늘을 날아가면서도 하늘이라도 날아오를 듯 가벼운 마음으로.

'It's as good as it can be. 더할 나위 없다. 내가 한국으로 온 건 신의 한 수였어. 이래서 FATE, FATE 하던 거였구나.'

장 대통령이 지시한 건 겨우 두 가지였다.

아프가니스탄 철군 시 미군의 패배를 언급하는 것.

아프가니스탄 철군 반대는 공화당으로서 반드시 언급해야 할 문제였으니 명령이 아니더라도 가야 했다. 다만 미국의 패배를 언급하는 부분에선 조금 조심스럽긴 하지만.

백악관이 걸렸다면 달라진다.

그리고 대망의 북한 개발권.

북한 개발권은 실로 엄청난 이권이 달린 사업이었다.

미국 기업뿐만 아니라 이름 좀 날리는 글로벌 기업들이 줄을 서서 로비할 지구촌 마지막 거대 사업.

그 키가 자신에게 주어졌다.

물론 이도 장대운에게 최종 결재를 맡아야겠지만.

'그래도 미국 최종 결재자는 나야.'

즉 미국에서는 누구도 자신의 권위를 넘지 못한다.

공화당을 푹푹 썩게 하는 죽지도 않는 늙다리들도 감히.

'이걸 잘 이용해야 해.'

북한의 개발은 중국이 주도하는 싼 제품 영역에 새로운 바람이 될 것이다.

미국은 현재 물가 폭등에 시달리고 있다.

바이든 정부 출범 후 생필품들이 전부 20% 이상 가격이 상승했다.

저 노욕의 바이든이 하나의 중국을 지지한 것도 결국 중국산 싼 제품의 위력이었다.

중국에 대한 경제 제재에 돌입하면서도 끊임없이 중국 제품을 구매해야 하는 미국의 패러독스 말이다.

'이 뫼비우스의 사슬을 내가 끊는다면?'

단숨에 스타가 되겠지.

공화당 대선 후보로 물망에 오르며 차기 미국을 책임질 인물로서.

다만 북핵 문제가 걸림돌이긴 한데.

'까짓거 인정해 주지. 대신 북한 미사일 사거리 제한을 조건으로 들면 괜찮지 않겠어?'

생각만 해도 짜릿했다.

그리고 이 모든 걸 이행하기 위해선 하나의 큰 전제가 있어야 한다.

'우선 나만의 세력이 필요하겠어. 이걸 또 어떻게 알고 총알까지 넉넉히 채워 주는 센스라니. 하긴 DG 인베스트가 보통 투자사인가?'

10억 달러를 아무렇지도 않게 툭툭 내놓을 만큼 강력한 후

원자가 뒤에 붙었다.

그 10억 달러의 현금이면 공화당 주류에서 밀려난 이들을 대거 포섭할 수 있다.

'제1타는 향후 대권 파트너로서 날 도와줄 인물의 섭외인가?'

국민적 신뢰도도 높고 제법 영향력도 있으나 세력이 받쳐주지 못해 뜻을 펴지 못하는 이면 좋겠다. 또한 가장 강력한 도람프의 독주를 막을 인물도.

두 사람이 딱 잡혔다.

'마이클 댐프시 조지아 상원 의원, 존 에드워드 테네시 상원 의원.'

마이클 댐프시는 도람프와 대선 후보 경선 때 경쟁자로 지금까지 앙숙이었다.

존 에드워드는 세력이 약한 대신 테네시 주의 제왕.

공교롭게도 노스캐롤라이나와 조지아, 테네시는 주 경계가 붙어 있었다.

딱 좋다.

'해보자고. 어차피 이대로면 백악관 근처에도 못 가고 끝날 인생이다. 머뭇댈 이유가 없어. 기회는 왔을 때 잡아야 한다.'

그 옛날 찰스 그랜즐리처럼.

마음을 다잡은 메디슨 라이트는 두터운 쿠션 속으로 몸을 뉘었다.

미국에 도착하고부터는 전쟁이다. 피를 튀기는 인생을 건 전쟁.

그때까지는 휴식을 취한다.

온전한 휴식으로 에너지를 가득 채운다.

◇ ◆ ◇

돈 있고 빽 있고 혹은 강하고 잔인하고 감정이 없는 놈들이라도 두려워할 만한 곳이 있을까?

이 고민을 꽤 오랫동안 했다. 그동안 살아오며 정부가 인면수심의 범죄자들에 대해 어떤 조치를 취했는지 다 보며.

무인도에 처박아 두기도 중국인 수용소로 보내 버리기도 하고 때로는 추방까지 벌이며 갱생의 방법을 타개하려 했으나 그다지 큰 결실을 보진 못했다는 것도.

기억한다.

범죄자들의 생존력은 탁월하기 그지없었다.

무인도에서도 마을을 건립하고 인류 최악이라는 중국인 수용소마저 어느새 사람 사는 곳처럼 변모시켰다. 점점 적응해 갔다. 그 광폭한 성질마저 안전한 장소로서 스며들고 있는 걸 봤다.

물론 정서상으로도 사회상으로도 중국인 수용소는 여전히 대한민국 최악의 장소이긴 했으나 대한민국 법령(다치거나 최소한의 보호)이 통하고 이것에서 오는 안도감이 큼을 깨달았다.

그래서 최후로 떠올린 곳이 북한이었다.

"응, 맞아. 너 교도소 사업 한번 해 볼래?"

"교도소 사업이오? 그게 무이오?"

"악질 범죄자들 가둬 주는 대가로 매달 돈 받는 거야. 어때?"

"범죄자 가둬 주고 돈을 받으오? 호오~ 그런 것도 돈이 되오?"

"북한이란 악명을 이용하는 거지. 그리고 너희들 이런 일에 전문가 아냐? 예로부터 정치범들 족치는 데는 일가견이 있었잖아."

"아아~ 가두고 족치라? 그 얘기오? 그거이 문제가 없는데."

그것이 과연 돈이 되겠냐는 거다.

"돈 된다. 돈 되고말고. 1명당 하루 세끼, 의복 한 벌 등 생필품에 보호 관찰비를 책정하면 상당한 금액이 남을 거다. 간수들 급여 채우고 네 주머니에 넣고도 남을 만큼."

"그러오? ……진정?"

시큰둥.

"한두 명이면 재미가 없겠지. 5천 명이면 어때? 인당 50달러만 잡아도 달에 25만 달러다. 1년이면 300만 달러."

"흠……."

"난 이 사실을 외국에 알릴 생각이거든. 분명 관심 있어 하는 놈들이 있을 거다. 그놈들은 훨씬 비싸져야겠지. 한 놈당

100달러 200달러 수준이 아니라 몇십만 몇백만 달러가 될 거다. 어때?"

"아아, 이거이 그거로구만. 내 영화로 본 적 있소. 마음에 안 드는 놈 평생 가둬 주고 돈 받는 거? 그거 맞소?"

"맞다. 물론 그것도 악명이 더없이 높아야 하는데 우리 범죄자로 일단 기반을 잡아 보라는 거다. 당장에 다른 걸 할 수 있는 것도 없잖아."

"기렇긴 하오. 종전이라고 혁명의 이름으로 거세게 쏴 대긴 했는데 막상 달라지는 게 없으니 의아해들 하오."

그렇겠지.

한국도 난리였는데 북한은 더 술렁였겠지.

"모양은 차차 만들어 가고 교도소 사업이나 적당한 선에서 짜 보자. 인당 1년 치 금액이 얼마고 패키지를 책정해 봐. VIP는 따로 잡고."

"좋소. 내래 따져 보갔소."

"아! 절대 잊지 말아야 할 건 죽이면 안 된다."

"죽이면 안 된다고? 어이 그러오?"

이 자식 수틀리면 죽일 생각이었나 보다.

무서운 놈.

"돈줄이잖아. 어떻게든 살아 있어야 돈이 들어오지. 외국에서 맡길 놈들이 죽일 생각이었으면 거기까지 보냈겠어? 평생 고통 속에 살란 얘기 아니냐."

"아!"

"탈옥을 하든 간수에게 덤비든 절대 죽이지 마. 팔다리 하나씩 뭉개 버리는 한이 있어도 죽이면 안 돼. 자살도 안 돼. 자살하려는 놈은 더욱 처참하게 만들어 줘. 혀 깨물려는 놈들은 이를 빼 버리고. 증거는 반드시 남기고 매달 고객에게 보고하고. 내가 간수용 캠이랑 CCTV 이런 건 지원해 줄게."

"하긴 영화에서도 그러긴 했소. 하찮은 목숨들이라도 다 돈인데 죽이면 안 된다고."

"그러니까 영화 참고해서 잘 만들어 봐. 그 사업을 시작으로 하나씩 하나씩 가져가는 거야. 어때?"

"좋소. 한번 해 봅시다."

승낙을 받아 냈다.

북한에 널린 수용소 중 남아도는 건물 몇 개만 보수해서 시작해도 될 일이니 아마도 일사천리로 진행될 것이다.

남은 건 이쪽 한국인들의 인식인데.

이도 해결 방법은 정해져 있었다.

'중국인 수용소로 간 인원들만 일단 보내면 되겠지. 애초 거기까지 갔다는 것 자체가 악질이라는 의미니까.'

줄초상이 날 것이다. 끌려가는 놈들은.

북한은 이유 불문하고 매타작부터 시작하니까.

'교도소 건은 이로 끝난 것 같고. 이제 본격적인 업무로 넘어가 볼까?'

"한반도 출입국 사무소 건은 어떻게 진행 중이야?"

"판문점 건물을 사용할 생각이오."

"남북 합동으로?"

"그기 좋지 않갔소?"

각자 나라로 인정됐으니 서로 간 국경을 통과하려면 관문 정도는 있어야 하지 않겠나.

한반도 출입국 사무소는 이렇게 기획됐다.

처음엔 남북이나 북남 출입국 사무소로 하니 마니 하며 자존심 싸움했는데 한반도로 통일하자 조용해졌다.

"그것도 괜찮지. 비자 문제는?"

"여행 비자 정도는 고려하고 있소. 예전에 보내 준 이산가족들 위주로."

"금강산까지지?"

"기렇소."

"이번엔 사진 찍어도 돼?"

"되오."

"잘 열어 주네. 그건 됐고……. 아 참, 하나만 더 물어보자. 지금 북한에 가장 필요한 게 뭐라고 생각해?"

"음…… 기거이 식량과 에너지 아니오?"

무난한 대답이다.

"그것도 중요하지. 근데 말이야. 언제까지 지원만 받을 순 없잖아. 너희도 돈 되는 사업을 벌여야지 않겠어? 돈을 벌어야 뭐든 사 오지."

"흐음, 기렇긴 하오. 뭐, 개성에다 또 공장 지을 생각이오? 기거라면 내래 기꺼이 열어 줄 생각은 있디."

"그도 검토하고 있긴 한데. 난 지금 북한에서 가장 시급한 문제는 유통이라고 보거든."

"유통?"

"국토가 사통팔달로 연결이 안 돼 있어. 북한은 지금 핏줄이 막혔다는 얘기야. 그러니 골병드는 거거든."

"전국에 도로를 깔아야 한다는 기요?"

"결국 그래야 할 텐데. 우선 철로부터 정비하자."

"북남을 철로로 연결하자?"

"그게 제일 좋은데 마음 한구석으로 꺼려지지 않아? 계속 끌려가는 것 같고."

"아직은…… 기렇소."

솔직하네.

"그래도 도로와 철도 정비는 동의하지?"

"동의하오."

"그럼 평양으로 가는 철도를 정비하고 러시아랑 먼저 연결해 봐. 원산항까지."

"음……."

"뭘 하려 해도 자재를 옮길 바탕이 있어야지 발전이 빠르지 않겠어?"

"……기렇긴 하오. 내래 아직 어색해서 이러오."

어색할 만했다.

담 속에서 평생을 살아온 이에게 갑자기 문이 열리고 신문물이 들어오고 오면 패닉에 빠지기 마련이다.

뭐든 급격하면 후유증이 심한 법.

최대한 서서히 열겠지만.

큰 그림만큼은 적어도 김정운이 알고 있어야 했기에 일단 풀어 놨다.

"본격적인 발전 드라이브를 걸려면 반드시 미국의 도움이 필요해. 이도 각오해야 해."

"남조선만으로는 안 되오?"

너 돈 많다면서?

"중국이랑 일본이 어떻게든 방해할 거야. 미국도 방해하기 시작하면 우리 둘 다 엎어져."

"하나 고르라면 미국 아새끼들이라는 기구만."

"맞아. 미국이 들어가야 일이 수월해져. 나도 들어갈 거야. 미국이랑 손잡고."

"흐음, 인민들 배곯게 안 하려면 기어코 손을 잡아야 한다는 기구만. 내래 솔딕히 말해 백악관이랑은 상종도 하기 싫소."

"나도 백악관은 패싱할 거야."

"으응? 그럼 뭐로 들어온다는 기요?"

"미국 기업들만 데리고."

"……?"

"미국 기업들은 백악관 말을 안 듣거든."

"……!"

"남쪽 바다 7광구도 미국 석유 기업을 끌어들이고 나니 미국 정부도 일본도 조용하잖아. 그놈들 방해했다간 총알부터 날아가니까."

"쿠쿠쿡, 미재 아새끼들이랑 우리랑 동류라는 거구만."

맞아. 동류.

수틀리면 총부터 드는 놈들.

"내가 중재해 줄게. 최대한 북한에 이롭도록. 그러니 너도 적당한 선에서 양보해 주면 돼."

"알갔소. 때 되면 알려 주기오."

"그래, 그때까지 교도소 사업이나 진행해 보자."

"좋소."

북한의 개방이 시작되려 한다.

향후 한반도의 명운이 걸릴지도 모를 이 중대한 사업에 똥파리들이 끼어들어 중구난방으로 파헤치는 건 절대 용납 못 한다.

천천히, 아주 부드럽게 스며들 생각이다.

북한은 모든 걸 새롭게 만들어야 할 땅.

계획만 잘 잡는다면 지구상 최고의 도시가 될 잠재력이 있다. 이도 물론 북한 주민의 수준이 어느 지점까지 올라와야 한다는 전제가 붙겠지만.

"가 보자. 10년이 걸릴지 20년이 걸릴지……. 가다 보면 어느새 돼 있겠지."

◇ ◆ ◇

어느 날인가 환청이 들리기 시작했다.

저 멀리 태평양 건너서부터 이 가는 소리가 청와대까지 들리는 듯.

고개를 갸웃대며 귀를 후비고 있을 때 스페이스 링크에서 연락이 왔다. 12월까지 궤도에 올린 군사 위성 2기가 정상적으로 작동한다고. 3월까지 3기를 더 쏘아 올려 한꺼번에 5기를 인도하겠다고.

오케이.

모처럼 기쁜 소식을 전했으니 금일봉을 하사해 주마.

아 참, 신년사에서 언급하려 했던 미국 패싱은 매디슨 라이트와 의논하여 아프가니스탄 철수 시기로 보류했다. 그게 더 바이든에 치명적일 거라 판단해서다.

성추행에 비밀문서 유포에 인지 장애설 스캔들까지 연거푸 처맞고 근 석 달간 식물인간처럼 보낸 바이든이 거동을 시작하자마자 뿌린 똥 때문이었다.

지난 7일, 미국 상공부가 오성전자, 현도 자동차 회장을 불러다 반도체 고객 리스트를 내놓아라. 거래처와 거래처 물량 내역을 내놓으라. 미국에 반도체 공장을 세워라. 자동차 공장을 세워라. 명령 아닌 명령을 했다.

이 조치는 대외적으로 오성전자와 현도 자동차만 대상이 아닌 TSMC, 유럽의 반도체 회사 또는 자동차 회사도 포함했다.

그들에게도 고객 리스트 내놓으라고.

그러나 핵심은 오성전자였다. 현도 자동차는 괜히 옆에 있다가 불똥이 튄 거고.

작년, 일의 심상찮음을 깨닫고 미리 언질을 주긴 했으나 미국이 밀어붙이자 속수무책이었다.

안다고 막을 수 있는 성질이 아닌 걸 알았어도 답답할 따름이다.

희대의 스캔들로도 고작 몇 달의 시간만 번 것이니 바이든 정부의 의지가 어느 정도인지 짐작되었다.

"그래서 뭐랍니까?"

"가타부타도 없습니다. 고객 리스트부터 내놓으랍니다. 명목은 중국에 들어가는 반도체마저 막겠다는 건데 이 무슨 해괴망측한 일인지."

"현도 자동차도 미국에 전기차 공장을 지으라 명령받았습니다."

쉽게 말해,

미국은 지금 자기 시장을 담보로 깡패짓을 벌이는 중이다.

- 고객 리스트를 내놓지 않으면 미국에는 얼씬도 못 하게 하겠다.

재밌는 건 이 와중에 배터리는 또 조용하다는 건데.

"대책을 세워야 하지 않습니까?"

"대통령님, 부당한 요구잖습니까. 힘 좀 써 주십시오."

얼마나 억울했던지 오성과 현도의 회장이 청와대까지 달려와 운다.

그래도 현도 회장은 사정이 좀 나았다.

강제적이긴 해도 투자만 하면 될 일이다.

물론 이도 얼마 안 가 한창 토목 작업 중에 인플레이션 감축법이니 뭐니 하는 놈이 터져 바이른에게 뒤통수 거하게 처맞겠지만.

두 사람에게 물어봤다.

"두 가지 길이 있어요. 수긍하고 편한 길로 가다 결국엔 잔뼈까지 먹히는 것과 저항하고 어려운 길로 가며 피 흘리다 어떻게든 살아남는 것. 어느 것을 선택하실래요?"

"……."

"……."

"바이른이 이 악물었어요. 아무도 피해 갈 수 없습니다."

"……."

"……."

묵묵부답.

"좋아요. 먼저 현도 회장님부터 얘기하죠. 현도 회장님은 버티다가 안 되겠다 싶으시면 차라리 적극적으로 동참하는 게 어떠세요?"

"예?"

"다만 어느 날 갑자기 지원금을 없앨 경우를 대비해 보험은 들어 두시고요."

"지원금을 없애다뇨? 저에게 미국에 공장을 지으면 강력한 지원책으로 도와주겠다 했는데……. 설마 미국이 제 뒤통수를 칠 수 있다는 겁니까?"

"지금 일어난 일은 어디 정상이라 보세요?"

"아…… 뭐 이런 개 같은 놈들이……."

엉덩이가 들썩들썩.

당장에라도 주먹질부터 날릴 기세나.

장대운은 냉정하게 나갔다.

"그러니 공장 부지를 어느 주에 선정할지부터 잘 선택해야겠죠."

"……후우~ 공화당 쪽으로 가란 겁니까?"

그래도 개념은 있네.

"그래야 싸워 주겠죠. 민주당이 싸워 주겠어요?"

"……."

"또 하나. 토목 공사에 들어가서도 시간을 최대한 끄세요. 일본차 동향도 주시하시고요. 바이든이라면 일본에는 틀림없이 그 사실을 먼저 알려 줄 겁니다. 이도 증거를 잡아 문제 삼으시고요."

"제기랄…… 알겠습니다. 내 유심히 살펴보겠습니다."

고개를 끄덕이는 현도 회장을 두고 오성 회장을 봤다.

"오성은 고객 리스트를 내줄 겁니까?"

"그럴 수 없습니다."

"그럼 미국에 못 들어가게 될 텐데요. 아니면 신나게 관세를 때려 맞던가."

"……."

"그만큼 우리 반도체가 위협적으로 느껴졌다는 뜻입니다. 쉽게 넘어가지 않을 테고요. 어떻게 하실 생각이세요?"

"후우~~~ 이런 식이라면 버티더라도 결국 넘겨줄 것 같습니다. 중국 시장이 막힌 이때 미국 시장마저 사라지면 방법이 없습니다."

"그래요? 진심이세요?"

"그럼 어떻게 합니까? 공장 문 닫습니까?"

"알겠습니다. 방법이 없어 보이니 은퇴하셔야겠네요."

"예?"

눈이 번쩍 떠진다.

"회장님 생각과 내 생각이 아주 다르네요. 좋습니다. 임시 주주 총회를 열 테니 깔끔하게 은퇴하세요. 경영진은 내가 새롭게 뽑아 올리겠습니다."

Chapter. 72

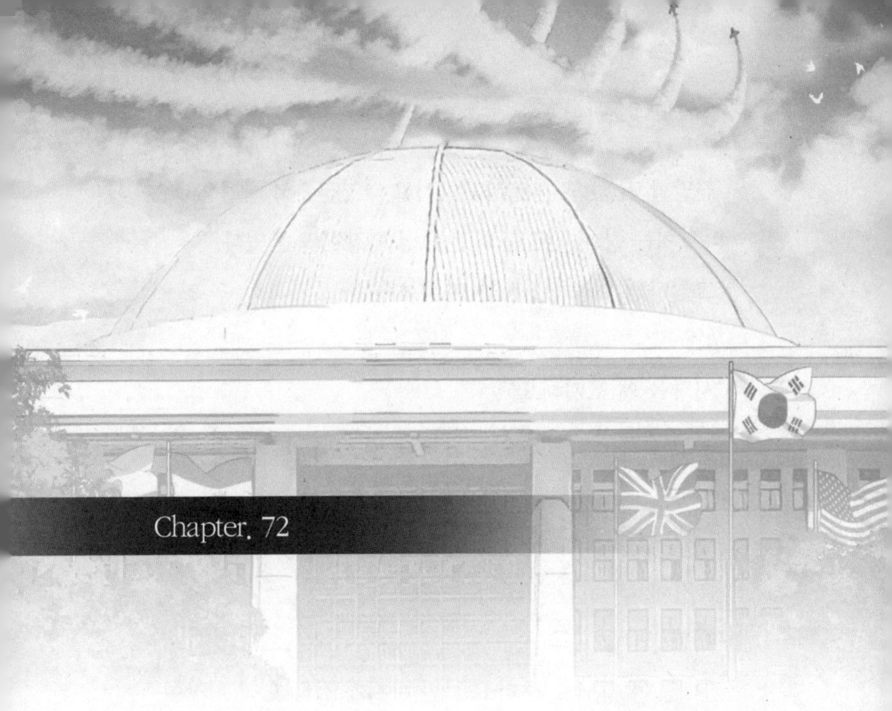

Chapter. 72

"대통령님! 갑자기 왜……?"

"뭘 갑자기예요. 일정 수준의 반도체를 어느 만큼 수입하느냐는 곧 그 기업의 방향성이 아닌가요?"

"그렇긴 한데……."

"자기 살겠다고 고객과의 신뢰를 내팽개치는 건 오성 회장님도 싫어하실 것 같은데. 나만 그렇게 생각하는 건가요?"

"그렇지만…… 이 일은 성질이 다르지 않습니까?"

"성질은 늘 같아요. 복마전 같았던 유럽에서 저 스위스가 끝까지 살아남은 이유가 뭘까요? 저 스위스 은행이 지금도 명성을 이어 가는 이유를 모르십니까? 모른다면 더더욱 리더로서 자격이 없고요."

"……."

"긴말할 거 없습니다. 사퇴하시고 경영진에서 내려오세요."

다그치는 장대운에 힘 빠진 오성 회장이 되물었다.

"그렇다면 대통령께서는 미국 시장을 포기하실 수 있으십니까?"

"시장을 왜 포기해요."

"그럼 가르침을 주십시오. 저희로선 도무지 방법이 없습니다."

"난 오성 회장님 사정엔 관심 없습니다. 사퇴하시고 여생을 즐기세요."

"대통령님……."

장대운이 대꾸도 안 하고 차만 마시자 결국 오성 회장이 무릎 꿇었다.

"어떻게 저에게 오성전자를 포기하라 하십니까. 제가 그걸 어떻게 키웠는지 아시면서."

"……."

"알겠습니다. 제 생각이 짧았습니다. 저도 저 미국이랑 한판 붙어 보겠습니다. 이러면 됩니까?"

"……."

"좋습니다. 이 악물고 싸우죠. 어차피 미국에 종속될 거라면 내 손으로 망하게 할 겁니다."

"맞아요. 내가 원하는 자세가 그겁니다."

싸울 땐 싸워야 한다.

지금 급하다고 미국에 고객 리스트 넘기고 그 땅에 공장마저 짓고 나면 한국이 있을 이유가 있나?

그럼 반도체를 넘기면 끝인가?

다음 타깃은 아마도 배터리일 텐데 이것도 넘겨야 살아남을까?

그 후엔 또 무엇을 넘겨야 한국의 명맥을 지킬 수 있을까?

결국 하나를 주면 다 줘야 하는 게 이 엿 같은 세상의 이치였다.

다시 말하지만 빼앗기면 되찾아 올 수 있다.

그러나 주는 순간 우린 영원히 돌아올 수 없는 강을 건너는 것이다.

"고작 4년짜리 대통령이에요. 노망든 노인네 하나에 온 나라가 흔들려선 되겠습니까? 부지를 내줄게요. 오성전자는 한국 내 투자를 더 늘리세요. 3nm 공정은 어떻게 됐죠?"

"1월 말부터 양산에 들어갈 예정입니다."

"우리는 ASML의 전철을 밟아야 할 겁니다."

"슈퍼 을로서 말입니까?"

"2차 유기체 반도체 생산을 허락합니다."

"아……."

"미국이 미래 먹거리를 걸고 싸움을 걸었습니다. 이대로 내줘야 속이 시원하십니까?"

"아닙니다."

"그럼 치킨 게임을 시작해 보죠. 바이든이 이기나 나 장대운이 이기나."

미국 상공부의 고객 리스트 제출 요구는 분명 국제적 물의를 일으킬 만한 사안이었다.

중국 제재를 핑계 삼아 세계 반도체 산업을 통제하려는 의도가 확실했으니까.

그러나 굉장한 사건이 될 거란 판단과는 달리 의외로 반향은 턱없이 적었다.

유럽이 조용해서인데.

반도체 산업에서 한 발 정도 떨어진 그들로서는 아시아 두 개국이 가진 반도체 패권이 마음에 들지 않았던 것이다. 향후 이 산업에 미칠 영향 따윈 개나 주어도 상관없다고 판단했기 때문인데. 미국의 조치가 부당하다 왕왕대는 건 관련된 기업뿐이라는 것도 함정이고.

즉 유럽도 한통속이라는 것.

이런 분위기 속 처음 강력한 반대를 외쳤던 TSMC는 점점 꼬리를 말더니 결국 자기 고객 리스트를 넘겨줬다. 미국에 TSMC 공장을 짓겠다는 발표와 함께.

남은 건 오성전자였다.

마냥 놔뒀다면 오성도 원 역사처럼 발랑 배를 까며 미국에 아양을 떨었을 것이다.

하지만.

난 다르다.

≪……이 같은 조치는 자유 민주 경제 체제를 지향하는 현대 사회의 흐름을 역행하는 것임을 밝힌다. 한국은 그동안 중국의 경제 제재, 일본의 경제 제재를 모두 겪었다. 극도의 이기적인 조치에 대해서도 단 한 번의 굴복 없이 자유 민주주의 이념을 지켜 냈다. 이번 미국의 요구도 이와 맞닿아 있다. 자유 민주주의의 수호자로 자처하던 미국이 어째서 사회주의, 전제주의 체제로 전환하는지는 알 수 없으나 하나는 분명하다. 자유 민주주의의 길 앞에 배신을 선택한 미국에 우리 오성전자는 앞으로 어떤 반도체도 수출하지 않을 계획이고 미국 내 생산 시설도 또한 철수할 작정임을 알린다.≫

더 수렁으로 빠지기 전에 먼저 선빵을 때렸다.

실제로 계약된 물량 외 미국 기업의 의뢰 건에 대해서는 전부 창구를 닫았다.

장대운도 발맞춰 나섰다.

≪강도짓이 따로 없습니다. 미국이, 우리의 친구 위대한 미국이 언제부터 강도짓에 열을 올렸는지는 알 수 없는 일이나 70년 혈맹이 밤잠 줄여 가며 사활을 걸고 키운 기술을 강탈하려 합니다. 참으로 기가 막힌 일이 아닐 수 없습니다. 저 뻔뻔한 중국도 이런 짓은 안 했습니다. 이에 한국 정부는 단호한 결단으로 부당한 요구와 일방적 침략에 대해 대응하려 합니다. 어이, 성추행이나 하는 노망든 노인네. 어디 한번 해

봐. 수틀리면 백악관부터 현무 미사일을 꽂아 줄 테니까.≫

대강경 발표에 전 세계의 이목이 한국으로 쏠렸다.

이 과정에서 '성추행이나 하는 노망든 노인네'란 발언을 트집 잡는 이들도 있었으나 아직 수그러지지 않은 바이든 스캔들과 맞닿아 다시 불을 지핀 꼴이 됐다. 이슈가 커질수록 미국 상공부의 요구가 말도 안 되는 짓이라는 것이 두드러졌고.

웅성웅성, 쑥덕쑥덕.

이럴 때 장대운은 기다렸다는 듯 돌을 하나 더 던졌다.

≪대만에 알립니다. 뭔가 착각하시는 것 같은데 바이든의 미국은 너희를 보호할 생각이 없어요. 대만에 도대체 뭐가 있나요? 반도체 하나 딱 있잖습니까. 그렇게 고객 리스트 다 퍼주고 미국 내 반도체 공장을 설립하면 대만이 필요할까요? 잊지 마십시오. 대만과 미국은 아무런 조약도 맺지 않았습니다. 미국의 대중국 전쟁 시나리오에도 이런 게 있더군요. 중국의 대만 침공 시 미국은 TSMC만 파괴하고 물러난다. …… 참으로 바보 같은 대만이죠? 지금 미국에 굴복하는 게 되레 자기의 수명을 줄이고 있다는 걸 몰라요.≫

이 발언이 일파만파로 커져 대만을 쳤다.

세계가 놀랐고 처음 말도 안 되는 헛소리라 부인하던 대만도 그럴싸한 주장이라는 걸 인식했는지 고리눈으로 미국을 쳐다봤다.

아무리 곱씹어도 틀린 부분을 찾을 수 없지 않나?

장대운의 지적이 아프지만 옳다. TSMC가 반도체 공장을 미국에 설립하면 미국은 굳이 중국과 얼굴 붉히며 대만을 지킬 이유가 없다.

또 중국 침공 시 TSMC를 파괴한다는 것도 일리가 있다.

현시점 중국이 대만에 가장 원하는 건 TSMC의 반도체 기술이다. 노하우 싸움인 반도체 산업에서 공장만 부순다는 건 말이 안 된다. 생산 노하우를 가진 기술자까지 다 죽인다는 뜻이다.

이 논평이 방송을 타며 대만이 발칵 뒤집혔다.

진짜 그런 거냐고?

진짜 미국이 그럴 계획이었냐고?

당연히 미국은 아니라고 그럴 생각 없고 유사시 대만을 보호할 계획이라는 말만 주구장창 의미 없이 늘어놓았다.

그러자 대만은 오히려 미국에 상호 방위 조약을 맺자 덤볐다. UN 가입을 도와라 밀어붙였다.

자기들도 여차하면 오성전자의 방침을 따를 거라고.

보란 듯이 한국에 특사를 파견했고 방송으로 떠들었다. 예전, 한국이 언급했던 현무 미사일 판매가 가능한지 타진해 보러 갔다고.

반도체 문제가 점점 세 나라 간 분쟁의 성격으로 비화되는 가운데 장대운이 다시 춘추관에 섰다.

종전에 관한 논란을 완전히 잠식시키기 위해서였다.

벌써 몇 달째로 접어드는 종전 이슈를 두고 아직도 불안해하는 이들을 위해.

"종전(終戰)은 사전적으로 '전쟁이 끝남. 또는 전쟁을 끝냄'이라는 뜻이 있습니다. 전쟁의 완전한 종식을 의미하죠. 반면, 정전(停戰)은 전쟁 중인 나라들이 합의하에 일시적으로 전투를 정지하는 것을 의미합니다. 전쟁 중이라는 거죠. 즉 정전에서 종전 상황으로 바뀌게 된다는 건 전쟁이 완전히 끝났다는 뜻이 됩니다. 이 한반도에서 전쟁이 사라졌다는 말이죠."

다시 한 번 우리 땅에서 전쟁이 사라졌음을 강조했다.

더는 북한의 의도를 의심할 필요 없다고.

왜?

쳐들어오는 순간 다시 싸우면 되잖나.

서로 잘 지내고 멀쩡한 나라들도 사안에 따라 치고받고 싸우기를 주저하지 않는데 무슨 놈의 영원한 평화를 시작부터 누리려 하나. 양심도 없이.

정전이든 종전이든 태세가 달라지는 건 없다.

대전제도 같다.

- 어떤 놈이든 쳐들어오면 깨부순다.

그럼 굳이 종전한 이유가 뭐냐고?

이대로 살면 되지 않냐고?

'한 치 앞도 모르는 멍청한 소리지.'

매년 떨어지는 한국의 국가 성장률을 보고 느끼는 게 없나? 청년 실업률은? 40대만 되면 명퇴 일 순위가 되는 기업 문화는?

결국 그 책임을 국민이 떠안는다.

부자는 1도 바뀔 필요가 없다. 가만히 있어도 떵떵거리며 잘 산다.

대다수 국민은 어떨까?

20년을 하루같이 일해도 두어 달 일손 놓으면 당장에 막막해지는 삶이 좋나?

초딩 6년에 중딩 3년에 고딩 3년에 대딩 4년 도합 16년에 취업 공부까지.

우리 노력이 부족한 거라고 보나?

당장 외국에 나가 봐라. 그네들의 삶이 어떤지.

'내가 지랄해 대며 반도체든 전기차든 플라스틱 유전이든 미래 먹거리를 만들어 냈다지만 이는 국책 단위의 성장일 뿐이고 정작 서민의 삶과는 상당히 동떨어져 있지.'

이대로 놔두면 외양만 번드러진 나라가 되고 만다.

빈부 격차만 커지고.

즉 종전은 돈 벌려고 한 것이다.

'나라에 돈 돌게 하는 건 건설이 최고지.'

북한을 개발한다.

남한보다 더 큰 땅덩이가 기다린다. 가히 엄청난 자본과 인력이 투입될 것이다.

이 환경에서 기업은 인력을 새로 뽑을 수밖에 없고 기존의 인력을 귀히 여겨야 한다. 돈 벌고 싶다면 어떻게든 인력 유실을 막아야 했고 그러려면 대우도 더 좋아져야 한다. 그에 따르는 산업계의 파장은 실로 막대한 변혁을 예고할 테고.

'일단 나라에 돈이 돌기 시작하면 할 수 있는 게 많지. 암 그렇고말고.'

겨울 웅크렸던 몸이 봄날 햇살 받은 듯 쫘~악 풀리는 거다.

거리에 활기가 돋고 국민의 가슴에서 절로 희망이 부풀려진다.

'그래서 종전이 왜 중요하냐고?'

이 모든 걸 실현시킬 첫걸음이니까.

"자꾸 '비핵화'를 두고 종전의 조건으로 삼았어야 했다고 얘기합니다. 주둥이만 나불나불 종전에 하등 도움이 안 된 것들이 말이죠. 그래서 종전 안 했다고 칩시다. 계속 이대로 가야 한다는 건가요? 이 무슨 멍청한 짓거리입니까. 그런 걸 요구할 배짱이라면 중국에도 비핵화를 외치지 왜 가만히 있습니까? 미국에도 비핵화 없는 동맹은 납득할 수 없다 하지요. 세상에 비핵화 없는 종전이 위험하다고요? 이미 종전했습니다. 어떤가요? 몇 달 전, 종전으로 우리는 북한의 핵무장을 묵인했습니다. 그래서 북한이 우릴 공격했나요? 공격할 거면 북한이 왜 종전에 찬성했을까요? 우릴 안심시켰다가 뒤통수 치려고요? 그래서 북한에 남는 게 뭐죠?"

북한이 남한을 흡수 통일한다고?

무슨 수로?

전쟁한대도 재래식은 남한의 상대가 안 되고 핵 쏘는 순간 남북이 다 망하는데?

'바보 같은 가정이지.'

한반도 종전 이야기는 갑작스레 나온 것이 아니었다.

90년대부터 온도 차는 있었으나 남북 양측뿐 아니라 미, 중 등 관계국과의 회담에서 논의됐다.

1991년 12월 13일 남북 최초의 종합적 기본 합의문을 담은 남북 기본 합의서에 '현 정전 상태를 공고한 평화 상태로 전환시키기 위하여 공동으로 노력하며'라는 내용을 담았다.

1996년엔 김영산 대통령과 빌 클린턴 미국 대통령의 제안으로 정전 체제 평화 체제 전환을 위한 남북미중 4자 회담을 열었다.

2007년엔 남북 정상 회담에서 '현 정전 체제를 종식하고 항구적인 평화 체제를 구축해 나가야 한다는 데 인식을 같이하고 직접 관련된 3자 또는 4자 정상들이 한반도 지역에서 만나 종전을 선언하는 문제를 추진하기 위해 협력해 나가기로 했다'는 내용을 나눴다.

"미국도 말이죠. 처음에는 종전에 우호적이었죠. 대통령이 바뀌며 여론이고 정책도 달라지더니 종전하는 데 무슨 순서가, 시기가, 조건이 있다고 따지며 슬그머니 발을 빼더라고요. 마치 2025년 전작권 전환이 불가능하다며 똥을 뿌리듯 말입니다. 비핵화 얘기도 미국에서 처음 나왔죠. 이후 애매한 태도로 대화의 교착을 이끌었고 그사이 북한의 핵무기는 고도화됐습니다. 미국은 이에 또 발끈하여 북한에 가장 민감한 '핵시설 불능화 한미 훈련'을 이례적으로 공개하여 한반도의 긴장도를 높입니다. 개양아치죠."

중국도 있다.

"중국은 오히려 종전에 가장 우호적으로 나섰습니다. 속내는 정전 협정 서명국으로서 주도권을 쥐겠다는 것이었는데. 그렇잖습니까. 미중 갈등이 격화된 가운데 한반도의 상황까지 밀리면 안 된다고 판단했겠죠. 그런데 THAAD 핑계로 우리나라를 제재하다 처맞았습니다. 이런 와중 저 미국이 한반도 긴장감을 높이면 제재 품목을 줄여 주겠다고 제안합니다. 옳다구나. 중국은 묻고 따블로 도리어 김정운을 암살하고 북부전구를 내려 평양 이북을 먹을 음모를 꾸밉니다."

기자 하나가 번뜩 손들었다.

어차피 물 한 모금 마실 타이밍이라 장대운도 선선히 허락했다.

"워싱턴 포스트의 데이비드 론드 기자입니다."

"또 워싱턴 포스트군요. 질문이 기대되는군요."

돌려 까는 장대운에도 데이비드 론드는 안색 하나 변하지 않고 자기가 받은 질문권을 사용했다.

"방금 미국이 한반도의 긴장도를 높이라 중국에 사주했다고 하셨는데 증거가 있습니까?"

"내가 언제 증거 없이 카더라 하던가요?"

"그럼……!"

"얼마 전 왕센차오 MSS 국장과 그 가족이 몰살된 사건을 기억하실 겁니다."

"예?! 그럼 그게 한국이……."

"억측은 자제해 주세요. 쫓겨나기 싫으면."

으르렁.

얼른 고개 숙이는 데이비드 론드.

"죄송합니다."

"그날 김정운 위원장이 장리쉰 주석에게 직접 전화를 걸었답니다. 보내 준 선물 잘 받았다고. 덕분에 아버지 보러 갈 뻔했다고. 중간에 이 새끼 저 새끼 욕지거리가 나오는데 어쨌든 물었답니다. 이번에 내가 보낸 선물은 어떠냐고? 다음엔 네 목이라고."

"……!"

"……!"

"……!"

"……!"

"……!"

"……!"

"……!"

쉬쉬하지만.

중난하이가 발칵 뒤집혀 수천 명이 물갈이된 사건을 모르는 이는 없었다. 국제 소식에 귀가 열려 있는 기자라면 전부.

그 사건의 내막이 의외의 곳에서 흘러나오고 있었다.

누구나 궁금해할 진짜 내막.

장대운은 무표정으로 서류 하나를 꺼냈다.

중국어로 된 서류였는데 카메라가 포커스를 맞출 수 있게 10초 정도 자세를 유지해 줬다.

찰칵 찰칵 찰칵.

"북한이 건네주더군요. 너희 동맹이 한반도에 전쟁을 일으키려 했다고 말이죠. 내가 이걸 보고 얼마나 기가 막히던지……."

진실은 천강인이 가져다줬고 이쪽에서 북측으로 전달한 문건이지만.

아무렴.

"이런 마당에 성추행하느라 바쁜 노망든 노인네는 한국의 반도체까지 노리네요. 미국과 계속 수교할 이유가 있나 심히 고민되는 대목입니다. 안 그래도 어제 대만 특사가 찾아왔는데……. 이럴 바엔 대만과 상호 방위 조약을 맺고 반도체 동맹을 만드는 게 차라리 나을 것 같습니다. 아직도 미국 똥꾸녕 빠느라 정신없는 놈들에게 전하는 말입니다. 그럴 리가 없다고요? 미국이 우리한테 그럴 리가 없다고요? 좋습니다. 그렇게 미국이 좋으시면 내가 책임지고 미국 영주권을 얻어다

주겠습니다. 미국으로 보내 드리지요. 미국에서 한번 살아 보세요. 거기 동양인의 사회적 포지션이 어떤지 직접 겪어 보세요."

기자들이 경악해하든 말든.

장대운은 다시 대본으로 돌아갔다.

"중국 얘기하다가 주변국 중 하나인 러시아를 빼먹었군요. 여튼 종전에 대한 러시아의 입장은 꽤 우호적입니다. 이미 '신뢰 구축 조치로써 높이 평가한다'란 바도 있고 훗날 한반도에 훈풍이 불어오면 시베리아 횡단 철도 등 경제적 실리를 챙기겠죠."

일본은…….

"일본은 언급할 가치조차 없겠죠."

일축하고 다음으로 넘어간다.

"이제 또 하나의 우려도 이 자리에서 짚어 보려 합니다. 행간에 종전을 가짜 평화라 규정하고 '힘에 의한 평화'를 강조하는 자들이 있다고 들었습니다. 그들이 이런 말을 한다죠? 선의에 의한, 그런 지속 가능하지 않은 일시적인 가짜 평화에 기댄 나라들은 역사적으로 지속 가능하지 않고 다 사라졌다고요. 이게 무슨 개소린지. 그대로 인용해 봤는데 에휴~~~~~~."

종전 선언이네 뭐네 하는 상대방의 선의에 기댄 평화에서 완전히 벗어나자고 주장하고 있었다.

'기조 전환을 해야 한다', '강력한 자위권', '만반의 준비'를 해야 한다. 북한 전 지역을 파괴할 능력을 확보해야 한다고.

하루빨리 대량 응징 보복 체계를 만들어 북한을 조져야 한다고.

북한의 인권 문제도 단번에 해결해야 한다고.

'확전 각오', '압도적으로 우월한 전쟁 준비' 같은 강경 발언들을 여과 없이 쏟아 내고 있다고 한다. 너튜브를 통해, 노인 커뮤니티를 통해.

이런 말을 필터 없이 내보낸다.

얼마나 기가 막히던지.

이게 뭔 소린지 알고나 떠드는지. 진정 감당할 수 있다고 여기는지.

숫제 일본보다 더한 놈들이었다.

이 한반도에 전쟁을 일으키려는 놈들은.

"누가 지금 당장 통일하자고 했습니까? 말 참 더럽게 많아요. 누가 죽어요? 머리가 있다면 생각이란 걸 좀 해 봅시다. 어휴~ 내가 지금부터 북한이 우리 한국과 왜 싸우지 않으려 하는지 그 증거를 보여 줄 테니까 다신 이런 소모적 논쟁은 그만합시다."

장대운은 영상을 하나 틀었다.

한반도 지도 그림이 나오고 딱 멈춘다.

의아해하는 기자들에게 간략 설명에 들어갔다.

"이 영상은 한반도 재전쟁 시나리오에 관한 겁니다. 미국의 씽크탱크 RAND 코퍼레이션이 핵무기를 쓰지 않고 북한이 남한을 침공했을 때를 가정하여 만든 걸 영상으로 표현한 거죠. 물론 이것도 트집 잡을 인간들이 있다는 건 압니다. 그 놈들이야 북한보다 부자인 내가 북한에 종속돼 있다고 믿는 놈들이니 설득할 필요는 없겠죠. 다만 거기에 휘둘리는 사람들은 좀 보세요. 이건 당신들이 믿는 미국 자료이고 우리가 먼저 침공할 게 아니니 결국 쓸 가정은 딱 두 개 아닙니까. 재래식 침공 아니면 핵전쟁……."

장대운은 말을 멈추고 다시 물었다.

"설마 우리 국민 중 우리가 먼저 침공할 거라 보는 전쟁광은 없겠죠? 저 미국조차 우리가 먼저 침공한다는 가정 자체를 안 하는데?"

잠시 기자들과 시선을 맞춘 장대운은 시간을 끈 후에야 영상을 재생시켰다.

"이 영상은 북한이 내부의 상황을 타개하기 위해 제한적인 남침을 하거나, 미국이 북한을 먼저 치려 한다는 판단하에 선제적으로 남침을 하는 경우 일어날 수 있는 시나리오임을 다시 한 번 밝힙니다."

지도 내 북한 지역에 장사정포 아이콘이 나타났다.

공격 개시 10분 만에 무려 5,000여 발을 서울 시내로, 25,000여 발을 수도권으로 발사한다. 이로 인한 인명 사상이 최소 250,000명.

북한의 포대도 또한 한미 연합군의 항공 자산에 의하여 공격을 받게 되지만 북한은 남쪽에서 전투기가 날아올 걸 알고 상당량의 전력을 산간 지방에 숨겨 놓고 20여 일에 걸쳐 분산 투입하는 전략을 취한다.

이에 한미 연합군은 두 가지 대응 전략을 수립할 수 있다.

첫 번째 대응으로 우리 쪽 장거리포와 항공 자산만으로 제한적인 방어를 택한다.

이 경우 문제는 북한의 포대가 한 번 포격 시 노출되는 시간이 불과 15분이라는 데 있었다. 압도적으로 우수한 우리 쪽의 전력으로도 100% 공략하기 어렵다는 것.

두 번째 대응으로는 개성 방면으로 북진을 선택한다.

북진의 경우 한국군은 최소 2개 군단급 보병과 기계화 부대를 투입해야 한다. 북한은 필사적으로 막는다.

대병력이 투입되는 만큼 손실도 어마어마하다. 일주일의 공방전 끝에 평양까지도 아니고 단지 개성 지역 점령에 그친다. 투입 병력 50% 손실, 수천의 장병들이 죽거나 다치는 결과만 남기고.

영상은 여기에서 끝난다.

"자, 이런 위기 상황이 온다면 우리는 어떻게 대처해야 할까요? 아니, 이런 상황이 오게 두는 게 맞나요? 미국은 우리 몰래 이런 시나리오도 만들고 있는데. 여러분도 느끼셨다시피 이 영상은 한참이고 모자란 겁니다. 내가 북한의 위원장이었으면 북한의 전 전력을 서울에만 투사했을 테니까요. 제일 먼저 청와대를 부수고 가진 모든 미사일과 포를 서울에 집중했겠죠. 다음은 한미 연합사일 테고요. 대가리만 자르면 군은 우왕좌왕할 거 아닙니까. 그래서 북한이 이 전쟁에서 승리할까요? 아니죠. 그 순간 북한은 세계 지도에서 사라지게 됩니다."

현무 미사일이 북쪽으로 방향을 트는 장면이 나온다.

"근데 말이죠. 중요한 건 이게 아닙니다. 앞에서 보신 이 작은 가정에서만 최소 25만이 죽어 나간다는 겁니다. 단순 국지전으로도 이만한 숫자가 죽어요. 그 가족까지 합치면 최소 100만이 도탄에 빠진다는 겁니다. 진짜 전면전이 벌어지면 최소 200만이 죽을 겁니다. 그럼 1,000만의 국민이 가족을 잃은 슬픔을 얻게 되겠죠. 기껏 발전시킨 서울은 만신창이가 될 거고요. 이걸 원하는 겁니까? 우리나라를 이만큼 발전시켰다고 떠드는 어르신들. 대답 좀 해 보세요. 이래도 강경파 논리대로 전쟁을 벌여야 합니까? 다들 미친 거 아닙니까?"

이 밖에도 여러 강경 발언이 나갔지만.

이것 외 이슈되는 건 없었다.

대통령 대국민 브리핑은 여기에서 끝.

그러나 후폭풍은 거셌다.

커뮤니티마다 폭탄이 떨어진 것처럼 난리가 났는데.

→ 진심 깜놀. 장사정포 포격만도 최소 25만이 죽는다는 데서 지방으로 이사 가야 하나 진지하게 고민함.

→ 북한이랑 전쟁 터지면 최소 200만이 죽는다는 데서 숨을

못 쉬었음. 전쟁은 무조건 막아야 함. 도대체 누가 전쟁하자고 떠드는 거임?

→ 동의합니다. 전쟁은 막아야 합니다. 한반도 전쟁은 그 특수성에 따라 한번 터지는 순간 사활을 걸기 때문에 더 악랄하게 파괴될 수 있어요. 기필코 막아야 합니다.

→ 지금 북한이랑 악화되고 있다는 건 알겠는데 갑자기 종전은 왜 한 거임?

ㄴ 님아, 북한이랑 뭐가 악화되고 있는데요? 북한이 우릴 공격했어요?

ㄴ 도대체 어느 대목에서 북한이랑 악화되고 있다는 건지…….

ㄴ 혼자 사차원이신가?

→ 뉴스를 보니까 종전 후에는 미군이 철수하고 우리나라가 북한에 넘어간다고 하던데 맞나요?

ㄴ 님아, 엄마아빠가 부부 싸움을 멈췄는데 갑자기 누나가 집 나가고 님 집이 경매 넘어간다는 건가요? ㅋㅋㅋ

ㄴ 도대체 어느 뉴스에서 그러던가요? 주한 미군 주둔은 한미 상호 방위 조약에 따른 겁니다. 종전하든 통일하든 철수랑은 관계없어요. 설사 조약을 파기한대도 1년 뒤에서나 철수합니다.

→ 미국에서 주한 미군 철수도 언급하고 있던데 현실성이 있나요?

ㄴ 미국 하원과 상원에서는 미국의 국방 예산과 관련한 국

방 수권법이라는 것을 매년 제정합니다. 일종의 예산안 처리라 보면 되는데 도람프가 예전부터 주한 미군 철수니 뭐니 장난질 치려는 발언을 많이 하다 보니 미 의회에서 주한 미군 철수에 필요한 예산을 승인하지 않습니다. 법으로 막혀 있다는 거죠.

ㄴ 일부 감축할 수는 있겠죠. 근데 철수든 감축이든 미국 손해 아닐까요?

ㄴ 미국 손해죠. 미국이 별 지랄을 다 해도 철수 얘기는 입도 뻥끗 안 하잖아요. 장대운 대통령은 철수 얘기가 나오는 순간 바로 철수시킬 양반이 ㅋㅋㅋ

ㄴ 주한 미군 철수요? 말도 안 되는 발상이죠. 미국의 완벽한 손해예요. 중국 견제를 포기하는 건데요.

→ 댓을 보니까 장대운 정부가 나라 팔아먹으려고 작정했다는데 뭐가 맞는 말인가요? 지금 상황이 어떻게 흘러가죠?

ㄴ 님은 다른 사람들이 뭐라고 하면 다 믿나요? 생각이라는 걸 해 보세요. 나라를 왜 파나요? 누구에게 팔죠? 무슨 이유로요?

ㄴ 장대운 대통령이 북한에 우리나라를 판다고요? 도대체 어디에서 나온 말이죠? 난 한 번도 본 적 없는데. 님이 지어낸 거 아니에요?

ㄴ 희한하네. 장대운 대통령이 더 부자예요. 김정운이가 장 대통령에게 뭘 줄 수 있죠?

ㄴ 공산당이고 빨갱이면 이유도 없이 북한이 좋아지고 김

정운에게 충성심이 생기고 그러나 봐요?ㅋㅋㅋ

ㄴ 김정운이가 빨갱이라고 해서 러시아에 북한을 팔아먹고 중국에 북한을 팔아먹던가요? 재밌는 질문이네요.

→ 장대운 정부가 이 시점 종전 선언을 했는데 왜 그런 건가요? 제가 알기론 한국은 정전 선언국도 아닌데 말이죠. 미, 중,러 유엔이 모두 동의해야 종전 아닌가요?

ㄴ 기본적으로 말해 53년의 정전 선언은 휴지 조각이나 같습니다. 절차적으로는 정전 협정 참여국들이 종전 선언을 하는 것이 맞습니다만 실질적으로는 전쟁의 당사자가 남북한이죠. 한국전쟁은 6.25는 53년 7월 27일에 끝났고 다시 전쟁이 벌어진다 해도 연합군이 참전할 일이 없겠죠. 남북한 간의 대결 아닌가요? 끝, 끝, 끝.

ㄴ 실질적 당사자가 종전 선언을 하는 건데 무슨 문제죠? 선언은 말 그대로 선언이고 이 선언을 통해 서로를 정식 국가로 인정하지 않는 남북한은 서로 간 법적 문제가 해결 가능해집니다. 우리나라의 가장 큰 위기는 경제도 아니고 감염증도 아니고 남북문제죠. 남북 관계 발전, 혹은 전쟁을 방지하는 것이 가장 중요한 일이고 그 첫 단추가 종전 선언입니다.

→ 전쟁을 방지하는 첫 단추가 종전 선언이라고요? 도저히 이해할 수가 없는 답변이네요. 핵 조약도 어기고 핵실험 하는 북한인데 종전 선언한다고 과연 조용해질까요? 저희나라 국방력만 풀어질 것 같은데요? 천안함, 목함 지뢰 사건만 봐도 북한은 저희와 절대 함께 갈 생각이 없는 주적입니다.

ㄴ 저희나라가 아니라 우리나라입니다. 나라 간에는 위아래가 없어요.

ㄴ 북한이 무슨 핵 조약에 가입했나요? 북한은 NPT를 진작 탈퇴했습니다. 어떤 조약이나 협정에 묶여 있지 않아요.

ㄴ 미국과 북한 간 비핵화 협상은 말 그대로 협상일 뿐 약속이 아니죠. 협상은 항복이나 굴복이 아닌 거래입니다. 서로 조건 맞으면 하는 것이고 맞지 않으면 안 하는 거죠.

ㄴ 대한민국의 국방력은 현재 세계 6위로 평가받고 있으며 장대운 정부 들어와서 더욱 강력해졌습니다. 풀어지고 말고 할 것이 없어요. 북한이 바뀔 리 없으니 애초에 하지도 말자라는 건 해결 방법이 아니고요.

ㄴ 맞아요. 우리 조상님들이 해방될 줄 알고 독립 운동했나요? 그와 마찬가지로 북한이 변하지 않으려고 해도 우리가 변하도록 만들면 되는 겁니다.

"반응은 생각보다 좋네요."

"아무래도 젊은이들 중심 커뮤니티라 그럴 겁니다. 지금 이 순간에도 노인 커뮤니티 운영자들은 반박 영상이나 글을 작성하느라 정신없습니다. 갈등이 커져야 먹고 사니까요."

도종현의 말에 장대운, 김문호도 고개를 끄덕였다.

"알아보라 한 건 어떻게 됐나요?"

"미국이 반도체를 노리는 건 확실합니다. 얼마 전, 백악관에서 미국 안보 위기와 관련하여 회의가 열렸는데 주제가 한국이었답니다. 정확히는 한국 기술력의 약진."

김문호의 대답에 장대운은 고개를 끄덕였다.

"미국 상공부의 고객 리스트 요구가 결국 시발점이란 얘기네요."

"끌려가는 순간 미국에 다 빼앗기게 될 겁니다."

"배터리를 건드릴 시점은 언제라고 보나요?"

"미국 내 반도체 공장 건립이 궤도에 오르면 시작할 거라 보고 있습니다."

확실히 미국이 빠르긴 했다.

이미 전기차 부문 슈퍼 을 테크를 탄 한국이었다.

이대로 3년이면 전 세계 판도가 한국을 중심으로 이동하게 될 텐데.

미국이 그 길목에서 태클을 걸어 버렸다.

아깝게.

"미국의 다음 전략은?"

"아마도 일본일 겁니다."

"중국은 아니고요?"

도종현의 물음에 김문호가 단호히 고개 저었다.

"일전 중국을 이용하려 한 적 있지만 실패했죠. 다시 중국 쪽으로 오퍼 넣을 확률은 지극히 낮습니다. 더구나 한국과 중국이 일전을 벌이면 미국도 크게 다칩니다. 하지만 일본이라면 다르죠."

"그렇군요. 어쩐지 요 며칠 일본의 함정이 독도 인근 해상에 자주 출몰한다는 보고가 올라왔습니다."

"7광구가 아니라 독도군요."

"7광구는 미국 석유 카르텔이 덤볐으니 함부로 건들기 어렵겠죠."

일본으로선 현재 한국과 그나마 비벼 볼 만한 장소가 독도라는 얘기였다.

영토 분쟁.

그렇지 않아도 국제 사법 재판소에 소를 넣은 상태이고 미국이 핸들을 틀어 준다면 마다할 이유가 없었을 테니.

장대운은 도리어 웃었다.

"그렇게 내 신경을 긁겠다? 후후후, 바이든이 나에 대한 공부가 부족한가 보네요. 도람프보다 많이 못 한데요."

"단순하게 보기엔 사안이 만만치 않습니다. 미국이 반도체를 걸고넘어지고 일본이 그 뒤를 받치면 흐름이 바뀐 걸 중국이 캐치합니다. 그 중국이 어떻게 나올지 모른다는 겁니다. 그리고 이 순간 한국의 가장 악재는 대통령님의 임기가 1년밖에 남지 않았다는 겁니다."

"음……."

"크음……."

심히 고민되는 부분이었다.

남은 임기가 고작 1년.

미래 청년당의 기세가 하늘을 찌른다고는 하나 대통령의 임기는 때려죽여도 5년이었다.

장대운이 내려가고 다른 얼굴이 이곳에 들어서야 한다는 것.

후발 주자로는 권진용 당 대표가 있긴 하나…….

그가 이만한 퍼포먼스를 보여 줄까 하면 애석할 뿐이었다.

지금까지의 모든 건 결국 장대운이 있기에 가능하였으니. 아니, 그 장대운마저도 5년으로는 여기까지가 한계였다.

"대통령님, 개헌을……."

김문호의 말이 떨어지기가 무섭게 장대운이 잘랐다.

"안 돼요."

"하지만 이대로 물러나신다면 지금껏 일으켜 세운 모든 것들이 무너질 겁니다."

"그렇다고 나보고 유신 정권의 전철을 밟으란 말인가요?"

"하지만……."

"지금 개헌을 언급했단 권력을 유지하려는 탐욕으로밖에 보이지 않을 거예요. 여태까지 이룬 것들이 전부 도매금으로 몰릴 거란 겁니다."

장대운이라고 왜 모를까.

이 시기가 얼마나 중요한지.

특히나 북한은 시간이 더 필요하다.

그러나 개헌은 명분이 없다.

국민 누구라도 인정할 명분이 말이다.

"차라리 남은 1년 유종의 미를 거두는 데 주력합시다. 다음 대통령이 와도 바로 받아서 할 수 있게 만들어 놓자고요. 그게 우리의 할 일입…….”

아쉽지만 정리하고 다음 안건에 대해 논의하려 했는데.

집무실 문이 열리며 이미래가 들어왔다.

다짜고짜 TV부터 켠다.

바이든이 나왔다.

≪……아프가니스탄군도 싸우려 하지 않는데 여러분은 내가 얼마나 더 많은 세대의 미국의 딸과 아들들을 아프가니스탄 내전에 보내길 원합니까. 나는 우리가 과거에 한 실수, 미국의 국익이 아닌 충돌에 무기한 머물며 싸우는 실수를 되풀이하지 않을 겁니다. 아프가니스탄에서 미군을 철수하기로 한 결정을 절대 후회하지 않을 것이며 이 짐을 다음 대 대통령에게 떠넘기지도 않을 겁니다. 이 모든 것은 내가 다 떠안을…….≫

붉게 충혈된 두 눈의, 엄숙하고도 위엄 있는 모습으로 미군의 아프가니스탄 철수를 발표하고 있었다.

드디어 미군이 아프가니스탄에서 철수하기로 결정했다.

2001년 9.11 테러로 촉발돼 20년을 끌어온 ‘미군의 최장기 전쟁’이 비로소 끝났다는 공식 발표.

이에 따라 NATO 30개 회원국도 성명을 내고 단계적 철군 계획을 밝힌다.

더는 너희 아프가니스탄을 도와주지 않겠다고.

하루아침에 낙동강 오리알 신세가 된 아프가니스탄 국민의 얼굴이 화면으로 지나간다.

물론 아프가니스탄 현장 미군 장군들은 미군과 NATO군이 철수한 후 아프가니스탄의 지도부가 단결하지 못하면 내전이 발발할 수 있다는 가능성을 제기하며 시기를 더 미루라 조언했지만 바이든 행정부는 철군 후에도 외교와 인도적 지원을 계속하겠다는 말로 때워 버렸다. 내분과 내전의 가능성은 그대로 둔 채.

그렇게 저들은 말한다.

- 외국 파병군의 철수 후, 아프가니스탄의 지도자들이 잘 연합하고 탈레반과의 평화 협상이 잘 체결되어, 사회가 안정되고 국민이 일상으로 돌아오길 바란다.

너희들끼리 잘 살아라.

그러나 모두는 알고 있었다. 절대 그리되지 않을 걸.

20년이나 도와줘도 못 한 일이다.

20년이나 버틴 탈레반이다.

양 떼 사이로 뛰어든 늑대와 같을 것이다.

탈레반으로서도 20년 전쟁의 종지부를 위해…… 승리 선언과 논공행상, 배신자 숙청, 전리품 약탈은 피할 수 없는 일이었다.

"미국 여론은?"

"9·11 테러 20주년에 맞춰 아프간전에서 손을 떼겠다는 바이른의 발표에 대체로 긍정적입니다."

"천문학적인 자원이 투입된 상황에서도 끝이 안 보이던 전쟁을 드디어 끝낼 수 있다는 데 기대감이 큽니다. 또한 신종 감염증 사태 극복 등 다른 현안들에 대한 집중을 요구하고 있습니다."

지들이 마스크 안 끼고 난리 피우다 감염증을 확산시켜 놓고 이제와 대책을 마련하라니.

미국이나 미국 국민이나 똑같다.

"미국 정치권은요?"

"정치권의 반응도 꽤 우호적입니다. 야당인 공화당도 철군 결정에 찬성 입장을 보이고요."

"아프간 철군 자체가 도람프 전 대통령이 첫 단추를 끼운 사안이라는 이유가 크다는 분석입니다."

도람프 행정부가 먼저 탈레반과 평화 합의를 체결했고, 미국과 동맹군을 조기 철군시키겠다는 방침을 밝힌 적이 있었다.

그러나 모두가 행복한 건 아니었다.

바이른의 철군 결정 발표 후 급속도로 무너지는 아프가니스탄 소식 때문이었다. 당초 예상보다도 훨씬 빠르게 무너지면서 곧 수도 카불까지 점령당할 거라는 뉴스와 인터뷰에 우려의 목소리가 커졌다.

이때 튀어나온 인물이 노스캐롤라이나 주 상원 의원인 매디슨 라이트였다.

- 아프가니스탄 철군 = 1975년 베트남 사이공 함락.

간단한 메시지 한 방에 미국은 최초 패배를 떠올리게 됐다.

사이공 함락은 미국 입장에서는 역사상 최악의 굴욕으로 꼽히는 사건이었다.

게다가 마이클 댐프시 조지아 상원 의원도 등판해 바이든의 옆구리를 쑤셨다.

"아프가니스탄 철군은 명백한 미국의 항복이다!"

단 두 방에 여론이 흔들, 술렁이자 백악관이 서둘러 진화에 나섰는데.

이름도 똑같은 마이클 블랭크 국무장관이었다.

"아프가니스탄은 사이공과 다르다."

아프가니스탄 철군이 제2의 사이공 함락이라는 인식의 확산을 급히 차단하려 하였으나.

제3타가 연이어 터졌다.

존 에드워드 테네시 상원 의원이 즉각 반박했다.

"탈레반의 아프가니스탄 접수는 미국의 패배임이 확실하다. 국가도 아닌 테러 단체에 패배한 미국이라니. 우리 미국의 위상이 도대체 어디까지 떨어지려는 건가?"

한 번도 아니고 두 번도 아니고 3연타로 내리갈기자 철군 흐름에 눌려 불만을 드러내지 못했던 이들까지 고개를 들기 시작했다. 특히 30개가 넘는 미국의 재향 군인회 인원들이 들고 일어나며 정부의 무능함을 지적하고 항의 시위에 돌입하였다.

- 이렇게 허무하게 철군해 버리면 그동안 국가를 위해 목숨 바쳐 싸운 군인들은 개죽음이냐?!

이도 모자라 아프가니스탄 근무 중 사망하거나 부상당한 군인의 가족들까지 참여하면서 시위는 더 큰 명분을 얻게 됐고 일이 이쯤 되자 공화당 내부에서도 술렁였다.

물론 기회가 넘치는 공화당 내 중진 의원들은 여전히 꿈쩍도 안 했지만.

신진 의원들은 달랐다.

너무 대국적인 측면을 강조하다가 다음 대 선거 기회마저 박탈당하는 게 아닌지 의심스러웠던 젊은 의원 상당수가 매디슨 라이트 라인에 붙으며 바이든이 미국의 패배를 가져왔다 성토하기 시작했다.

"바이든 대통령은 취임 후 '미국의 귀환'을 기치로 내걸고 도람프 행정부 시절 흔들렸던 국제 사회에서의 리더십 재건을 선포하였지만, 실상 해 온 건 동맹국 약탈과 아프가니스탄 철수밖에 없다. 이대로는 미국의 리더십에 부정적 영향만 미칠 것이다."

"중국마저 아프가니스탄 미군 철군에 대해 '미국은 세계 최대의 골칫거리 제조자'라고 비아냥댄다. 과연 우리가 이 같은 평가에서 자유로울 수 있겠나?"

"이제 우리 미국은 아프가니스탄에서의 대실패로 세상을 통제할 수 없다고 여기게 될 것이다. 그동안의 헌신과 희생이 책상머리 몇몇의 결정으로 바닥에 내팽개쳐졌다. 동맹국들도 더는 미국을 믿지 않고 냉소적이며 국수주의적으로 바뀔 것이다."

아픈 곳만 골라 때리는 공화당 매디슨 라인의 활약에 백악관이 속수무책으로 당하고 있을 때 한국에서는 장대운이 심각한 표정으로 단상에 섰다.

뒷면에 아프가니스탄 미군 철수 반대란 표어를 커다랗게 붙이고.

"우리는 보고야 말았습니다. 또 우리는 겪고야 말았습니다. 미국은 이제 세계를 수호할 의지도 그럴 각오도 없다는 것을 말이죠. 단지 20년의 지원이었습니다. 단 20년 만에 미국은 아프가니스탄을 포기하고 말았습니다. ……국민 여러분 우리 한국을 보십시오. 70년의 동맹입니다. 여러분은 우리 한국과 미국과의 동맹이 영원할 거라 보십니까? 나는 아닙니다. 미국은 상황이 여의치 않으면 언제든 우리 한국은 물론 저 대만도, 일본도 포기할 겁니다."

술렁술렁.

"작금의 미국을 보십시오. 우리 한국의 주력 수출품인 반도체 고객 리스트를 내놓으라 합니다. 미국에 반도체 공장을 지으라 합니다. 안 그럼 높은 관세를 매기겠다고요. 반도체를 가져가면 끝날까요? 아닙니다. 배터리도 내놓으라 할 겁니다. 하나씩 하나씩 우리 한국이 죽을 둥 살 둥 개발해 놓은 기술을 강도질할 겁니다. 그러면서 구입하면 절반이 고장 나는 무기를 매년 사라 종용하고 온갖 불평등한 조약으로 우리의 발목을 잡습니다. 어릴 때, 어려울 때 도와준 것을 빌미로 성인이 된 우리를 손안에 넣고 조종하려 듭니다. 이게 맞습니까? 사소한 것 하나 우리가 결정하지 못하게 사사건건 막는 게요. 우리가 마마보이입니까? 이게 진정 맞습니까?"

물을 한 모금 마시고.

"나는 고심하고 또 고심했습니다. 수십 년 이어진 불평등의 고리를 끊고 동등한 파트너로서 함께 걷기를 원했습니다. 그러나 이렇듯 미국의 속내가 만천하에 드러난 이상 더는 인내하지 않기로 했습니다. 이에 선언합니다. 앞으로 대북 관련 어떤 사안도 미국은 관여하지 못할 겁니다. 더는 미국을 신뢰하지 않을 것이고 북한과의 교류에 어떤 영향력도 끼치지 못하게 만들 겁니다."

쿵.

춘추관에 있던 모든 이의 심장이 떨어지는 소리였다.

장대운의 입에서 나오고야 말았다.

미국 패싱.

경제, 문화, 정치 등 동아시아의 모든 부문에 영향을 끼치고 관계된 미국을 배제하겠다.

다음 날로 난리가 났다.

온 나라의 언론이 미국 패싱을 언급하였고,

이 소식은 곧바로 미국 워싱턴을 때렸다.

백악관이 발칵 뒤집히든 말든 매디슨 라이트는 기다렸다는 듯 수천의 인파가 모인 곳에 올랐다.

"혹자는 이민법에 대해 이렇게 말합니다. 불평등과 인종차별의 상징이니 없애야 한다고. 저도 많이 들었습니다. 여러분도 알다시피 중국과의 분쟁이 길어지며 더욱 강력해진 이민법에 대해 여러 논란이 일고 있죠. 악법이니 삭제해야 한다고 말입니다. 그러나 나는 반대입니다. 여러분이 잊어선 안 될 게 있습니다. 이민법은 태생 자체가 이미 차별을 가정하고 있다는 걸 말이죠."

모인 이들은 그가 지금 무슨 이야기를 하려고 이민법을 건드나 고개를 갸웃댔다.

무슨 말을 하든 호응해 주려 모였건만.

엉뚱한 시작이었다.

그러든 말든 매디슨 라이트는 진지했다.

"이민법은 말입니다. 아무나 우리 품으로 받아들이지 않겠다는 선언이나 마찬가지입니다. 우리가 우리 미국인을 보호하겠다는 거죠. 저는 그 취지가 맞다고 생각합니다. 우리가 얼마나 노력해서 이만큼 올라왔는데 어느 날 갑자기 건너

와서 과실만 따 먹는 게 맞습니까? 너희가 뭔데? 도대체 어떤 이바지를 했길래 위대한 미국인이 될 자격을 달라는 거냐는 겁니다. 즉 이민법이란 현 상태에서 우리 미국에 도움될 만한 자만 뽑겠다는 뜻입니다. 쓸데없이 몰려와 우리 일자리를 빼앗고 물의를 일으키는 자가 아닌! 우리에게 필요한 자만 뽑겠다!”

그제야 입을 벌리며 고개를 끄덕이는 자들이 많아졌다.

당연히 그래야 한다고 호응했다.

우리 미국은 온전한 미국인만이 누려야 한다.

“지금보다 더 강화되어야 합니다. 특히나 중국인은 미국의 혜택을 받으면서도 미국의 기술을 탈취하여 중국에 빼돌리길 주저하지 않습니다. 산업 곳곳에 침투해 스파이짓을 서슴지 않고 중국 기업은 그런 그들을 부추기고 악성 코드가 담긴 프로그램을 배포하여 우리의 사생활까지 수집합니다. 이뿐입니까? 이번 아프가니스탄 패배에도 중국이 관여했습니다. 어째서 탈레반 요충지를 급습할 때마다 중국군이 포로로 잡힐까요? 탈레반이 다국적군을 상대로 20년을 버틴 이유가 뭐라고 생각하십니까? 진정 아프가니스탄 정부의 부패만이 원인일까요?”

‘옳소!!!’, ‘중국인이 문제다!’, ‘중국인을 몰아내자!’란 외침이 군중 속에서 터져 나왔다.

매디슨 라이트가 말하는 바가 뭔지 알겠다는 듯 바람이 불었다.

그러나 매디슨 라이트는 그 바람을 타지 않고 오히려 제동을 걸었다.

"아닙니다. 오해하시면 곤란합니다. 이는 비단 중국과 중국인만의 문제가 아닙니다. 그 원인을 면밀히 살피면 결국 우리가 나옵니다. 처음부터 모두 우리가 잘못 선택해서 나온 결과란 말입니다."

다시 사람들의 머리 위로 물음표가 떴다.

"애초 이민법을 강력하게 제정했다면? 애초 중국 기업에 대한 조사를 투철하게 했다면? 애초 탈레반의 '탈'자도 나오지 않게 전부 밀어 버렸다면 우린 오늘의 패배를 맛보지 않아도 됐을 거란 뜻입니다!"

화난 듯 터트리는 그의 외침에 군중들도 움찔댔다.

"이 패배감을 다시 맛보지 않으려면 우리 미국부터 바뀌어야 합니다. 우리 미국인부터 정신을 똑바로 차려야 합니다. 언제까지 실수만 되풀이할 겁니까? 여러분은 그 실수를 바로잡을 용기가 있습니까? 오늘 이 자리에 서기 전, 저는 레스토랑에 들렀습니다. 여러분을 만나기 위해 간단한 메뉴로 끼니를 때우려는데 음식값으로 일정 퍼센티지의 팁이 붙어 나오더군요. 너무도 당연해서 내긴 했는데 문득 이런 생각이 들더군요. 이게 과연 당연한 것인가?"

팁이 왜?

"제가 얼마 전 한국에 다녀온 걸 아시는 분들이 많습니다. 거긴 메인 하나만 시키면 사이드 디시가 여러 개 공짜로 나옵니다. 그러면서도 팁이 없습니다. 음식값만 지불하면 끝. 사이드 디시도 다 먹으면 또 채워 줍니다. 물도 공짜입니다. 게다가 훨씬 친절합니다. 그런데 미국의 종업원들은 왜 건방지게 팁을 당연시하는 걸까요? 자기들이 무슨 고급스러운 서비스를 했다고 음식값의 퍼센티지를 붙여 가며 돈을 달라는 걸까요?"

팁이란 원래 받는 돈에 비해 너무도 고강도의 일을 하는 이들이 안쓰러워 건네던 작은 선물이었다.

"언제부터 선물이 의무가 된 걸까요? 저 맛없기로 유명한 영국 식당도 팁은 안 내도 된다는 말을 고지합니다. 미국 식당은 뭔가요? 왜 너희들이 종업원에게 부담할 금액을 손님한테 전가하는 겁니까? 그 팁은 세금을 냅니까?"

이민법 얘기를 하다가 갑자기 팁 얘기라.

평소 팁 문화에 불만이 많았던 이들이라 호응은 하면서도 어리둥절하였다.

그런 군중을 보며 매디슨 라이트는 또 엉뚱한 소재를 꺼냈다.

"총기 소지도 마찬가지입니다. 지구상에서 자기 나라 인구수보다 더 많은 총기를 보유한 국가는 오직 미국밖에 없습니다. 신고된 총기만 이렇다는 겁니다. 미신고된 총기는 또 얼마일까요? 우리 좀 곰곰이 생각해 봅시다. 우리 미국인은 왜 총기를 가져야 할까요? 미국이 언제부터 총기가 필요했나요? 원주민과의 전쟁 혹은 내전 말고는 미국 내에 적이 있었던가요?"

내전 이후 미국 내 적이 없긴 했는데.

총기가 왜?

"정부는 늘 이런 논리를 펼칩니다. 매년 총기 사고가 일어나니 총기가 더 필요하다고 말이죠. 민간인 총기 소지가 당연히 보장된 권리처럼 말해요. 그런데 말입니다. 총기 사고가 주로 어디에서 터지죠? 집에서 터집니까? 사람들이 몰린 장소에서 터집니까?"

"사람들이 몰린 장소에서 터집니다~~~."

누가 호응해 줬다.

〈10권에서 계속〉